novum eco

herzlich gewidmet

[illegible]

Wien, Sommer 2010

Margit Richter

Wind der Hoffnung

novum eco

Dieses Buch widme ich meinem Ehemann,
in Dankbarkeit für seine hilfreiche Unterstützung.

Bibliografische Information
der Deutschen Nationalbibliothek:

Die Deutsche Nationalbibliothek verzeichnet diese Publikation in der Deutschen Nationalbibliografie.
Detaillierte bibliografische Daten sind im Internet über http://www.d-nb.de abrufbar.

Für den Inhalt und die Korrektur zeichnet der Autor verantwortlich.

Dieses Buch wurde digital nach dem neuen „book on demand" Verfahren gedruckt.

ISBN 978-3-85251-988-3

Gedruckt in der Europäischen Union auf umweltfreundlichem, chlor- und säurefrei gebleichtem Papier.

www.novumeco.com

AUSTRIA · GERMANY · SWITZERLAND · HUNGARY

Alles wiederholt sich, ewig jung ist nur die Fantasie

F. Schiller

Die zeitgeschichtlichen und politischen Ereignisse sowie die kulturellen und gesellschaftlichen Vorkommnisse sind großzügig der Wirklichkeit dargestellt und in den Roman verschmolzen.

Die Handlung und Charaktere in dieser Geschichte sind fiktiv und jede Ähnlichkeit mit realen Personen, wäre rein zufällig.

Erinnern und vergessen

Kriegsende 1945

Die Morgendämmerung legte sich wie ein grauer Schleier über die Ortschaft.

Rosemarie konnte beruhigt sein. Das Wohnzimmer von Walter Cerny im Haus Gartengasse 7 befand sich in dem gleichen Zustand, wie sie es auch am vorigen Abend vorfand. Niemand war hier gewesen. Die leere Flasche und das Glas, aus dem er den Rotwein getrunken haben musste, standen unberührt am Tisch.
Cerny lag, seitlich zusammengekrümmt, tot am Boden. Sein Gesicht hatte nichts Menschliches mehr an sich. Eine schmerzverzerrte, entstellte Fratze, mit aufgeschwollenen blauen Lippen. Die weit geöffneten, starren Augen glichen einem Monster, das einen grauenhaften Tod erlitt.
Sie machte sich keinerlei Gedanken, wer ihn umgebracht hatte. Es könnten viele aus dem Ort ansässige sein, die endlich die Möglichkeit fanden sich zu rächen, für das, was er ihnen antat. Vielleicht war er es auch selbst gewesen, der sich aus Angst vor Aufdeckungen, eine Überdosis Gift in den Wein schüttete. Jetzt, wo der Krieg zu Ende war und die Entnazifizierung durch die Alliierten ins Gespräch kam. Und Cerny galt als einer der bösartigsten Denunzianten.
Sie brauchte sich nicht weiter kümmern, geschweige an jemand eine Meldung machen. Irgendwann oder irgendwer würde die Absenz dieses Menschen schon be-

merken und ihn finden. Man würde oberflächlich eine Untersuchung durchführen, keinerlei Fremdverschulden feststellen und den Akt eiligst ablegen.
Kein Mensch kümmerte sich mehr um einen gewissen Walter Cerny, seines Amtes Dienstleiter dieser Gemeinde, während der Kriegsjahre 1939-1945.

Einmal hatte Rosemarie beobachtet, wie Cerny ziemlich betrunken in den Keller torkelte. Dabei schleppte er etwas Schweres mit sich. Sie hatte Furcht, von ihm gesehen zu werden, aber er war derart mit sich beschäftigt, dass er nicht bemerkte, dass sie hinter dem Mauervorsprung stand.
Er nahm einen kleinen Schlüssel, der sich auf seinem Schlüsselbund befand und öffnete damit das Schloss von einer Kiste, die sich gut getarnt, zwischen Holzstücken, befand.
Dass was sie sah, brachte ihren Atem zu stocken. Sie schwor sich, irgendwann einmal mit Cerny abzurechnen, und sich am Inhalt der Kiste zu bereichern.

Die Stunde der Vergeltung war gekommen.
Sie ging in den Keller, holte die Kiste hervor, die zwischen Holzscheitel kaum ersichtlich war, öffnete das Schloss mit dem kleinen Schlüssel, den sie schon am Vorabend vom Schlüsselbund entwendete.
Sie wagte es nicht den schweren Goldbarren an sich zu nehmen, weil sie Angst vor den Kontrollen in Wien hatte. Aber die Pretiosen und die Goldmünzen füllte sie in den vorbereiteten Sack voll, band ihn fest um ihren Bauch, zog sich den Unterrock und den weiten Leinenrock ihres Dirndls drüber und streifte die Schürze glatt. Es würde kein Mensch merken, dass sie unter dem Kleid einen Schatz barg.
Den Goldbarren versteckte sie in das Loch der Wand und legte einen Ziegel nach.
Die Kiste verschloss sie und stellte sie zwischen die Holzstücke zurück.

Eilig schlüpfte Rosemarie durch die Hintertür aus dem Haus.
Mit eisiger Miene durchquerte sie den kleinen Garten, machte die leicht quietschende Tür hinter sich zu und setzte ihren Weg fort.
Beklemmende Ruhe breitete sich auf der leeren Dorfstraße aus, nur die schnellen Schritte der jungen Frau begleiteten die Stille des nahenden Tages.
Das letzte Stück bis zum Bahnhof rannte sie, denn die Zeit war knapp bemessen. Den Zug, den sie erreichen musste, war der einzige am Tag, der nach Wien fuhr.

Gerade noch im letzten Moment kam sie an. Langsam fuhr der Personenzug in den Bahnhof. Ächzend und zischend bremste sich die schwere Dampflokomotive für einen kurzen Halt in der Station ein.

Schnell stieg Rosemarie ein. Im Zugabteil saßen zwei Frauen. Eine junge Mutter mit einem schlafenden Baby am Arm und eine Bauersfrau.

Rosemarie setzte sich auf eine freie Holzbank. Den schäbigen Koffer, indem sich die Leibwäsche, ein paar Kleider und Schuhe, ein warmer Mantel, dicke Strümpfe und feste Schuhe befanden, stellte sie beschützend zwischen ihren Beinen. Die abgetragene Tasche lag auf ihrem Schoß, mit beiden Händen fest umklammert. Sie beinhaltete die Dokumente, einige Schmuckstücke aus dem Nachlass ihrer Mutter und mehrere Reichsmark, die keinen Wert mehr hatten und in Wien in die neue Währung umgetauscht werden mussten.

Die Bäuerin holte aus ihrer großen Einkaufstasche zwei Äpfel heraus, stand auf, überreichte einen davon der jungen Mutter, den anderen gab sie Rosemarie.
Zu Rosemarie sprach sie: „Eine kleine Wegzehrung. Wer weiß, ob'st so schnell wieder einen so saftigen, g'sunden Apfel in die Händ' bekommst. Fährst bis Wien?"

Rosemarie bedankte sich dafür und beantwortete die Frage mit einem kurzen „ja.“
Redselig fuhr die Bäuerin fort: „Ich mach auch einen kleinen Besuch zur Schwester. Der Schwager ist jetzt aus dem Krieg heimgekehrt. Ein ordentliches Stück G’selchtes bringe ich ihnen mit. Hoffentlich komme ich durch die Posten. Die Kontrollen sollen ja äußerst scharf sein. Aber ich hab’s gut versteckt. So schnell wird niemand draufkommen.“
Sie lachte boshaft vor sich hin.
Rosemarie antwortete nicht. Stattdessen legte sie ihre Hände wohlwollend auf ihren Bauch.
„Jetzt, wo der Krieg zu Ende ist, ziehen tagtäglich ganze Karawanen von Elendsgestalten durch unsere Gemeinde. Ehemalige Zwangs- und Fremdarbeiter und die vielen Soldaten, alle auf dem Weg nach Hause. Furchtbar, wie ausgemergelt sie sind. Und soviel hungrig. Jeden Tag koche ich im Waschkessel Kartoffeln für diese armen Kreaturen. Viecher hab ich ja nur ganz wenig noch. Die halt’ ich versteckt, damit sie mir niemand nimmt. Meine Familie und ich müssen überleben. Jetzt heißt’s Schutt und Trümmer wegschaffen und wieder von vorne anfangen.“
Die Bäuerin begab sich, vor sich her murmelnd auf ihren Platz.

Rosemarie blickte aus dem Fenster, ohne sich wirklich auf die Gegend zu konzentrieren. Ihre Gedanken jagten in eine völlig andere Richtung. Sie hoffte inständig, nie mehr zurückkehren zu müssen, von wo sie kam.

Beide Elternteile stammten aus diesem Dorf, das sie nun den Rücken kehrte.
Franz Reiter wollte seiner Frau ein besseres Leben bieten und zog mit ihr in jungen Jahren in die Wienerstadt.

Nach der Geburt von Tochter Rosemarie erwarb er eine Bäckerei, um sein erlerntes Gewerbe auszuüben.
Das Geschäft florierte und schon bald konnte er durch einen Gesellen seinen Betrieb erweitern.
Brot und Semmeln aus *Reiter's* Laden galten als ganz was spezielles, immer frisch und knusprig. Darüber waren sich die Bewohner des Bezirkes bald einig.
Rosemaries Vater kam zur richtigen Zeit auf die richtige Idee.
Er begann mit der Herstellung von phantasievoll dekorierten Zuckergusstorten. Hier konnte er seine schöpferische Gabe voll ausnützen. Die schönsten und geschmackvollsten Kreationen für jeden Anlass wurden eine Besonderheit des Hauses und fanden ihren Bekanntheitsgrad in ganz Wien. Bestellungen von überall kamen und der Meister hatte alle Hände voll zu tun, mit der Herstellung nachzukommen.
Mutter stand von Früh bis Abend im Geschäft und verkaufte Gebäck und Zuckerbackwaren.
Als Rosemarie älter wurde, half sie zwischendurch ganz gerne mit. Die Kunden waren recht freundlich zu ihr und es gab immer wieder einen Extra-Groschen für ihre Verdienste.

Sie dachte an Patrick.
Anfang des Jahres 1939 lernten sie sich in Wien kennen.
An einem Samstagmorgen, Rosemarie ordnete gerade die Brote, die ihr der Geselle brachte, ins Regal, kam Patrick ins Geschäft.
Es war das erste Mal, dass sie ihm so nahe gegenüberstand. Von weitem war ihr der große dunkelhaarige Junge mit dem gepflegten Kurzhaarschnitt schon mehrmals aufgefallen, wenn sie mit dem Fahrrad durch die Gegend fuhr und Bestellungen auslieferte. Er wohnte im vornehmen Viertel des Bezirkes, wo die eleganten Villen in Reih' und Glied standen.

Sie wurde über und über rot, als er sie lächelnd ansah und nach einem Salzstangel verlangte. Danach kramte er in seiner Hosentasche, sagte verdammt, und zog die leeren Innenzipfel der Hosentasche heraus.
Gönnerisch meinte sie damals, er könne ja wieder vorbeikommen und beim nächsten Mal bezahlen.
Das tat er auch. Genau eine Woche später erschien er. Sein strahlender Gesichtsausdruck ließ die Freude erkennen, sie zu sehen.
Von da an trafen sie sich immer wieder. Sobald Rosemarie mit den Schulaufgaben fertig war, eilte sie zum vereinbarten *Stell dich ein*, einer Bank im nahen Park.

Als ob es gestern gewesen wäre, erinnerte sie sich an Patricks erste Einladung zu sich nach Haus.
Stumm vor Bewunderung betrat sie die herrschaftliche Villa der Familie Thomsen, die sich in einem großzügig angelegten, gepflegten Garten befand.
Sie warf einen Blick in den, mit Seidentapeten, elegante Möbel und kostbaren Teppichen ausgestatteten Salon, bevor die beiden über die breit angelegte Treppe in die Galerie gelangten, die wertvolle Gemälde zierten.
Von hier aus gab es einen schönen Ausblick auf die untere Halle. Sie konnte sich lebhaft vorstellen, wie unter dem strahlenden Licht der Kerzenleuchter Feste gefeiert wurden. In ihrer Fantasie sah sie sich in Patricks Armen, tanzend über das Parkett schweben.
„Du bist wohl sehr reich", konstatierte sie in ihrer jugendlichen Art.
„Ich nicht, aber mein Vater", antwortete Patrick kurz. „Er ist Juwelier. Der Name Thomsen bürgt seit zwei Generationen für edles Geschmeide von bester Qualität und feinstem Schliff. Das englische Königshaus vertraute meinem Großvater bezüglich Juwelen. Dies half ihm, im In- und Ausland bekannt und berühmt zu werden.

Mein Vater war jung und reiselustig und landete irgendwann einmal in Wien. Er ließ sich sein Erbe ausbezahlen und errichtete einen eigenen Betrieb. Als dritte Generation soll ich das Erbe übernehmen. Aber mir liegt nicht viel daran.
Ich möchte Arzt werden. Dazu fühle ich mich berufen. Im Herbst beginne ich mit dem Studium", klärte er sie auf.
Rosemarie stellte keine weiteren Fragen. Zu gerne hätte sie mehr von seiner Familie wissen wollen.
Patrick wechselte jedoch rasch das Thema und sagte leichthin:
„Komm Marie, wir entschwinden in mein Wohnzimmer. Dort ist es gemütlicher. Das Dienstmädchen wird uns heißen Kakao und Kuchen servieren und ich zeige dir meine Plattensammlung. Ich liebe Jazz. Hast du schon mal von Luis Armstrong gehört?"
Sie nickte. Der Name kam ihr bekannt vor, aber ehrlich gesagt, konnte sie nicht viel damit anfangen. Um sich nicht zu blamieren, gab sie keine weitere Antwort und wartete, was ihr Freund dazu berichten wollte.
„Er ist einer der Großen und ich möchte dir unbedingt einige Werke vorspielen."
Begeistert hielt er ihr ein Plattencover hin, das den Musiker mit seiner Trompete zeigte. „Vielleicht kann ich auch dein Interesse daran wecken.
Jazz entstand im Jahre 1900 in den Südstaaten. Seine Wurzeln liegen in der Musik, die die Sklaven aus Afrika mitbrachten", erklärte er.
Während sie der Musik lauschte und die beigefügten Kommentare von Patrick zu Kenntnis nahm, kam sie zum Resümee, dass ihre Musikvorliebe eigentlich schon in eine andere Richtung ging. Marlene Dietrichs betörende Stimme hatte es ihr angetan, oder die flotten Schlager, wo sogar Mutter im Geschäft mitsummte, sobald eines dieser Lieder aus dem Radio ertönte. Dazu konnte man sich so schön im Rhythmus mitbewegen. Auch die Texte waren leicht verständlich und irgendwie lustig.

Aber sie wollte nicht kleinbürgerlich wirken, heuchelte echte Begeisterung und atmete erlöst auf, als das Jazzkonzert sein Ende fand.

Sofern die beiden nicht *Mensch ärgere dich nicht*, *Halma* oder *Domino* in ihren wenigen zur Verfügung stehenden Freizeitstunden spielten gingen sie ins Kino und vergnügten sich an einem Lustspiel.
Es war der Zeitpunkt gekommen, wo Patrick ihre Hand in die seine nahm und unschuldige Küsse auf ihren Mund drückte.
Während diesen zarten Annäherungen wünschten sie sich, dass der Film nie enden sollte.

Er wurde rasch ein fixer Bestandteil ihres noch so jungen Lebens. Sie fieberte der Stunde entgegen, ihn wieder neben sich zu haben, und vermisste ihn, sobald er sich von ihr verabschiedete.

Wenn sie abends im Bett lag, den Kopfpolster eng umschlungen hielt und ihr Mund heiße Küsse auf das weiße Linnen drückte, ließ sie ihren hemmungslosen Gedanken freien Lauf. Hier war sie losgelöst von allen Bedenken und stürzte sich fantasievoll in den schönsten Liebesakt.

Patrick wirkte mit seinen achtzehn Jahren schon sehr männlich, benahm sich aber rücksichtsvoll und galant, im Hinblick auf ihr jugendliches Alter von noch keinen dreizehn Jahren. Trotz ihrer reichen Einbildungskraft war sie sich bewusst, dass noch Jahre vergehen mussten, um ein echtes Liebepaar zu werden.

Aber sie wollte warten und für ihn da sein, wenn das Schicksal es bestimmte. Denn sie konnte sich nichts schöneres vorstellen, als durch *ihn* zur Frau zu werden.

Das Leben veränderte sich schlagartig in dem Moment, wo ihr Patrick erklärte:
„Wir müssen fort von hier. Ich habe selbst nicht gewusst, dass alles so schnell geht. Dank guter Beziehungen einiger treuen Freunde meiner Familie haben wir die Genehmigung und die Papiere für eine Ausreise aus Österreich. Mein Vater sieht keinen Sinn, auch noch einen weiteren Tag zu warten. Alle Vorkehrungen sind getroffen. Er will keine Zeit mehr verlieren."
Rosemarie erinnerte sich genau, wie sie hemmungslos zu weinen begann.
In diesem Moment wurde ihr erst richtig bewusst, wie ernst die Situation hier und dort zu sein schien.

Durch ihre Verliebtheit nahm sie an der rasanten und drastischen Veränderung der Weltsituation gar nicht teil. Sie sah alles um sich herum himmelblau und rosarot und bemerkte nicht, dass ein Unheil bringendes Krebsgeschwür aufzubrechen drohte.
„Wann fährt ihr", fragte sie mit tränenerstickter Stimme.
„Morgen Früh." Er sah sie traurig an.
Sie nickte, ohne seinen Blick zu erwidern.
„Ich kann dir keine großartigen Informationen geben. Vater hatte alles geplant und vorbereitet, ohne mich und meine Mutter zu instruieren. Er wollte uns nicht vorzeitig ängstigen.
Er hat in größter Eile die Firmenrechte in Ordnung gebracht und das Privathaus wird während unserer Abwesenheit von einer Schweizer Institution betreut. Ich verspreche dir, sobald ich weiß, wo unser neues Domizil sein wird, erfährst du es."
Mehr sprach er nicht und sie stellte keine weiteren Fragen.
Ein letztes Mal nahm Patrick sie in die Arme, küsste sie zart auf den Mund, flüsterte voll Wehmut, „hab Vertrauen zu mir" und lief davon, ohne sich nochmals umzudrehen.

Am 1. September 1939 begann der Zweite Weltkrieg. Von Patrick hörte sie all die Jahre nichts mehr.

Rosemaries Inneres wehrte sich vehement, weiter zu denken, trotzdem schaffte sie es nicht, die darauf folgenden Jahre aus ihrem Gedächtnis zu löschen.

Ihre Mutter wollte unter keinen Umständen länger in Wien bleiben. Ihre Furcht vor den Russen war zu groß. Aufgrund der immer schrecklicher werdenden Meldungen, die sich rasant verbreiteten, kam für die Familie die Entscheidung, in den Heimatort zurückzukehren.
Die angemieteten Räume des Wiener Hauses übernahm wiederum der Besitzer und im Fenster des Ladens klebte ein Plakat, worauf stand - *bis auf Widerruf geschlossen-*.

Zurück gekehrt in das Dorf, mieteten sie die Souterrainwohnung in der Gartengasse 7. Sie war in dem Haus, das Walter Cerny gehörte.
Ihr Vater war vorerst vom Kriegsdienst befreit, arbeitete in der kleinen Backstube im Dorf und half, mangels männlicher Gehilfen überall mit, wo Not am Manne herrschte.

Im Jahr 1941 wurde auch er einberufen.
Er war mitten beim Brot backen, als sie ihn holten.

Walter Cerny gehörte zu den Dorfbewohnern, mit dem Rosemaries Vater die Schulbank drückte.
In der Jugend saßen die beiden mit anderen gleichaltrigen im Wirtshaus in fröhlicher Runde beisammen bei Bier und derben Späßen. Vergessen waren die Hänselei-

en, die Cerny während der Schulzeit über sich ergehen ließ. Die Buben machten sich lustig über seine großen wegstehenden Ohren und die Mädchen kicherten über seine tölpelhaften Manieren. *Lediger Bunkert* nannten ihn die Dorfbewohner, *Muttersöhnchen*, weil seine Mutter Strenge und Dominanz zeigte und ihm Ohrfeigen auf offener Straße versetzte.

Der im Untergrund aufkeimende Nationalsozialismus formte Cerny. Hier sah er eine Chance für seine Karriere. Er lebte zwar noch immer mit seiner Mutter unter einem Dach in der Gartengasse 7, aber aus dem gutmütigen derben Bauernlackel war ein selbstbewusster Nationalsozialist geworden.

In den Kriegsjahren titulierte ihn der Gauleiter zum Kreisleiter. Somit hatte er überall seine Fäden laufen und übte seinen Einfluss skrupellos aus. Ein Schleimer, rücksichtslos und korrupt.

Unberührt verfolgte Cerny, wie seine ehemaligen Klassenkameraden zum Militär einberufen wurden. Er sah darüber hinweg, wenn sie sich nach Gefechten schwer verwundert auf Genesungsurlaub in der Heimat befanden. Er fand keine tröstenden Worte für diejenigen, denen ein Bein oder beide Hände fehlten und auf Krücken ein elendiges Dasein fristeten. Mitleid kannte er nicht, schon gar nicht für trauernde Hinterbliebene.

Nach dem Tod der Mutter verlagerte Cerny seine sexuellen Genussansprüche.
Fand er früher Befriedigung in einschlägigen Etablissements außerhalb des Ortes, ging er nunmehr auf bedingungslose Jagd im eigenen Dorf. Er sah sich als Hengst, der seine mannlosen Stuten bereiten konnte.
Getrieben von Geilheit, verfolgte er jeden Rockzipfel und nahm Frauen wie ein Stück Brot zu sich, die er, so-

bald sie ihm überdrüssig wurden, wieder wegwarf wie einen faulen Apfel.

Rosemarie konnte es ihrer Mutter nicht antun zu beichten, dass sie von Cerny auf hinterhältige Art in den Schuppen gelockt und dort vergewaltigt wurde.

„Komm, zier dich nicht so, bist ja schon eine erwachsene Person, der es ordentlich besorgt gehört. Wo doch eh nichts Greifbares da ist, außer ein paar Krüppel und Impotente. Sei froh, von einem Mann wie mich entjungfert zu werden", redete er derb vor sich hin, während er das Mädchen hastig auszog. Er band ihr den Mund mit einem Tuch zu, um von ihrem Schreien nicht gestört zu werden und die Kratzer und Schläge, die sie ihm während des Aktes versetzte, schienen ihn nur noch mehr in Erregung zu versetzen. Nach dieser Schandtat knöpfte er langsam seine Hose zu, sah der Geschändeten frech ins Gesicht, übersah unbarmherzig ihre Tränen und erklärte lakonisch:
„Deine Mutter diese alte Henne, hat mir einmal eine Abfuhr erteilt. Sie würde sich lieber erschießen lassen, als sich mit mir einzulassen, gab sie mir hochnasig zu verstehen. Sage ihr, ich brauch' sie nicht, wenn ihr Küken frei herumläuft, und ich es einfangen kann, wann mir danach ist. Aber ich bin mir sicher, du läufst von selber in den warmen Stall.

So einen wie mich bekommst du so schnell nicht mehr, der dich lehrt, die Füße aufzustellen und den Hintern herzuhalten." Dabei lachte er pervers auf.

Rosemarie flüchtete in die Kirche und suchte Trost im Gebet. Nie mehr sollte diesem Scheusal die Gelegenheit gegeben werden, sie zu demütigen.
Im Gegensatz zu den anderen Gemeindebewohnern, die die liederliche und korrupte Lebensweise des Herrn Cerny lethargisch, mit gesenktem Kopf hinnahmen, war

sie sich bewusst, dass Gott richten und die Zeit der Abrechnung kommen würde.

Im Herbst 1944 musste die zweite Kompanie einer Fallschirmjäger Abteilung, bei schweren Kämpfen an der belgisch-deutschen Grenze starke Verluste hinnehmen.
Die Soldaten atmeten auf, als sie an einem trüben Tag aus der Hauptkampflinie gezogen wurden.
In einer kleinen Ortschaft bei Aachen bezogen sie ihre Quartiere. Unablässig nahm man aus der Ferne Kanonendonner wahr. Aber die Männer überhörten es, für den Augenblick bestand keine Gefahr.

Nachdenklich schritt Franz Reiter den schmalen Waldweg entlang. Seine Gedanken weilten in der Heimat.
Heimat? Wo war wirklich seine Heimat?
Die Antwort gab er sich selbst.
Das alles hier ist Heimat, deutsche Erde, Brüder, Schwestern, die ihnen einst zujubelten, als der stolze Vormarsch der deutschen Armee begann.
Millionen Männer kämpften an allen Fronten, in der Luft, der Erde und im Wasser, für eine bedingungslose Idee, die den Anschein bekam, dass sie von Tag zu Tag undurchschaubarer wurde.
Franz Reiter, ein Soldat unter den Millionen und Abermillionen, der auf Feinde schoss und den Tod seiner Kameraden beweinte, bekam plötzlich Gänsehaut. Ein kalter Schauer durchfuhr ihn, eine Welle von Angst durchströmte seinen Körper.

Er hatte das Gehöft erreicht, in dem seine Kompanie Unterkunft fand.
Beim Toreingang trat ihm eine zarte junge Frau, kaum älter als 20 Jahre, entgegen, die ihn mit traurigen Augen anblickte.

Er schenkte ihr einen aufmunternden Blick und fragte: „Nun, kleines Fräulein, wohin so alleine?“
„Meinem Vater geht es wieder schlechter, ich muss vom Nachbar Medizin holen.“
„Darf ich Sie ein Stück begleiten?“
„Ja gerne.“
Währenddem sie gemeinsam den Weg beschritten, begann Marie vertrauensvoll aus ihrem Leben zu berichten. Die einsamen Wochen und Monate, alleine, mit dem schwerkranken Vater, der all die Jahre die Mutter ersetzte, die bei der Geburt des jüngeren Bruders gestorben war.
Die schwere Arbeit, die auf ihr und dem Zwölfjährigen lastete, nachdem alle Helfer in den Krieg zogen. Die Furcht des allein gelassen werden und die Angst um die Zukunft, die sie jeden Abend verspürte.
Still folgte Franz den Erzählungen. Ergriffen fasste er nach ihrer Hand, nahm sie fest in die seine und sie spürte die Wärme, die er ihr bot.

Franz und Elsa verabredeten ein Wiedersehen, spät am Abend im Heustadel.
Einer innigen Umarmung folgend, ließen sich die beiden auf das weiche und doch kratzige Bett aus Heu, fallen.
Mit Ungeduld im Herzen entkleideten sie sich und kosteten einander mit unglaublicher Zärtlichkeit. Vergessen schien alle Angst und Ungewissheit durch den Zauber der Liebe. Sie sprachen nicht, aber das Glück, das beide empfanden, drückte mehr als jedes Wort aus.

Zwei Tage lag die Kompanie in diesem kleinen Ort.
Die Ruhe tat den abgekämpften Soldaten gut.
Franz half Elsa am Hof mit, so gut er konnte. Die beiden Verliebten nahmen sich jede Stunde Zeit füreinander da zu sein. Ausgelassen wie zwei Kinder sprangen sie durch den Wald, liefen um die Wette, um anschließend atemlos an einem stillen Plätzchen Halt zu machen. Sie lebten für den Moment. Keiner fragte den anderen, wie

es weiter gehen würde. Denn sie wussten, dass sie beide keine Antwort darauf hatten.
Die gegenseitigen Worte zu hören, *ich hab dich sehr lieb,* war die einzige Antwort in diesem bedeutenden Abschnitt ihrer beider Leben.

An einem Sonntag, die Kirchturmuhr kündigte die zehnte Abendstunde an, setzte plötzlich Trommelfeuer ein. Eine halbe Stunde später überbrachte der Melder die Nachricht, dass der Feind durchgebrochen war. Die Kompanie musste sofort einsatzbereit gemacht werden. Kommandos erschallten. Alles geschah in hektischer Eile.
„Vergiss mich nicht", flüsterte Elsa ihrem Geliebten zu, der ihr einen letzten Kuss, einen letzten Blick gab, bevor er gehen musste.

Nach zwei Tagen hatte der Feind auch die kleine Ortschaft, in dem die Kompanie lag, besetzt.
In einem Gegenstoß versuchte Franz Reiter mit seinen Männern das Gebiet zurückzuerobern. Aber es war vergebens, die materielle Übermacht war zu groß.

Wochen später musste Rosemarie durch einen Brief erfahren, dass ihr Vater Franz Reiter im Herbst 1944 an der belgisch-deutschen Grenze bei schweren Artilleriekämpfen sein Leben einbüßte.

Gefallen, für Führer, Volk und Vaterland

Fassungslos nahm Rosemarie diese Meldung auf. Gefühle von Hass und Schmerz über die Sinnlosigkeit des Weltgeschehens bohrten sich in ihre Seele. Aber sie merkte, dass ihr Verbitterung keine Heilung brachte. Deshalb suchte sie wiederum die Kirche auf, um im Gebet Trost zu finden. Und das Gebet machte Mut die Kraft aufzubringen, ihrer Mutter in dieser schweren Zeit beizustehen.

Zum Jahreswechsel 1944 auf 1945 gaben Gefreiter Karl Scholl und seine, ihm am 27. Dezember 1944 angetraute Frau Berta, ein Fest im kleinsten Freundeskreis.
Hans, Jahrgang 1929 und seine um ein Jahr ältere Freundin Helli. Ingrid und Christel, deren Männer keinen Urlaub bekommen hatten und Arnold, welcher kurz zuvor aufgrund einer Beinverletzung aus dem Lazarett entlassen, Erholung in der Heimat zugesprochen bekam, saßen bereits im Wohnzimmer und unterhielten sich mit dem Gastgeber.

Rosemarie begrüßte die Anwesenden herzlich, stellte die Schüssel selbst gebackener Haferflockenkekse in die Mitte des Tisches und gesellte sich zu Berta in die Küche, die Schmalzbrote bestrich und Ribiselwein in die Gläser goss.
„Das sind die letzten Flaschen Eigenproduktion meines Schwiegervaters. Ich fand sie völlig verstaubt im Keller liegen. Keine Sorge, es wird euch nicht schlecht. Ich habe schon eine Kostprobe hinter mir. Der Alkohol hat noch seine ganze Kraft und das süße Aroma der Ribiseln ist vollends vorhanden. Alter Jahrgang und gut genießbar, gerade richtig für eine rauschende Silvesternacht“, erklärte sie ihrer Freundin mit schelmischen Augenzwinkern.

Der Ribiselwein wurde von den Gästen mit einem fröhlichen Hurra begrüßt, man stieß gegenseitig mit den Gläsern an und delektierte sich an dem guten Trunk.
Um mehr Schwung in die Stimmung zu bringen, erzählte Karl einige Witze.
Er war ein Meister für Humoriges, und obwohl manche davon schon alt waren, lachten sie alle aus vollem Hals. Später tanzten sie bei Schallplattenmusik. Arnold, der sich durch seine Verletzung nicht gut bewegen konnte, blieb am Tisch sitzen und sang laut mit, als das Lied *Zwei Gitarren am Meer* erklang.

Ein fröhliches *Prosit Neujahr* erklang, man tanzte ins Jahr 1945 und wenig später saßen alle Anwesende gebannt rund um das Radio, um daraus die Neujahrsansprache Adolf Hitlers aus seinem Hauptquartier *Adlerhorst* in Westdeutschland, zu entnehmen:

..... „Die Welt muss wissen, dass dieser Staat niemals kapitulieren wird!
..... weil wir die Ziele unserer Gegner kennen, sieht das ganze deutsche Volk wie das Schicksal wäre, das ihm zugedacht ist, wenn es jemals diesen Krieg verlieren würde.
Es wird ihn daher auch nicht verlieren, sondern es muss und wird ihn gewinnen!
......Mein Glaube an die Zukunft unseres Volkes ist unerschütterlich!
..... In dieser Stunde will ich daher als Sprecher Großdeutschlands gegenüber dem Allmächtigen das feierliche Gelöbnis ablegen, dass wir treu und unerschütterlich unsere Pflicht auch im neuen Jahr erfüllen werden, des felsenfesten Glaubens, dass die Stunde kommt, in der sich der Sieg endgültig dem zuneigen wird, der seiner am würdigsten ist:
dem Großdeutschen Reiche! .....“

Zum Schluss der Rede sahen sich die Freunde betroffen an.
Viele Worte, aber kein Lichtblick ging aus dem Gesagten hervor, kein Hoffnungsschimmer auf Frieden!
Die gute Stimmung schien wie weggefegt. Jeder dachte daran, welch grauenhafte Zeit ihnen auch 1945 bevorstehen würde.

Rosemarie und Arnold verabschiedeten sich bald, um den Heimweg anzutreten.
Es war eine sternenklare, eiskalte Nacht.

„Ich möchte die ersten Stunden des neuen Jahres nicht allein verbringen“, deutete Arnold an.
„Wenn ich ehrlich bin, ich auch nicht“, kam die Antwort zurück.
„Zu mir oder zu dir“, fragte Arnold.
Rosemarie dachte an ihr kleines aber romantisches Kabinett, das warm und behaglich auf ihr Kommen wartete.

„Ich denke zu mir. Ich kann meiner Mutter erklären, dass ich Besuch habe. Dann macht sie sich wenigstens keine Sorgen, wenn sie weiß, dass ich im Haus bin.“
Sie wusste, dass Arnold mit den Eltern in einer sehr kärglichen Behausung wohnte. Sein Vater arbcitete früher in einer Sägefabrik und verlor durch einen Unfall seine rechte Hand. Seitdem bezog er die Mindestrente, trank immer um ein Bier zu viel und führte ein trostloses Dasein mit seiner ständig keifenden Ehefrau.

„Komm leg dich neben mich“, ermunterte Rosemarie den jungen Soldaten.
Ein wenig schüchtern lagen sie eng beisammen und streichelten einander.
„Es ist schön, dich neben mir zu wissen, deinen warmen Körper zu spüren, dich berühren zu dürfen“, flüsterte Arnold.
„Ja, mir geht es genau so“, antwortete sie zufrieden.
Und dann fasste sie ihren ganzen Mut zusammen und gab ihm einen leidenschaftlichen Kuss, der zuerst zögernd und dann mit entsprechender Intensivierung zurückkam.

Rosemarie lächelte, als sie merkte, dass Arnold von einer Sekunde auf die andere einschlummerte. Auch sie war müde geworden. Behutsam legte sie den Kopf auf seine Brust, hörte den ruhigen Herzschlag und schlief befriedigt und glücklich in dieser Stellung ein.

Die darauf folgenden Tage waren bitterkalt und es schneite unaufhörlich.
Rosemarie bestand darauf, dass ihr Freund bei ihr wohnte. Sie wusste, die Pflege und Herzenswärme, die sie ihm entgegen brachte, würde ihm psychisch und physisch wieder ganz gesund machen.
Sie waren füreinander da und durch ihr intensives Geben von Zuneigung, bekam auch sie die Liebe geschenkt, die sie dringend benötigte.

„Hast du dir Gedanken gemacht, was du später machen wirst", fragte Arnold seine Freundin, eine Woche später während eines kleinen Spazierganges entlang des Waldes. Die Sonne schien warm hernieder und der weiße Schnee glitzerte, als ob Tausende Kristalle darauf tanzten.
„Ich werde nicht ewig hier bleiben. Voraussichtlich gehe ich nach Wien zurück. Die Stadt ist mir vertraut, dort bin ich aufgewachsen. Ich beabsichtige in eine Büroschule zu gehen, um Sekretärin zu werden. Damit ich mich über Wasser halten kann, versuche ich nebenbei in einer Bäckerei zu arbeiten. Ich habe oft genug meinem Vater zugesehen, wenn er den Brotteig zubereitete. *Was man einmal erlernt hat, vergisst man nicht,* lautete sein Leitspruch. Er war riesig stolz auf mich, wenn ich frühmorgens in der Backstube stand und die Arbeiten mit ihm zusammen verrichtete.
Wenn es nach meiner Mutter ginge, sollte ich Schneiderin werden. Sie meint, ich hätte eine außerordentliche Begabung für Kreatives. In den vielen einsamen Wochen und Monaten hier hat sie mir das Nähen beigebracht. Aus Zeitungspapier zeichneten wir Schnitte und aus jedem Stoffrest fabrizierte ich Tragbares. Übrigens, das Hochzeitskleid von Berta wurde von mir kreiert und gefertigt. Es entstand aus Fallschirmseide, die uns Karl einmal mitbrachte."
Arnold nickte anerkennend.
„Ich habe meine Tischlerlehre nicht fertiggemacht, da ich vorzeitig zum Militär einrücken musste", setzte der

junge Mann das Gespräch fort. „Wie du weißt, fuhr ich jeden Tag mit dem Rad ins Nachbardorf in eine große Tischlerei, wo ich meine Arbeiten verrichtete.
Und sonntags sang ich im Kirchenchor mit, manchmal sogar Solo. Das hatte der Pfarrer angeordnet. Er mochte mich sehr und fand, dass ich eine schöne Stimme habe. Leidenschaftlich gerne hörte ich dem Organisten zu, wenn er musizierte. Ich stand hinter ihm und schaute genau auf seine Finger.

Mein größter Triumph war, einmal selbst auf der Orgel spielen zu dürfen. Ein erhabenes Gefühl und eine große Ehre für mich", fügte er etwas melancholisch hinzu.

Der Krieg forderte all seine noch vorhandenen Soldaten, denn die Kämpfe wurden täglich aggressiver und sinnloser. Keiner glaubte mehr an eine Wende. Die Menschen wagten nicht offen darüber zu sprechen, aber es wurde ihnen immer mehr bewusst, dass der Krieg verloren war.
Es gab nur noch wenige Tage Heimaturlaub für Arnold, dann musste auch er Abschied nehmen.
Liebevoll nahm er seine Freundin in die Arme und küsste ihre tränenbenetzten Augen.
„Ich schreibe dir, wann immer es möglich ist. Früher oder später kommt jede Feldpost an", erklärte er, als er Rosemaries zweifelnden Gesichtsausdruck wahrnahm. „Keine Sorge, ich gehe nicht verloren. Ich schaff das schon. Und irgendwann wird auch dieser verdammte Krieg zu Ende sein."

Tatsächlich bekam Rosemarie einen Feldpostbrief von Arnold. Sie konnte den Stempel des Ortes nicht erkennen, wo der Brief aufgegeben wurde und eine Absenderadresse gab er nicht an.

Ich lebe noch stand kurz und bündig auf dem Papier. **Habe verdammtes Glück gehabt. Lag im Schützengraben. Mein Kamerad neben mir starb im Granatenhagel.** *Ich schenk dir meine Gitarre, die wirst du in Zukunft besser brauchen können,* **waren seine letzten Worte, bevor er die Augen für immer schloss.**
Es geht alles vorüber, es geht alles vorbei, und dann ziehe ich in eine Großstadt, werde Musiker und Sänger und mach mir ein schönes Leben. Vielleicht kann ich dich dazu mit einladen (für ein schönes Leben...)
Aber noch heißt es, weiterkämpfen für Volk und Vaterland.
Ich hoffe dich irgendwann und irgendwo wieder zu sehen.
Ich küsse dich aus weiter Ferne.

Dein Arnold

Im Frühjahr 1945, knapp vor Kriegsende, musste Rosemarie einen weiteren Schicksalsschlag erleiden.
Ihre Mutter erkrankte an einer schweren Infektion am Fuß. Die Wunde entzündete sich immer mehr und alle noch vorhandenen Medikamente brachten keinen Erfolg. Der einzige verfügbare Arzt schüttelte bedauernd den Kopf.
Der geschwächte Körper konnte und wollte nichts mehr aufnehmen, der Lebenswille war gebrochen. Schon bald lag sie im Fieberwahn. Eiter fraß sich durch das wunde Fleisch und nagte förmlich den rechten Knöchel an.

Obwohl sie Cerny zutiefst hasste, wandte sich Rosemarie in ihrer Not an ihn. Er sollte ihr helfen, Mutter ins benachbarte Krankenhaus zu transportieren.
Es dauerte viel zu lang, bis er sich im Amtszimmer zu einem Gespräch herabließ. Voll Aufregung und Angst berichtete sie über den Zustand.

Cerny saß teilnahmslos da und rauchte bedächtig seine Zigarette. Sein Blick war nicht durchschaubar. Mit herablassender Miene erklärte er entschieden, für Krankentransporte sei er nicht zuständig. Er warte auf dringende wichtige Meldungen vom Hauptsitz.

Erst durch das Versprechen, sie würde als Gegenleistung häusliche Bedienungsarbeiten bei ihm durchführen, ließ er sich erweichen und forderte Rosemarie auf, nach Hause zu gehen, er käme sie beide abholen, sobald es seine Arbeit zuließ.

Voll Bange und Ungeduld wartete sie Stunde über Stunde. Aber Cerny kam nicht. Das Wimmern und stöhnen, das aus dem Nebenzimmer kam, brachte sie fast um den Verstand. Sie musste eine andere Lösung finden.
Im Schuppen befand sich ein kleiner Handkarren, der mit einer Stange gezogen werden konnte. Sie füllte ihn mit einer Decke und Kopfpolster aus, trug ihre Mutter aus der Wohnung und legte sie in den Karren.
Es war der mühsamste Weg in ihrem bisherigen Leben. Als sie nach einigen Stunden endlich im Krankenhaus ankam, brach sie vor Erschöpfung zusammen.

Trotz der im Krankenhaus in dieser Zeit möglichen, notdürftigsten Versorgung, lebte Rosemaries Mutter nur noch zwei Tage. Ihr Leiden fand ein Ende, ihre Seele löste sich von dem Irdischen, um aufzusteigen in eine andere, vielleicht bessere Dimension.

Im Spital wurden dringend Einsatzkräfte gebraucht, für die zahlreichen Verwundeten, die in überfüllten Krankensälen lagen. Rosemarie erklärte sich spontan bereit, dort zu bleiben und mitzuarbeiten. Sie nahm jede Arbeit an und war glücklich, durch ihre Bemühung einen kleinen Teil von Hilfeleistung beitragen zu können.

An dem Tag, wo sie wusste, wie sie ihren weiteren Lebensweg bestreiten würde, beendete sie ihre Tätigkeit im Spital.
Bevor sie aber ihre Fahrt nach Wien antrat, musste sie zurück in das Dorf. Sie beabsichtigte, nur einige wenige Utensilien auf ihre Reise mitzunehmen.

Die kleine Gemeinde war zu einem Geisterort geworden. Sie sah keinen einzigen Menschen und war sich bewusst, dass auch sie von niemand gesehen wurde. Als sie das Haus in der Gartengasse 7 betrat, hörte sie schreckliche, beinahe tierische Laute aus der Wohnung von Cerny heraus, die dann schlagartig verstummten. Es war beängstigend still.
Rosemarie drückte an der Türklinke von Cerny's Wohnung. Die Tür war nicht verschlossen. Leise schlich sie hinein, bis zum Wohnzimmer und fand Cerny zusammengekrümmt am Boden liegen...

Gemächlich ratternd fuhr der Personenzug in Richtung Wien.

Rosemarie biss herzhaft in den Apfel, zerkaute langsam Biss für Biss, um sich von dem schalen Geschmack, der die letzten Erinnerungen mitbrachte, zu lösen.
Die Worte der Bäuerin fielen ihr ein:

Schutt und Trümmer wegschaffen
und wieder von neu zu beginnen

Sie fragte sich, was sie sich von Wien erwartete, dieser ausgehungerten Stadt, die in Schutt und Asche lag. Würde sie in Wien die Chance für einen neuen Anfang bekommen?

Aber hatte sie eine andere Wahl?

Und welch ein Abenteuer würde es werden, aus dem Schutt dieser Zeit den Weg für eine neue Zukunft frei zu räumen?

Plötzlich holte sie den Brief von Erna Scharnagl aus der Handtasche.
Um die Zeit zu vertreiben, las sie ihn nochmals durch.

Liebe Rosemarie!
Deine Sorge, dass dein Brief mich nicht erreichen würde, war umsonst. Er ist angekommen und ich beantworte ihn postwendend.
Ich bin wirklich erschüttert über dein Schreiben und möchte dir mein herzlichstes Beileid aussprechen. Ich wünsche dir, dass du mit Hilfe der Kraft, die aus deinem Inneren herausströmt, die Traurigkeit überwindest und gestärkt einen neuen Lebensabschnitt bestreitest.
Deine lieben Eltern werde ich immer in herzlicher Erinnerung behalten. Du weißt ja, dass deine Mutter und ich sehr gute Freundinnen waren und ich denke gerne an die netten Stunden, die wir zusammen verbrachten. Über die schönen Sonntagsausflüge haben Willibald und ich noch oft gesprochen, nachdem ihr aus Wien fortgegangen seid, und natürlich über deines Vaters Backkunst, die Kuchen die wir zum Nachmittagskaffee vorgesetzt bekamen, wenn wir bei euch auf Besuch verweilten.

Auch ich habe einen schweren Schicksalsschlag erlitten. Willibald, mein herzensguter, großartiger Lebenspartner, ist Opfer des Krieges geworden.
Es war Mittwoch der 7. Februar 1945.
Den Tag werde ich nie vergessen, denn in den Mittagsstunden wurde Wien bombardiert. Vom Westen her

zogen die Geschwader amerikanischer Bomber, ihre weißen Kondensstreifen am Firmament hinter sich lassend, zur Stadtmitte.
Willibald und ich saßen mit den anderen Bewohnern im Luftschutzkeller und warteten gebannt auf das Ende des Bombenangriffes.
Auf einmal bebte die Erde stärker und stärker, man spürte förmlich, wie das Haus ächzte, die Wände zitterten. Ein ohrenbetäubendes Dröhnen, gefolgt von einer starken Druckwelle, erfasste unsere Körper und presste uns gewaltsam zu Boden. Ich sah nichts vor Rauch und Asche. Angstvoll rief ich nach Willibald. Da entdeckte ich seinen Kopf. Der Körper war von Ziegeln des zusammengebrochenen Gewölbes verschüttet und zerquetschte ihn förmlich. Er wimmerte vor Schmerzen, aber als er mich sah, brachte er ein zaghaftes Lächeln hervor und flüsterte, fast nicht verständlich:
Jetzt hat es meine Wohnung auch erwischt und ich muss doch zu dir ziehen. Wirst mich wohl aushalten können den ganzen Tag?
Ich versuchte ihn von den Ziegeln zu befreien, hatte es irgendwann geschafft, aber es war zu spät. Zu stark waren die inneren Verletzungen, denen er erlegen ist.

Solltest du die Absicht haben, nach Wien zurückzukommen, bitte ich dich, bei mir zu leben. Für uns beide ist Platz genug und ich wäre sehr froh, dich um mich zu wissen.
Wir werden uns gemeinsam den Weg zu einem neuen Ziel setzen.
Auch wenn die Lage hier in Wien zu dieser Zeit fatal ist.
Österreich steht zwar wieder auf der Landkarte und ist Rot Weiß Rot, aber du wirst entsetzt sein zu sehen, was aus Wien wurde.

Es ist reinste Ironie (um es vornehm auszudrücken) an den bewussten 9. April 1938 sich zu erinnern, an

dem Adolf Hitler, kurz vor der großen Volksabstimmung, Wien besuchte.
Der damalige Bürgermeister hielt im Wiener Rathaus eine Lobrede, die mit den überschwänglichen Worten endete:

Jetzt, mein Führer, gehört diese Stadt Ihnen und Ihrer Revolution.
Wir geloben Ihnen, dass wir sie mit jener Entschlossenheit, die ihre Beglaubigung ableitet von der Bitterkeit des langen Ringens, von der Größe der Opfer der Bewegung, von der Tiefe unseres revolutionären Einbruchs, zu einer wahrhaft nationalsozialistischen Stadt des Führers und Befreiers und Großdeutschlands machen werden.
Nehmen Sie diese Stadt unter Ihre schirmende Hand!
Lassen Sie sie zu neuer Blüte aufsteigen vor der Nation und vor den Völkern der Erde!
Seien Sie ihr großer Baumeister!
Erfüllen Sie uns mit Ihrer gewaltigen Baugesinnung!
Unsere Liebe und Dankbarkeit schlägt Ihnen heute und immerdar wie eine Flamme entgegen, die keine Finsternis verhüllen, keinen Sturm verlöschen kann!
In dieser Stunde steht die Zeit für uns still; wir spüren erschauernd den Atem der großen Geschichte, tiefste Andacht überwältigt uns und wir beten: Allmächtiger, wir danken dir!
Führer, führe uns!
Deutschland, Deutschland, nimm uns an dein heiliges Herz!

Und ich erinnere mich an die Antwort, die Adolf Hitler nach der Begrüßung mit folgenden denkwürdigen Worten endete:
Seien Sie überzeugt, diese Stadt ist in meinen Augen eine Perle. Ich werde sie in jene Fassung bringen, die dieser Perle würdig ist, und sie der Obhut des ganzen Deutschen Reiches, der ganzen deutschen Nation an-

vertrauen. Auch diese Stadt wird eine neue Blüte erleben…

Ausgebombt, zerstört in Elend und Jammer, Häuserruinen, fensterlose Mauerfassaden, so sieht die Fassung und die Perle nach sieben Jahren aus!
Und nicht nur das, aufgeteilt durch Besatzungsmächte, zeichnet sich nun die Stadt durch Tötungen, gewaltsame Übergriffe und drastischer Kriminalität aus.
Besonders die Russen sind unberechenbar, wenn sie des Nachts volltrunken durch die Straßen ziehen.
Frauen werden zum Freiwild für die Soldaten in Uniform. Man hört ihre Hilferufe, aber die Leute schauen weg, wenn sie von Männern in ein Auto gezerrt und vergewaltigt werden.

Die vagen Erhebungen, die träge durchgeführt werden, verlaufen immer wieder in Sand. Man verzichtet auf Anzeigen, denn die Angst vor Repressalien ist zu groß.

Aber du brauchst dich nicht zu fürchten. Bei mir bist du gut aufgehoben.
Also komm, so schnell als möglich und vergesse nicht all deine Habseligkeiten, besonders die Dokumente mitzunehmen. Damit du bei der Einreise keine Schwierigkeiten hast und du deine Essensmarken ausgehändigt bekommst.

Rosemarie las nicht weiter, faltete den Brief zusammen und steckte ihn ordentlich in das Seitenfach der Tasche.
Obwohl Jahre vergangen waren, erinnerte sie sich zu gern an Erna Scharnagl aus Wien.

Für einen Augenblick wurde es ihr warm ums Herz. Es war so gut zu wissen, dass jemand auf sie wartete, den sie vertrauen konnte und sie beschützen würde.

Frauen wie Erna Scharnagl nannte man im Wiener Dialekt einen weiblichen Dragoner.
Aber abgesehen von ihrer stattlichen Größe, dem beachtlichen Körpergewicht, ihrem resoluten Auftreten, konnte man sie als liebenswerte Person titulieren, die das Herz am richtigen Fleck besaß und wenn sie lachte, musste man, ob man wollte oder nicht, in die von ihr vorgezeigte Fröhlichkeit mit einstimmen.
Im jugendlichen Alter gab es so manches Gspusi mit dem einen oder anderen Herrn. Doch für eine längere Liaison, wo die Aussicht einer möglichen Heirat ins Gespräch kam, war sie nicht geeignet. Da trat ihre Dominanz auf, vor der sich die Mannsbilder fürchteten und blitzschnell das Weite suchten.

Amor schoss seine Pfeile stets daneben, doch einmal traf er mitten ins Herz.

An einem Sonntagnachmittag begab sich eine Gruppe lustiger junger Menschen, denen auch Erna angehörte, auf eine kleine Wandertour. Es war in der Zeit der tanzenden Blätter, die nach Lust und Laune hin- und herschwangen. Der Herbstwind hauchte Wien Freude und Inspiration ein.

Man spazierte, mit Gesang und Gitarrenbegleitung von Nussdorf nach Grinzing. Durch malerische Gassen hinauf zu den endlosen Weingärten, von dort sie einen traumhaften Ausblick in die Landschaft, bis zur Donau genossen.

Am späten Nachmittag kehrten sie hungrig und durstig ins Beethovenhaus ein, benannt nach dem berühmten Komponisten, der 1817 dort seine Herberge fand.
Im Lokal herrschte bereits eine fidele Atmosphäre, die Tische waren besetzt, aber man rückte freundschaftlich zusammen.
Der Zufall oder die Fügung wollte es, dass Erna neben einem alleinstehenden Herrn Platz nahm. Er stellte sich höflich als Hofrat Geyer vor und schon bald wurde er mit einbezogen in die fröhliche Gesellschaft.
Dem edlen Tropfen Veltliner, dem man gehörig zuprostete, war es wohl zu verdanken, dass die Stimmung recht ausgelassen wurde. Hofrat Geyer war höchst angetan von seiner Nachbarin. Immer näher rückte er an sie, ergriff ihre Hand, drückte sie mehrmals und schaute ihr dabei tief in die Augen. Ein Busserl folgte dem nächsten und zum Schluss legte er zufrieden und voll getränkt mit Wein, seinen Kopf auf Ernas riesigen Busen.
Die restliche Gesellschaft übersah, dass sich die beiden zu späterer Stunde davon machten. Zu sehr waren sie selbst mit Wein, Gesang und Heiterkeit beschäftigt.
Leicht beschwingt und glücklich saßen die beiden Frischverliebten in der 38-er Straßenbahn.
Sie strebten nach demselben Ziel, daher war der Weg nach Hause für beide der gleiche.

Hatte Willibald Geyer, seines Zeichen Hofrat im Ministerium für innere Angelegenheiten, geglaubt, im zunehmenden Alter erlahmende Gefühle für das weibliche Geschlecht zu haben, musste er sich nun selbst des Besseren belehren.
Er, der kleine, drahtige, schon in die Jahre gekommene Witwer, lebte in anderen Sphären, seit dem ersten innigen Beisammensein mit Erna. In ihr hatte er die Walküre seines Herzens und Geschmackes gefunden.
Durch sein langjähriges Alleinsein gewöhnte er sich seinen eigenen Lebensstil an. Es gab eine Wirtschafterin, die gelegentlich kam und die notwendigsten Hausarbei-

ten verrichtete, aber die meisten Stunden verbrachte er nach Dienst in den Kaffeehäusern, beim Tarock- und Billardspiel.
Diesen Rhythmus wollte er, mit einigen Einschränkungen, beibehalten.
Er teilte Mittwoch, Samstag und Sonntag für seine junge Freundin ein. An diesen Tagen durfte Erna auch bei Herrn Hofrat im Ehebett übernachten.
Und während dieser gemeinsamen Stunden verwöhnte er seine Gefährtin nach allen Regeln der Kunst. Als Gentleman par excellence hatte er immer Überraschungen bereit. Kino und Opernbesuche standen am Programm, gemeinsame Ausflüge und Heurigenbesuche wurden unternommen und für die Abende, die sie zu Hause verbrachten, ließ der Gönner feines Essen vom nahe gelegenen Restaurant kommen.
Erna fand diesen Zustand äußerst zufrieden stellend, da sie als Weißnäherin nur sehr wenig verdiente und in einem kleinen ärmlichen Untermietzimmer wohnte, konnte sie sich kein größeres Glück vorstellen. Sie gewöhnte sich daran, dass ihr Freund um so viele Jahre älter war und sie beide Aussehen mäßig ein sehr ungleiches Paar darstellten. Das alles spielte keine Rolle. Er war witzig und geistreich und eine Kanone im Bett. Die Nächte, die sie mit ihm verbrachte, stellten jedes Mal für sie eine Herausforderung dar, denn er konnte nicht genug bekommen.
Nach zwei Jahren Prüfung dieser, doch etwas kapriziösen Freundschaft, unterbreitete Willibald einen Vorschlag:
„Meine teure Freundin, du weißt, wie ich dich schätze und vergöttere und es wäre eine Geste des Anstandes, mit dir den Bund der Ehe einzugehen. Doch bin ich zu diesem Schritt nicht fähig, denn das kann ich meiner verstorbenen Frau Amelie nicht antun.

Ich möchte dir zum Zeichen meiner aufrichtigen Verbundenheit und Wertschätzung, etwas schenken. In

meinem Alter denkt man nicht mehr an das Materielle. Ich habe alles, was ich mir wünsche und vor allem gibt es dich, die mir das höchste Glück beschert.
Mein Haus am Spittelberg steht leer und ungenützt, nachdem die letzte Mieterin verstorben ist. Es soll nun dir gehören. Du kannst dort einen Laden eröffnen, dann bist du eine selbständige, unabhängige Geschäftsfrau. Gestatte mir nur, solange ich am Leben bin, weiterhin an deiner Seite zu bleiben, als treuer Freund und Begleiter."

Erna, außer sich vor Freude und Dankbarkeit, wusste bald, welche Art von Gewerbe ihr am ehesten zusagte. Das, was sie von frühester Kindheit durchführte. *Für feine Leute Wäsche waschen und flicken.*
Sie eröffnete einen Waschsalon.

Am Spittelberg, eingebettet im Herzen des siebenten Wiener Gemeindebezirkes, stand dieses kleine Biedermeierhaus, lieblich anzusehen, mit seiner weißen Fassade und den braun gestrichenen Fensterläden.

Vom ebenerdigen Eingang gelangte man in das Annahmebüro, wo Schmutzwäsche aufgenommen, schrankfertig zurückgegeben und kassiert wurde.
In den hinteren Räumlichkeiten wurde gewaschen, getrocknet und mit Rosenwasser besprengt, gebügelt. Da sich in dem Haus ein Innenhof befand, ergab sich die Nutzung an den schönen Tagen zum Lufttrocknen. Und es gab einen Schöpfbrunnen, woraus sie jederzeit Wasser holen konnte.
Der zweite Eingang des Hauses war die Toreinfahrt zum Vorhof, einst Einstellplatz für Kutsche oder Einspänner. Hier war der geeignete Platz für den Handwagen, den der Laufbursche benötigte, um auf Wunsch des Kunden, die Wäsche abzuholen, oder auszuliefern. Eine Außentreppe führte in den obigen Wohnbereich.

Erna Scharnagl wurde eine korrekte, aber strenge Chefin. Für Schlampereien gab es kein Pardon. Sie schaute ihren Mitarbeiterinnen genau auf die Finger, damit ihnen keine Unachtsamkeiten passierten. Nichts konnte sie mehr in Rage bringen, als zu beobachten, wenn die Mädchen neugierig reizvolle Unterwäsche der eleganten Damen begutachteten oder kichernd mit dem übergroßen *Liebestöter* der Herren herumhüpften. Da gab es gleich ein Donnerwetter und Redeverbot für die nächsten Arbeitsstunden.

Ernas Geschäft hatte einen guten Namen, zu ihren Kunden gehörte ausnahmslos die feine Wiener Gesellschaft und sie war ehrgeizig genug, ihren Ruf hochzuhalten.

Im Spiegel der Zeit

Rosemarie war glücklich, in dem reizenden Biedermeierhaus ein neues Zuhause gefunden zu haben. Ihre Freundin hatte während der Kriegsjahre Glück gehabt. Ihr Haus wurde von jeglicher Zerstörung verschont und alles befand sich in dem seinerzeitigen Zustand.

Nach einem bescheidenen Nachtmahl saßen die beiden Frauen abends gerne beisammen.
Um etwas Abstand von den täglichen Ereignissen zu bekommen, plauderten sie über alte Zeiten.

Willig, mitzuhelfen, die Schuttberge abzubauen, die der Krieg hinterließ, folgte Rosemarie dem Aufruf, Ordnung zu schaffen und sich an den Aufräumungsarbeiten da und dort zu beteiligen.
Mit einem alten Kleid und Kopftuch bekleidet, half sie, Ziegeln und Gesteinsbrocken in Handkarren einzusammeln, damit andere Frauen den Schutt wegbringen konnten.

Sammeln von Holz bedeutete für beide ein begehrtes Gut. Zu ihrer besonderen Freude entdeckten sie manchmal Kohle in den Schutthalden. Alles, was sie finden konnten, wurde in Säcken nach Hause geschleppt und im Hof zu einem ordentlichen Stoß aufgestapelt.
„Damit können wir auch bald wieder die Waschkessel beheizen“, frohlockte Erna, deren Vision, den Wasch-

salon erneut in Schwung zu bringen, sie Tag und Nacht beschäftigte.

Schleichhandel galt als schweres Delikt, über das sich Erna vehement entgegensetzte.
Mit Raffinesse und entsprechenden Wertreserven ausgestattet, schlüpfte sie durch sämtliche Hemmschwellen und organisierte immer wieder alle notwendigen Fressalien oder andere Waren. Sie suchte die berühmten Schwarzmärkte Wiens auf. Zwischen Resselpark und dem Karlsplatz blühte der Handel in allen Facetten. Vom kleinsten Detailtausch bis zu atemberaubenden Transaktionen wurden *im Vorbeispazieren* durchgeführt.

Rosemarie hingegen begab sich auf Hamsterfahrten nach Niederösterreich.
„Nimm dich in Acht, dass dich Gendarmerie oder Militärkontrollen nicht erwischen", ermahnte sie die mütterliche Freundin, bevor sie sich unter abenteuerlichen Bedingungen in den überfüllten Zug setzte, der zwar abfuhr, aber niemand voraussehen konnte, wo und wann er stehen blieb. Aber irgendwie gelang es ihr einen Bauer aufzusuchen, um Hemden aus Willibalds Nachlass, gegen Eier oder Butter einzutauschen. Wenn keiner was sah, pflückte sie schnell ein paar Äpfel vom Baum und freute sich diebisch über die zusätzliche kostenfreie Zugabe.
Einmal fuhr sie mit dem Fahrrad nach Purkersdorf und kam mit einer lebendigen Henne im Rucksack nach Hause.
„Das Tier lief mir direkt in die Arme", erklärte sie Erna schmunzelnd. „Da wäre ich schön dumm gewesen, es nicht mitzunehmen."
Erna fragte nicht weiter, wie Rosemarie es geschafft hatte, dieses prachtvolle Nutztier wohlbehalten bis zum Spittelberg zu bringen.
Agathe hieß von nun an die Henne. Sie bekam einen Sonderplatz, wurde gehegt und gepflegt und durfte den

ganzen Tag auf dem kleinen begrünten Platz im Hof herumspazieren.
Als Gegenleistung legte *Agathe,* zur Freude ihrer Besitzerinnen, jeden Morgen ein herrlich frisches Ei.

Unter dem Motto *wir haben überlebt und feiern den Frieden,* lud Erna nach gelungenen Hamsterkäufen, Gäste ein, die sich freuten, an diesen *Genussorgien* teilnehmen zu dürfen.
Nach ausreichendem Abendmahl holten sie die Schellackplatten hervor, hörten Musik, und bei Likör und Zigaretten wurde getanzt und gelacht.
Somit vergaßen die Freunde wenigstens für einige Stunden, welcher Wahnsinn und Hass in Wirklichkeit noch herrschte.
Keiner wäre auf den Gedanken gekommen, über das tägliche Chaos Bericht zu erstatten. Niemand sprach über den blutrünstigen Rachezug, der in der Tschechoslowakei passierte.
Über die Enteignung und Vertreibung der Sudetendeutschen, über Frauen und Kinder deutscher Abstammung, die sie aus ihren Wohnungen holten, ermordeten und neben deutschen Soldaten als Leichen, bestialisch ihrer Augen, Brüste oder Zunge beraubt, in die Elbe oder Moldau warfen, um sie symbolisch nach Deutschland zurückzuschicken.

In den wenigen Stunden des Frohsinns wollte niemand dem anderen mitteilen, dass die *Goldene Stadt* zu einer wahren Mördergrube explodierte.
In den Prager Lazaretten lagen Tausende hilflose Verwundete, die man aus den Betten warf, sie erdrosselte, erschlug oder in den Waschschüsseln ertränkte, Männer wurden mit Benzin übergossen, mitten am Wenzelsplatz auf Masten gehängt, und die johlende Menge wei-

dete sich an den furchtbaren Qualen dieser brennenden Fackeln.
Junge Wehrmachtshelferinnen trieb man nackt durch die Stadt, um sie zusammengepfercht in einem Friedhof zu erschießen, oder zwangen sie Steine wegzuschleppen, um ihnen anschließend die Achillessehnen durchzuschneiden, damit sie sich an ihrer Hilflosigkeit und Schmerzen ergötzen konnten, bevor auch diese auf grausame Weise den Tod fanden.

Verständlicherweise hatte der Waschsalon durch die Kriegsjahre Einbuße erlitten. Die feine Wiener Gesellschaft war auf ein Minimum zusammengeschrumpft. Viele erkannten die Gefahr rechtzeitig und flüchteten ins Ausland.

Nach dem Krieg wurde für so manchen Haushalt das Wäschewaschen ein Problem. Nur wer es sich leisten konnte Schichtseife zu verwenden oder ein Päckchen Waschpulver zu teurem Preis zu erstehen, war aus dem Gröbsten heraus.

Aber in vielen Häusern Wiens gab es zerstörte Strom-, Gas- und Wasserleitungen und wenig Brennmaterial.
Manche Frauen wählten oftmals den Weg, dass sie den Waschtrog und Wäsche zum Hydranten brachten, um ihre Arbeit auf der Straße, selbstverständlich mit kaltem Wasser, durchzuführen. Und sie mussten wieder auf alte Gewohnheiten zurückgreifen. Mit Soda die Wäsche einweichen und am nächsten Tag mit Asche waschen.

„Wir haben Glück in einem von Amerikanern besetzten Bezirk ansässig zu sein. Somit finden wir neue Klientel, unsere Dienste anzubieten“, instruierte Erna ihre junge Freundin.

Sie hatte in weiser Voraussicht zur richtigen Zeit die entsprechenden Käufe getätigt.
Die Vorräte an Waschmittel, Schichtseife und Soda waren zur Genüge vorhanden.

Durch gute Propaganda, einschließlich Verteilung von Werbeblättern, hatten die beiden in späterer Folge einen fixen Kundenkreis.

Im Hause Scharnagl wurde wieder gewaschen, gebürstet, gerumpelt, geschwemmt, aufgehängt und gebügelt und die Herrenhemden mit Kartoffelstärke, oder in Nudelwasser getränkt, gestärkt. Wie in alten Zeiten. Das System war dasselbe, nur die Gesellschaft war eine andere geworden.

Immer öfters hielten Jeeps vor dem Waschsalon. Chauffeure hochrangiger Armeeangehöriger stiegen aus und ein und waren mit der Abholung und Zustellung der Wäsche beschäftigt. Und es gab neben einer ordentlichen Bezahlung immer wieder kleine Zuwendungen wie Zigaretten, Schokolade, Konserven und Nescafé.

Die beiden Frauen setzten ihre Hoffnung darauf, in Bälde auch französische, britische und russische Delegierte als Kunden zu erwerben, um damit eine Erweiterung des Geschäftes anzustreben.

Rosemarie fand eine Marktlücke, die ein zusätzliches Einkommen beschaffte.
Sie holte sich Ernas alte Nähmaschine vom Dachboden und an der Eingangstür klebte ein Plakat mit dem Text.

Änderungsschneiderei
Aus alt wird neu.

Ein Großteil von Frauen strebte den Mut des Neubeginns an, plante eine Veränderung an sich und ihrem

Aussehen und wünschte, die unkleidsame Kriegsmode abzulegen, Rosemarie hatte die Begabung und Fantasie, mit Umgestaltungen im Detail, etwas anderes entstehen zu lassen. Mit Spitzen und Borteneinsätze, Knöpfen oder verschiedenfarbigen Stoffresten, zauberte sie aus alten Beständen neue Kleidungsstücke. Wahre Meisterwerke entstanden aus gereinigten Militärmänteln, indem sie diese zu Lodenkostümen umarbeitete, die durch applizierte grüne Stoffteile einen besonderen Effekt erzielten.

Der Heimkehrertransport fuhr soeben in den Bahnhof ein.
Rosemarie stand etwas abseits, um einen besseren Überblick zu erlangen, nachdem am Bahnsteig ein sehr starkes Gedränge herrschte.
Dabei beobachtete sie, welche ergreifenden Szenen sich abspielten.

Aus dem Waggonfenster beugten sich Männer, winkten, um sich erkennbar zu machen, Frauen standen davor, lachend und weinend zugleich. Für manche Glückliche folgte ein berührendes Wiedersehen nach langer Zeit.
Erschöpfte Soldaten jeden Alters, mit ihrem wenigen Hab und Gut beladen, verließen das Trittbrett des Zuges.
Ihr Blick ging durch die Menge, um daraus irgendeinen Familienangehörigen zu erkennen, die dann durch ergreifende Begegnungen vonstatten gingen.
In diesem Moment fragte keiner, ob nach jahrelanger Entfremdung, jemals eine funktionierende Lebensgemeinschaft und die gegenseitigen Erwartungen wieder erfüllt werden konnten.

Unter diesen freudestrahlenden Menschen mischten sich suchende Frauen, deren tiefste Verzagtheit im Gesicht geschrieben stand. Sie hielten ein Bild in den Händen und baten die angekommenen Soldaten um Auskunft. Viele davon mussten ein bedauerliches Kopfschütteln zu Kenntnis nehmen. Verzweifelt und mit gesenktem Kopf gingen sie, weiterhin ein ungewisses Schicksal mit sich tragend, Richtung Ausgang.

Rosemarie sah Arnold von weitem und eilte auf ihn zu. Sie umarmte und küsste ihn herzlich.
„Bin ich froh, dass du gesund aus dem Krieg gekommen bist. Jetzt kommst du einmal zu mir nach Hause und lässt dich ein wenig aufpäppeln."
Herzlich hängte sie sich bei ihm ein und sie verließen gemeinsam das Bahnhofsgebäude.

Erna quittierte die Bitte ihrer Freundin, den jungen Mann einige Tage bei sich aufzunehmen, mit Verständnis, und richtete ihm ein kleines Zimmer in ihrem Haus am Spittelberg ein.
Beide ließen ihm Zeit zum Ausruhen und aufarbeiten. Das einzige Richtige was sie taten, war, dass sie ihn verwöhnten, so gut es ging.

„Weißt du, ich habe eine gehörige Ehrfurcht vor dir gehabt, als du und deine Familie 1940 in unser Dorf gekommen seid und ich dich das erste Mal ansprach.
Ein so ein feines Fräulein aus der Stadt, dachte ich mir, wird sich mit mir g'scherten Lackel sicherlich nicht abgeben."
Lachend entgegnete sie: „Das hat dich trotzdem nicht abgehalten, mich beim Pfarrfest zum Tanzen aufzufordern."
„Aber mit Zurückhaltung, das musst du zugeben", erwiderte er.
„Du bist eine richtige liebe Kameradin für mich geworden. Ich erinnere mich, wie du mich getröstet hast, nach-

dem mir die Liesl abhanden gekommen ist und sich Hals über Kopf in ihren Nachbarn verliebte. *Andere Mütter haben auch schöne Töchter, mach dir nichts draus. Du wirst dich noch oft verlieben, bist ja ein fescher, stattlicher Bursch,* waren deine Worte. Dann hast du mir ein Busserl auf die Wange gedrückt, und ich musste dir versprechen, nicht mehr traurig zu sein.

Ich habe so eine gute Meinung von dir gehabt, hätte mich aber nie getraut, dir unsittlich entgegen zu treten", vollendete Arnold den Satz.

„So war ich dein ewiger stiller Verehrer und in meinen Träumen wollte ich dein heimlicher Beschützer sein. Ich hätte es nicht ertragen, wenn dir jemand wehgetan hätte. Leider haben wir gar nicht die Möglichkeit gehabt, uns öfters zu treffen. Ich wurde relativ bald zum Militär einberufen, und unser nächstes Wiedersehen fand erst wieder zu Silvester 1944 auf 1945 statt

Diese Neujahrsnacht war unbeschreiblich schön. Ich war sehr verliebt in dich. Den Kuss, den du mir gabst, war für mich das größte Geschenk. Ich war so überwältigt, dass ich anscheinend meine Gedanken gar nicht richtig zuordnen konnte. Im Nachhinein, da war ich längst wieder an der Front, ärgerte ich mich, dass ich nicht den Mut aufbrachte, dir ein Zeichen zu geben, dass ich mit dir intim sein wollte."

„Wir brauchten uns gegenseitig. Ich denke wir sind uns in der Zeit des Zusammenseins auch ohne Sex, sehr nahe gestanden. Vielleicht war es besser so. Denn ich brauchte dich und deine ehrliche Zuneigung genau so dringend."

Mehr wollte sie nicht sprechen. Für einen kurzen Moment dachte Rosemarie an Walter Cerny und ihr erlebtes Trauma. Aber so schnell der Gedanke kam, war er auch schon wieder weg. Cerny existierte für sie nicht mehr. Er existierte überhaupt nicht mehr und er hatte seine Strafe bekommen.

„Da kannst du schon Recht haben“, fuhr Arnold fort. „Denn mit deiner herzlichen Liebe und Fürsorge hast du mir sehr viel Kraft und Zuversicht mitgegeben, die ich dringend brauchte, um die restlichen Monate in diesem kalten Krieg durchzustehen.“

Arnold schaute sie mit verträumten Augen an und streichelte ihre Hand.
Wenig später sprach er weiter:
„Wir Männer haben als Soldaten schreckliche Dinge gesehen, selbst getan und so vieles durch gestanden. Viele meiner Kameraden veränderten ihre Verhaltensformen sehr zu ihrem Nachteil. Abgesehen von Invalidität und psychischer Erschütterung, sind sie verschlossen, oftmals brutal oder verängstigt geworden.“

„Ich glaube, du hast den Krieg einigermaßen, ohne zu tiefen unheilbaren Wunden überstanden. Du bist jung und voller Ideen, und ich bin sicher, du wirst das Beste aus dir machen.“
„Das verspreche ich dir. Du kannst dich darauf verlassen. Ich fahre wieder zurück an den Ort, wo ich zuletzt als Tischler arbeitete. Ich konnte meine Lehrzeit nicht vollenden, aber wenn es den Betrieb noch gibt, werde ich alles nachholen, was ich in den Jahren versäumt habe. Ich denke die Herstellung moderner, günstiger Möbel, ist für die Zukunft ein einträgliches Geschäft. Der Wohnungsbau wird forciert und die Menschen brauchen neue Einrichtungsgegenstände. Ich werde viel arbeiten und Geld sparen. Und in der Freizeit kann ich mich meinem Hobby widmen, der Musik. Und irgendwann findest du ein Riesenplakat vor einer berühmten Bar in einer Großstadt, mit meinem Namen, als singendes musizierendes Idol aller jungen Frauen.“

Sie verabschiedeten sich innig und voll Herzenswärme. Arnold musste seiner Freundin versprechen, weiterhin den Kontakt aufrecht zu halten, um sie über seinen Werdegang am Laufenden zu halten.

„Ich bin dem Herrgott dankbar, dass dieser junge Mensch *nicht* zu den 380 000 Männern in Österreich zählte, die von den europäischen Schlachtfeldern *nicht* mehr heimkehrten“, erklärte Erna lakonisch, nachdem die beiden Frauen wieder alleine waren.

Kurz zuvor spielte im Radio das Lied
.....Sag mir, wo die Männer sind, wo sind sie geblieben ...
.....Über Gräber weht der Wind ....
.....Wann wird man je versteh'n ....

Rosemarie legte Wert darauf, kontinuierlich Aufzeichnungen im Tagebuch festzuhalten.
Sie setzte sich zum Tisch, blätterte in den beschriebenen Seiten und kam zufällig auf die Notizen zu lesen, die sie Weihnachten/Neujahr 1945 eintrug:

Bundeskanzler Figl sprach am Abend des 24. Dezember 1945 zu seinem Volk:

„Ich kann euch zu Weihnachten nichts geben. Ich kann euch für den Christbaum, wenn ihr überhaupt einen habt, keine Kerzen geben. Kein Stück Brot, keine Kohle zum Heizen, kein Glas zum Einschneiden. Wir haben nichts. Ich kann euch nur bitten: Glaubt an dieses Österreich.“

Wie schnell war doch das Jahr vergangen, resümierte Rosemarie gedankenverloren.
Wie rasch hatte sich das Blatt der Weltgeschichte gedreht. Die Wiedergeburt von Österreich, nach der tota-

len Zerstörung. Die internationalen Hilfsmaßnahmen und die leise Hoffnung, dass sich irgendwann alles zum Besten wendet.

Mit einem Anflug von Heiterkeit notierte sie das jüngste Ereignis im Jahre 1946:

Erna erzählte mir, dass Sergeant Norman Edmont, vergangene Woche zweimal im Laden aufkreuzte, ein Hemd zum Reinigen brachte, eine Tafel Schokolade hinterlegte, und mit einem Gruß an mich, das Geschäft wieder verließ.
Dann sang sie, ich weiß nicht, was soll das bedeuten, und schaute mich fragend an.
Sie lachte, als sie die leichte Röte in meinem Gesicht aufscheinen sah.

Anfang der Woche kam Norman wieder. Glücklicherweise fand er mich allein im Geschäft.
Er salutierte, übergab ein Paket Wäsche und fragte mich verlegen auf Deutsch: „wie geht es dir?“ Man merkte es ihm an, er schien mächtig stolz zu sein, dass er in der kurzen Zeit schon einige Sätze unserer Sprache beherrschte.
„Fine, thanks“, gab ich herzlich zurück.
Eine Pause entstand. Anscheinend suchte er nach weiteren Worten, aber fand sie nicht, zumindest nicht auf Deutsch. Blitzartig kam es aus seinem Mund: „Fräulein Rose I'd like to invite you … for dancing.“
Ich schaute ihm in seine himmelblauen Augen. Der treuherzige Blick machte mich richtig verlegen, aber dann sprach ich ohne Scheu:
„Thanks for your invitation. Of course I'd like to come with you for dancing.”
„Really“, wiederholte er freudestrahlend. „That's great. Therefore, we can do our appointment tomorrow evening. See you seven p.m. in front of the door.”
Er salutierte, und schon war er wieder draußen.

Also hatte ich mein erstes Date mit einem Amerikaner. Ich war froh auf diese Art zu einer Einladung zu kommen und nicht auf die Situation angewiesen sein zu müssen wie die anderen Girls, die abends für abends vor der Tür einer Bar standen, in der Hoffnung von einem Soldaten zum Tanzen und was immer darauf folgte, aufgefordert zu werden.

Für dieses erste Date hatte ich mich fein herausgeputzt. Die Haare festigte ich mit Zuckerwasser und rannte den ganzen Nachmittag mit Papierwürsteln auf dem Kopf herum, um für abends eine schöne Lockenpracht zu bekommen. Es war schon gut, Ernas Ratschlag zu befolgen, meinen langen Zopf nicht gegen die neumodische amerikanische Kurzhaarfrisur einzutauschen.
Die vom Schleichhandel erworbenen Schuhe mit Plateausohle, und die feinen Seidenstrümpfe passten wunderbar zu dem Ausgehkleid. Ein Blick in den Spiegel sagte mir, dass Norman mit mir zufrieden sein konnte.

Das Tanzlokal war voll mit amerikanischen Soldaten in Uniform und jungen Frauen. Es herrschte eine ausgelassene Stimmung. Wir saßen zu sechst an einem Tisch. Neben mir hatte Gerda, die ich aus der Schulzeit kannte, Platz genommen. Wir waren beide freudig überrascht, uns nach so langer Zeit an diesem Ort anzutreffen. Gerda hatte sich ordentlich herausgemausert. Wenn ich mich erinnere, was für ein dürrer Stecken sie war. Eine vollbusige, auffallende Brünette ist aus ihr geworden. Ihr herausfordernder Blick zeigte an, dass sie stets bereit für allerlei Unfug war. Sie lachte, rauchte und trank viel und schmuste ununterbrochen mal mit dem einen, dann mit dem anderen.

Eine Band spielte bekannte amerikanische Hits, die ich auch aus dem Radio kannte.
Norman zeigte sich als leidenschaftlicher Tänzer und ließ kein Musikstück aus.

Nach zwei Stunden hatte ich genug von der Gesellschaft, dem Tanzen und der lauten Musik. Ich wollte nach Hause. Mein Kavalier zeigte sich verständlich und begleitete mich bis zur Eingangstür. Er verabschiedete sich lässig mit einem Kuss auf die Wange, und bevor wir uns trennten, verabredeten wir ein Treffen in der darauf folgenden Woche.

„Ich möchte dir heute den Red River Club im Palais Cristal zeigen, unsere Oase inmitten der Stadt."
Mit diesem Satz überfiel mich Norman beim darauf folgenden Rendezvous.
„Wieso Oase", fragte ich neugierig.
„Off limits für Wiener und Wienerinnen", antwortete er. „Hier darfst du nur als Gast in Begleitung eines Amerikanischen Staatsbürger mitkommen. Dafür stehen auch ein Soldat unserer Nation und ein Österreicher als Kontrollorgan vor dem Eingang.
Du wirst staunen, was hier geboten wird", gab er mir zu verstehen, als wir das Atrium betraten. In einer Snack Bar stärkten wir uns mit Toast und Milchshake, danach führte er mich durch die verschiedensten Räumlichkeiten.
„Wir haben alle Einrichtungen zur Verfügung. Man kann Essen und trinken, musizieren und Karten spielen. Wenn wir wollen, können wir ausländische Sprachkurse besuchen oder das Walzer tanzen erlernen.
Hier zum Beispiel", er zeigte dabei auf einen Pfeil worauf stand relaxing departements „findet man Duschen, Masseure und ein Friseurgeschäft, das von einem Österreicher betrieben wird, während im äußeren Bereich mit Badminton und Tennis courts an sportliche Aktivitäten gedacht wird, natürlich mit einem sun deck zum Ausruhen."

In der großen Bibliothek ließen wir uns Kaffee und Donuts servieren. Zu meinem Erstaunen spielte ein österreichischer Pianist am Klavier.

Zum Schluss zeigte mir Norman den Ballsaal und berichtete mir, dass vor kurzem die berühmte österreichische Künstlerin Erni Bieler auftrat und großen Applaus erntete.
Begeistert erzählte ich abends Erna von dem Ausflug in eine amerikanische Oase. Natürlich hörte sie mir interessiert zu, konnte es aber doch nicht lassen anschließend zu predigen, ich soll vorsichtig mit Ausländer sein und mich nicht in irgendein „schlampiges Verhältnis“ einlassen.
„Wir sind nur Freunde“, konterte ich und begann über ein anderes Thema zu sprechen.

Damit beendete Rosemarie die Eintragung.
Sie legte ihr Tagebuch, wie gewohnt in den Kasten unter die Pullover, und ging ihrer Arbeit nach.

Die Freundschaft der beiden hielt weiter an.
Sie trafen sich immer wieder, gingen tanzen, besuchten ein Theater und manchmal kam der junge Amerikaner auf Besuch ins Haus Scharnagl.
Bei Kaffee und Kuchen vervollständigten sie ihre gegenseitigen Deutsch-Englischsprachkenntnisse und lernten unter Ernas choreografischen Anweisungen Walzer tanzen.

Irgendwann passierte das, was eintreten musste. Nach einem kleinen Ausflug gingen sie nicht nach Hause, sondern bogen in eine Seitenstraße. Behutsam nahm Norman seine Freundin an der Hand, als sie das kleine verschwiegene Hotel betraten.

Er bemerkte die leichte Anspannung, aber verstand es, seine eigene Unsicherheit vor ihr zu verbergen. Sie war sein erstes österreichisches *Girl*, und da wollte er sich keine Blöße geben.

Rosemarie stand mit gesenktem Blick etwas abseits und wartete, bis Norman die Bezahlung beim Portier arrangierte und den Schlüssel ausgehändigt bekam. Am liebsten hätte sie sich die Hand vors Gesicht gehalten, um nicht erkannt zu werden.
Im Haus herrschte emsige Bewegung. Immer wieder kamen und gingen lachende, küssende und sich umarmende Pärchen vorbei.

Das zugewiesene Zimmer dürfte die Nazidiktatur schadlos überstanden haben. Mit allerlei Firlefanzen ausgestattet, versprühte der Raum einen Hauch von nostalgischem Flair. Selbst die schweren roten Samtvorhänge und die leicht verblichenen Spitzenvorhänge sahen, bis auf die durch Mottenfraß entstandenen Löcher, recht passabel aus.
„Für wie lange hast du das Zimmer gebucht", fragte Rosemarie, und öffnete ein wenig das Fenster, da es nach abgestandener Luft und kaltem Rauch roch. Dann setzte sie sich vertraulich neben ihn auf das Bett.
„Für 1 ½ Stunden", antwortete ihr junger Lover freundlich, aber etwas abwesend. Seine Gedanken weilten kurzfristig bei dem Leinwandheld John Macolm und der Liebesszene des Films *flammendes Herz.*
Aus dieser Eingebung resultierend, kniete er vor ihr nieder, um sein Liebesgeständnis leicht und eindrucksvoll über die Lippen zu bringen:
„Rose, du bist so schön und reizvoll für mich. Ich entbrenne in Liebe und hätte es keinen Tag länger ausgehalten."
Sachte zog er sie aus und schaute andächtig auf ihre nackte Gestalt.
„Ich fühle wie du", flüsterte seine Angebetete.
Während sie sich küssten, begann sie ihm das Hemd aufzuknöpfen. Seine Entkleidung ging hastig vonstatten. In größter Eile zog er Stück für Stück aus. Die Zeit drängte und beide wollten den Genuss der Leidenschaft erleben.

„Komm leg dich auf mich. Ich möchte deinen Körper auf meinem fühlen", bat Norman aufgeregt.
Mit großer Lust befolgte sie die Weisung, nahm Normans Glied in ihre Hand, das sich eilig in seiner ganzen Stärke offenbarte, und führte es glücklich in ihre Vagina.
Norman legte seine Arme um ihren Körper und küsste sie erregt.
Völlig im Taumel der Gefühle versunken, kümmerte es beide nicht, dass bei jeder ihrer Bewegungen das Bett verdächtig laut knarrte und sie hörten auch nicht das ächzen und stöhnen des Nachbarpärchens, das durch die Wände aus dem Nebenzimmer schallte.

Anlässlich der Heimkehr von Otto aus der Gefangenschaft fand ein kleines Fest im Hause Scharnagl statt. Erna kredenzte kleine Köstlichkeiten und man besprach die neuesten Ereignisse.
„Der Wiederaufbau zeigt Fortschritte", stellte man befriedigt fest.
„Die amerikanische Brennstoffversorgung ermöglicht die Weiterführung einer Strickwarenfabrik. Es werden aus vorhandenen Vorräten Westen und Strickkleider erzeugt, die in den Geschäften gegen Bezugscheine zu kaufen sind."
„Nicht nur das, auch die Strumpffabrik im achtzehnten Bezirk konnte ihren Betrieb wieder aufnehmen", ereiferte sich Erna. „Die Fabrikation von Kunstseidenstrümpfen geht flott voran. Neulich kaufte ich im Geschäft ein Paar dieser Strümpfe gegen Bezugscheine."
„Dank der Amerikaner konnte die Radiofabrik im siebenten Bezirk auch wieder mit der Fertigung beginnen, viele Frauen haben jetzt die Chance, Arbeit zu bekommen", erklärte ihre Nachbarin.

„Ja und seit kurzem hat das Wiener Fernamt die Pforten geöffnet und die Möglichkeit besteht, Telegramme ins gesamte Ausland, mit Ausnahme von Deutschland und Japan, zu versenden“, konterte eine Dritte aus der Runde.

Etwas verspätet kam Resi hinzu. Die Anwesenden erkannten an ihrem bedrückten Gesicht, dass etwas geschehen sein musste.
„Eine traurige Geschichte hat sich zugetragen, aber ich muss es loswerden“, stieß sie hervor,
Dann erzählte sie:
„Hanna, die ich seit Kindheitstagen kenne, war nie vom Glück verwöhnt. Der Vater verabschiedete sich auf Nimmerwiedersehen, gleich nach ihrer Geburt und die Mutter verschwand ein paar Jahre später mit einem neuen Mann. Zurück ließ sie die kleine Hanna, die von nun an bei der Großmutter, einer herben und vom Leben enttäuschten Witwe, aufwuchs. Sie tat für das Kind das Notwendigste, aber für richtige Liebe und Fürsorge hatte sie nichts übrig.

Als die Sowjetische Besatzungsmacht einzog, begann ihre Tragödie. Sie gehörte zu den armen Kreaturen, die vergewaltigt wurden. Zehn Russen verschleppten sie in die Kommandantur und fielen brutal über sie her. Nach der Vergewaltigung ist ihre Großmutter mit ihr ins Allgemeine Krankenhaus gegangen und ließ sie sterilisieren. *Ich meine es gut mit dir,* war die Reaktion, *damit du keinen ledigen Bankert nach Hause bringst.* In Hannas Gemütswelt ging von da an eine Wandlung vor.
Es muss eine Art Trotzreaktion gewesen sein, dass sie, aus völliger Egalität, ihr Leben wegschmiss und sich den Männern hingab, die ihr über den Weg liefen. Einmal fragte sie mich mit Tränen in den Augen, *stimmt es, dass Frauen wie ich zu Huren geboren sind, oder ist es nur die Begierde zu leben?*
Vielleicht spielte sie auch mit dem naiven Gedanken, dadurch aus dem Elend und der Tristesse herauszukommen, wenn sie jemand finden könnte, der sie beschützen und mit dem Lebensnotwendigsten versorgte.

Es gab einige amerikanische Soldaten, die sie großzügig unterstützten. Nicht unbedingt mit Geld, aber mit Waren, die die Großmutter wiederum auf dem Schwarzmarkt gegen andere Lebensmittel umtauschte.
Danach wechselte sie die Fronten und ging erneut zu den Sowjets über. Sie lernte einen Major kennen, der sie für seine Liebesspiele mit dem Auto abholen ließ. Aber sie verkehrte auch mit Besatzungssoldaten in diversen Lokalen.

Ich wollte Hanna, deren Schicksal mich irgendwie berührt, die Chance geben, dass sie irgendwann mit einem normalen Leben beginnt. Ich ermöglichte ihr, in meinem Friseurladen mitzuhelfen. Im letzten Monat kam sie jeden Tag pünktlich und verrichtete mit Freude die Arbeit. Ich bemerkte diese positive Veränderung und sprach sie darauf an. *Seit ich mit Wladimir befreundet bin, schau ich auf keinen Anderen mehr. Er ist ein guter Mann und ein zärtlicher Liebhaber. Nicht so derb und grob wie die anderen. Vielleicht heiratet er mich,* berichtete sie mir voll Stolz.
Nun ist Hanna seit zwei Wochen nicht mehr zur Arbeit erschienen. Ich machte mir ernstliche Sorgen und suchte die Großmutter auf.
Was ich von ihr hörte, lässt mich das Schlimmste befürchten.
Eine russische Patrouille erschien und durchsuchte die Wohnung. Im Kasten von Hannas Zimmer befand sich eine Tasche mit irgendwelchen Papieren, die ihr Freund, oder sonst wer, liegen gelassen hatte. Sie befragten Hanna, ob sie einen gewissen Wladimir Dimini kenne.

Wahrheitsgemäß beantwortete sie, dass jener sich in sie verliebte und eine nähere Beziehung mit ihr begann. Als ihr Freund hielt er sich öfters hier in der Wohnung auf. Er musste wohl die Tasche, über deren Inhalt sie nichts wusste, beim letzten Besuch vergessen haben.

Sie wollte ihm diese zurückgeben, sobald sie ihn wieder sah.
Und Sie haben auch Kontakt zu amerikanischen Delegierten, lautete die nächste Frage der Uniformierten.
Nein, antwortete sie.
Aber Sie hatten Kontakt, bohrten die Kommissare.
Früher schon, aber jetzt nicht mehr, gab sie offenherzig zurück.
Darauf hin wurde sie, unter dem Vorwand, sie sei eine amerikanische Spionin, festgenommen.

Man machte ihr zum Vorwurf, sie hatte ihre persönlichen Kontakte mit sowjetischen Militärangehörigen genützt, um geheime Informationen in Erfahrung zu bringen. Ihr Weinen und Bitten half nichts. Jede Beteuerung, dass sie nichts Schlechtes gemacht habe und keine Spionin sei, wurde abgewiesen.
Man brachte sie zum Verhör in das Zentrallager nach Baden und niemand wird imstande sein, sie herauszuholen."
Betroffen schwieg die Runde. Obwohl sich die Geschichte wie ein schlechter Krimi anhörte, wusste jeder von den Anwesenden, in welch ein gefährliches Spiel sich Hanna, möglicherweise unbewusst, eingelassen hatte.

Es war bekannt, dass der amerikanische Nachrichtendienst für Informationen zahlte. Die westlichen Geheimdienste maßen sämtliche militärischen und wirtschaftlichen Hinweise aus der sowjetischen Besatzungszone Österreichs, außerordentliche Bedeutung bei. Wie Puzzleteile fügten sie die einzelnen Berichte zu einem Gesamtbild zusammen.
Selbst nebensächliche Beobachtungen lieferten relevantes Hintergrundwissen für die geheimdienstlichen Analysen im Westen.
Die sowjetische Paranoia stellte jede ausgekundschaftete Spur als Kapitalverbrechen hin. In der Folge standen Verhaftungen, Menschenraub, Zwangsarbeit in Sibirien

und Todesstrafen auf der Tagesordnung. Proteste und Einschaltungen durch die österreichische Bundesregierung verliefen fruchtlos. Wirkliche Hinweise wurden abgeschirmt und nicht berücksichtigt.

Die Freundesclique kam zu Resümee, dass Hanna keinerlei Unregelmäßigkeit betrieb, sahen sich aber außerstande, für sie einzutreten, um Hilfe zu leisten. Sie mussten mit Bedauern zu Kenntnis nehmen, dass die sowjetische Militärmaschine eine bittere Realität für die junge Frau wurde.

Aufgelöst und mit freudestrahlender Miene kam Rosemarie eines Nachmittags, später als gewollt, nach Hause.
„Du wirst es nicht erraten, wen ich heute getroffen habe.“ Dabei sah sie Erna fragend an.
„Wie sollte ich“, kam die Antwort zurück.
„Also stell dir vor, ich bin im Café Siebenstern, vis-a-vis von der Kaserne, und suchte den Ober, um ihm unsere Werbeblätter auszuhändigen.

Da kommt mir plötzlich ein schlanker, äußerst smart aussehender Mann entgegen. Er schaut mich an, ich ihn, dann fragte er zögernd: Entschuldigen Sie meine Aufdringlichkeit, aber sind Sie nicht die Reiter Rosemarie, die mir vor Jahren, für meine Modenschauen die delikaten Tortenstücke auslieferte?
Ich zögerte einen Moment, dachte nach und plötzlich erkannte ich den Modezar Toni Müller, der bereits in den Vorkriegsjahren mit seinen Kreationen großes Aufsehen erregte und Wien neben Berlin als Modestadt hervorrief.

Äußerst überrascht antwortete ich: Ja das bin ich. Jetzt erinnere ich mich. Sie hatten diese kleinen Köstlichkeiten bei meinem Vater geordert, die Sie mit Kaffee, den feinen Damen nach der Modenschau kredenzten. Einmal durfte ich sogar hinter dem Vorhang stehen und bei der Vorführung zusehen. Jede einzelne Kreation wurde enthusiastisch beklatscht. Zum Schluss der Vorstellung traten Sie im Scheinwerferlicht mit ihren Mannequins hervor und das Publikum huldigte Ihre Kunstwerke nochmals mit frenetischem Applaus.

Herr Müller zeigte echte Begeisterung über unser Wiedersehen. Er lud mich spontan ein, eine Tasse Kaffee mit ihm zu trinken. Und so saßen wir eine ziemliche Weile in der hinteren Loge des Kaffeehauses und unterhielten uns angeregt.

Neugierig geworden, etwas aus seinem Leben zu erfahren, fragte ich ihn, ob er auch zum Wehrdienst verpflichtet wurde.

Nein, antwortete er offen. Durch Glück oder Unglück bin ich wegen meiner Krankheit in die Schweiz gekommen. Ein Jahr lang fand ich Aufenthalt in einem Sanatorium, danach reiste ich nach St. Moritz, bezog ein Chalet und verfolgte von dort aus das Weltgeschehen.

St. Moritz muss ein beeindruckender Ort sein, wagte ich schüchtern anzudeuten.
Das kann man mit Recht behaupten, gab mir Müller zu verstehen.
Dieses Juwel liegt auf 1.865 m Seehöhe, im Herzen des Engadins. Von meinem Haus aus hatte ich den fantastischen Blick auf die majestätischen Berge rundum.
Während der Krieg rund um Europa tobte, kamen Reisende von überall, die die Schweiz als Exil wählten. Somit traf ich Personen wieder, die einmal zu meinen Kundinnen zählten, und denen ich in meinem Haus

Gastfreundschaft bot. Ich lernte viele neue Menschen kennen, Persönlichkeiten, Künstler und Poeten, die ein hohes Potential an Unterhaltung boten, fügte er schwärmerisch hinzu und erzählte weiter:
Ich selbst beschäftigte mich in dieser Zeit viel mit Malerei und dem Studium für Bühnenausstattung. Von der Mode distanzierte ich mich gänzlich. Erst zum Ende des Krieges, machte ich mir wiederum Gedanken, wie mein Leben weitergehen sollte. Ich kam zu dem Entschluss nach Wien zurückzukehren, nachdem mein Freund, der Filmproduzent Willi Forst, mich bedrängte, für ihn wieder zu arbeiten. Aufgrund diplomatischer Beziehungen schaffte ich eine problemlose Heimkehr."

„Ja ich erinnere mich", fiel ihr Erna ins Wort. „Es stand sogar in der Zeitung, dass der Modekönig Toni Müller schwer erkrankt, bis auf weiteres seinen Salon schließen musste.
Hinter vorgehaltener Hand erzählte man, die Ärzte diagnostizierten Tuberkulose. Durch gute Beziehungen kam er rechtzeitig aus der Stadt. Aber weiteres hörte ich dann nicht mehr. Er trat erst dann wieder in Erscheinung, als man den Willi Forst Film *Wiener Mädel* in den Schönbrunn-Parkanlagen drehte."

„Das ist richtig, darüber sprachen wir auch", ereiferte sich Rosemarie.
„Für diesen Film wurde er als Kostümbildner und Hersteller von Kostümen feinster Materialien, beauftragt. Weißt du etwas davon", frage Rosemarie ihre Freundin.

„Natürlich", entgegnete diese. „Eine höchst aufwendige Produktion mit vielen Mitwirkenden. Ich kann mich an die Drehtage noch gut erinnern, denn ich gehörte zu den Spaziergängern, die in respektvoller Entfernung dem Geschehen beiwohnte. Für die Szene, die die künstlerische Auseinandersetzung des Wiener Komponisten und österreichischen Militärkapellmeister Carl Michael Ziehrer mit dem amerikanischen Marsch-Giganten John Philip Sousa, anlässlich der Weltausstellung in Chicago beinhaltete, wurde eine Kapelle der deutschen Luftwaffe kurzfristig vom Kriegsdienst befreit, in amerikanische Uniformen der damaligen Zeit gesteckt, um schmissige Märsche von Philip Sousa zu musizieren. Die Wiener Philharmoniker hingegen verkörperten das Orchester von Carl Michael Ziehrer. Auch viele junge Männer, die aus dem Wehrdienst gezogen und junge Frauen, die von der Rüstungsarbeit befreit wurden, durften Willi Forst wochenlang als tanzendes Publikum zur Verfügung stehen."

Rosemarie hörte gespannt Ernas aufschlussreichen Ausführungen zu.
Sie fühlte sich äußerst geschmeichelt, mit einer solchen Berühmtheit den Nachmittag im Kaffeehaus verbracht zu haben.

„Übrigens", erwähnte sie, „bekam ich eine Freikarte für eine Theateraufführung im Ronacher geschenkt. Herr Müller wurde für Kostüm und Bühnenbild beauftragt. Sie spielen *Nathan der Weise*. Ich werde dir ein Programmheft mitbringen."

„Ja, ja, in Wien wird wieder fleißig Theater gespielt", klärte Erna auf.
„Und irgendwie haben wir das den Russen zu verdanken. Die erste Vorstellung im Raimundtheater, das zum Glück völlig unversehrt blieb, war am 28. April 1945, einen Tag nach der Geburtsstunde der Zweiten Republik. Hochrangige politische Delegierte aus Moskau besuchten die Vorstellung des Singspiels „Das Dreimäderlhaus" Sie waren begeistert und einige Offiziere ließen verlauten, dass das Wiener Kulturleben wieder so werden soll, wie es bis 1938 war.
Zwei Tage später begann das Burgtheater seinen Betrieb aufzunehmen. Zwar nicht in seinem eigenen Haus

am Ring. Dieses wurde ja schwer beschädigt, sondern im ehemaligen Varietee Etablissement Ronacher. Und statt in der Staatsoper, wurde auf Wunsch der russischen Besatzungssoldaten, in der Volksoper *Die Hochzeit des Figaro gesungen.*
Aber nun erzähle weiter“, forderte Erna ihre Freundin auf. „Über was habt ihr denn noch gesprochen?“
Ein kleines Lächeln spielte um Rosemaries Lippen. Dann kam sie zum Hauptthema.

„Höflich fragte mich Herr Müller, ob er für mich noch etwas beim Kellner ordern dürfte.
Ich merkte, dass ich leicht rot wurde, weil er mich dabei äußerst liebenswürdig ansah.
Vielleicht ein Stück Kuchen und noch eine Tasse Kaffe oder ein Glas Vermouth? Dies könnte uns beiden recht gut tun, fügte er hinzu und ohne meine Antwort abwartend, gab er die Bestellung an Ober Franz weiter.
Wir kamen auf meine berufliche Entwicklung zu sprechen.
Ich berichtete über meinen Lehrgang in einer Büroschule und gab selbstbewusst zu verstehen, dass ich meine erworbenen Buchhaltungskenntnisse bereits einsetze und die Ein- und Ausgänge im Hauptbuch für deinen Wäschebetrieb durchführe.

Und natürlich erwähnte ich meine kleine Änderungsschneiderei und meinem Erfolg, aus Altem was Neues zu kreieren.
Und wie stellen Sie das an, fragte er neugierig.
Ich informierte ihn mit wenigen Sätzen, wie ich meine Vorstellungen in die Tat umsetze. Mit Phantasie kann man sogar aus einem Vorhangstoff, drapiert und in Falten gelegt, ein schickes Abendkleid entwerfen, erklärte ich ermutigt und zeichnete, zum besseren Verständnis, gleich ein paar Skizzen auf ein Blatt Papier.

Müller verfolgte meine Darstellung aufmerksam, ja geradezu begeistert und nach einer Weile des Stillschweigens, du wirst es nicht glauben liebe Erna, bot er mir an, bei ihm arbeiten zu können."

Erna reagierte mit Begeisterung auf das soeben gehörte. Schnell holte sie Wein und Gläser aus der Vitrine, schenkte ein und prostete auf die aussichtsreiche Zukunft ihrer Freundin an. Schließlich meinte sie in ihrer ehrlichen Art:
„Das klingt nach Karriere. Ich sagte ja immer, vergib deine Ideen nicht mit Kleinkram, mach gleich was Großes daraus."

Rosemarie beschloss, die Büroschule, sobald sie über die wichtigsten Kenntnisse verfügte, zu beenden. Dementsprechend strebsam schaffte sie es, Maschinenschreiben und Steno in kürzester Zeit zu erlernen, Briefe richtig formuliert anzufertigen und den Buchhaltungslehrgang mit Vorzug abzuschließen.

Learning by doing instruierte sie Toni Müller bei der Einstellung und ermöglichte ihr ein breites Arbeitsspektrum. Sie lernte kalkulieren, um ein Kleidungsstück profitabel zu vermarkten, wortgewandt Kundengespräche zu führen und führte mit Umsicht die Werkstätte der Näherinnen. Mit der Zeit wurde sie eine wichtige Assistenz für ihren Chef, ein nicht mehr wegzudenkender Bestandteil des Modehauses Müller.

Trotz ihrer neuen, vielseitigen und interessanten Beschäftigung fand Rosemarie keine Notwendigkeit, sich von Norman zu distanzieren. Sie mochte seine jugendliche und liebe Art. Sie schätzte seine innige Zuneigung zu ihr, sein herzliches, dankbares Lächeln, wenn sie sich nach zwei Wochen Trennung sahen und sie fühlte sich geborgen und beschützt, sobald sie ihn neben sich wusste. Da verwandelte sie sich wieder in *Rose,* eine verliebte junge Frau, die mit ihrem Freund gemeinsame Zukunftspläne schmiedete.

An Normans dienstfreien Sonntagen wurde Rosemarie in den Red River Club eingeladen.
Nach einem ausführlichen Mittagessen, fanden sie immer wieder ein stilles Plätzchen, wo sie von anderen Clubbesuchern abgeschirmt, Kaffee trinken und plaudern konnten.
Norman konnte wunderbar erzählen und Rosemarie erfuhr viele interessante Details über die Geschichte von Amerika. Manchmal überkam ihm das Heimweh. Dann begann er über seine Familie zu sprechen.
„Mein Vater stammte aus Irland. Wie viele seiner Landsleute träumte auch er in der Jugend vom Land der unbegrenzten Möglichkeiten. Er setzte seinen Wunsch zum Ziel und wanderte nach Amerika aus.

Eine abenteuerliche lange Schifffahrt stand ihm bevor.
Aber nach vielen Wochen war diese Reise zu Ende und er sah von weitem, auf einer kleinen Insel mitten im Gewässer, die Freiheitsstatue hervorragen.
Das Schiff landete vor New York, auf *Rosemarine Island*, die nicht zu Unrecht als Insel der Tränen bezeichnet wird."

„Warum heißt diese Insel so", fragte Rosemarie neugierig.

„Rosemarine Island ist die erste Station für Ankommende.
Dort wurde immer schon in den nüchternen Hallen ein langwieriges Verfahren auf strengem behördlichem

Weg durchgeführt. Alle Menschen mussten sich einer gewissenhaften Untersuchung unterziehen, um eine amtliche Befähigung zur Einreise zu erlangen.
Für viele bedeutete dies aber eine gnadenlose Rückkehr in ihr Land, sobald sie nicht die gesundheitlichen Voraussetzungen erfüllen konnten. Ihre ganzen Ersparnisse und die Hoffnung auf ein besseres Leben wurden mit einem Schlag zunichte gemacht. Vater erzählte mir, welch dramatische Szenen sich hierbei abgespielt hatten.
Mein Vater hatte Glück. Als kraftstrotzender Bursche, der Gesundheit, Mut und Abenteuerlust mitbrachte, durfte er, als befähigt beurteilt, in den Kontinent der großen Erwartungen einreisen.
Eine Zeit lang tingelte er durch das Land, ohne fixem Standplatz und er verdienter sich als Taglöhner das Geld zum Überleben.
Irgendwann landete er auf der Golden-River-Ranch, wo er Unterkunft und Arbeit fand. Er musste eine Stunde lang reiten, bis er nach Maybell kam, einem Dorf, indem sich Farmer aus dem Umkreis manchmal am Abend auf ein Bier trafen, wo wichtigste Einkäufe getätigt werden konnten und am Wochenende zum Tanz aufgerufen wurde.
Meine Mutter wurde hier, als Tochter einer Pastorenfamilie, geboren.
Als sie meinen Vater kennen lernte, war sie schon ein etwas älteres Mädchen und übte den Beruf als Lehrerin aus. Trotz ihrer so verschiedenartigen Charaktere fühlten sich die beiden zueinander hingezogen. Eine innige Liaison entstand. Mutter drängte zu einer baldigen Heirat. Sie bestand darauf, dass ihr Ehemann den schweren Beruf als Landarbeiter aufgab und in ihr kleines hübsches Häuschen nach Maybell zog. Vaters Ersparnisse reichten fürs Erste, um einer alten Lady einen *store mit verschiedenen Waren*, abzukaufen. Als selbständiger Kaufmann gewann er Selbstsicherheit und Ansehen bei den Leuten. Stets war er bestrebt, das Warenangebot zu erweitern, um seine Kunden zufrieden zu stellen.

Als ich auf die Welt kam, war Maybell bereits ein aufstrebendes Städtchen geworden. Mit den Jahren machte sich der Wohlstand bemerkbar. Später entstanden immer mehr Gebäuden und parkähnliche Alleen. Die Einwohner legten großen Wert auf ihre schön geputzten Häuser und korrekt geschnittenen Rasen im *front- und backgarden.*

Freitag der 25.10.1929 ging in den USA als schwarzer Freitag in die Geschichte ein und wurde gleichzeitig der Beginn einer großen Weltwirtschaftskrise.
Leider gehörte auch Vater zu den Spekulanten, der von einem Tag zum anderen sein Geld verlor. Sein Traum, in Maybell ein großes Warenhaus zu bauen, wurde damit zunichte gemacht. Aber er hat sich nicht entmutigen lassen. In den nächstfolgenden Jahren konnte er einiges wieder gut machen.
Er führte einen Umbau vor und modernisierte den Laden in allen Aspekten. Die Leute lieben es, bei ihm einkaufen zu gehen. Sie finden immer das Richtige, egal was sie suchen. Und das macht ihn zufrieden und heiter."
Rosemarie hörte gerne zu, wenn ihr Freund von seiner fernen Heimat erzählte und sie ertappte sich dabei, dass sie kurzfristig von Amerika zu schwärmen begann. Die Großstadt New York stellte sie sich ungemein interessant und lebenswert vor.

„Hast du dir schon Gedanken gemacht, was du machst, wenn du in die Staaten zurück versetzt wirst", fragte sie einmal Norman.
„Eigentlich nicht, denn dazu habe ich dann, wenn es so weit ist, noch immer Zeit", antwortete er leicht vor sich hin.
„Nach Absolvierung der Highschool meldete ich mich freiwillig zur US-Air Force. Durch die freiwillige Einberufung konnte ich einer Einberufung zur Armee oder Marine entgehen. Der Militärdienst hatte aber eine Dauer von 36 Monaten.

Ich rückte zur Grundausbildung zur US-Air Force nach Texas ein. Dort wurde ich auch in Metrologie geschult. Später meldete ich mich zum Dienst beim Bodenpersonal eines Flughafens in Alaska, bis ich für den Einsatz nach Europa angemeldet wurde. Es gab eine lange Liste von Städten zum Auswählen, aber ich strich spontan Vienna an."

„Und bist du mit dem Standort Langenlebarn zufrieden?"

„Bin ich", konterte er. Auch mit den Dienststeinteilungen. Wie du weißt, habe ich zwischen zwei Nacht- und Tagdiensten, gefolgt von einem Swingshift, der von 17 bis 24 Uhr dauert, drei freie Diensttage. Zeit genug Wien zu entdecken und für dich da zu sein, meine Liebe", grinste er spitzbübisch.
Rosemarie lächelte zurück. Sie wusste, dass Soldaten mit einem Urlaubsschein, kostenlos in der Pfeilgasse übernachten konnten. Diese Unterkunft wurde von der Armee geführt. Sie gaben keine Informationen über die abgestiegenen Soldaten, an die Air Force ab. Dadurch kam es immer wieder vor, dass Angehörige der Tulln Airbase angaben, in der Pfeilgasse übernachtet zu haben, in Wirklichkeit aber bei Privatpersonen logierten oder sich eine eigene Wohnung mieten. Norman war keine Ausnahme. Er mietete sich eine winzige Wohnung in ihrer unmittelbaren Nähe, die er sich mit seinem monatlichen Sold von 100 US Dollar leistete. Somit waren sie beide unabhängig. Und das war gut so.

Erna blickte kurz auf, nachdem Rosemarie das Zimmer betrat.
„Ein Brief für dich liegt auf der Kredenz". Dann vertiefte sie sich wiederum in den Groschenroman, der vor ihr lag.

Rosemarie sah verwundert auf das Kuvert, auf der eine Marke klebte, die sie noch nie zuvor sah.
Beim Betrachten des Absenders stieg eine verdächtige Röte in ihr Gesicht.
„Nein, das darf doch nicht wahr sein“, rief sie voll Überraschung.
Ohne auf Ernas fragenden Blick zu achten, rannte sie aus dem Wohnzimmer. Sie begab sich in ihr Kabinett, setzte sich auf das Bett, öffnete mit zitternder Hand das Kuvert und las halblaut vor sich hin:

Rio de Janeiro, im Jahr 1946

Liebe Marie,
einst gab ich dir mein Wort, dass meine Gedanken immer bei dir sein werden und ich versprach mich zu melden, sobald sich die politische Lage beruhigt hatte und mir nähere Umstände bekannt sein würden.
Es war der Tag im Jahre 1939, wo ich von dir Abschied nahm, nachdem mein Vater beschloss, mit Mutter und mir Österreich zu verlassen.
Aber das Schicksal hat mir einen anderen Weg vorgeschrieben und die Vorstellung, nach kurzer Zeit wieder nach Wien zurückzukehren, hatte sich nicht erfüllt.

Vorerst muss ich dir berichten, dass ich dir im Jahre 1941 aus meiner neuen Heimat eine kurze Notiz zukommen ließ.
In dem Brief stand auch meine Adresse. Du hattest nicht geantwortet und ich kann mir nur erklären, dass dich dieses Schreiben nie erreichte.

Beim Durchstöbern alter Unterlagen fand ich ein Bild von dir. Mit Schrecken stellte ich fest, wie viele Jahre

inzwischen vergangen sind. Ich ließ Nachforschungen anstellen und bekam Auskunft über deine jetzige Adresse in Wien.
Es ist mir wichtig, dass du erfährst, wie mein bisheriges Leben verlief.

Kehren wir zurück an dem bewussten darauf folgenden Morgen im Jahre 1939. Meine Eltern und ich befanden sich am Bahnhof. Alles war gut vorbereitet und eigentlich konnte nichts schief gehen. Die Reise sollte über Belgien nach Holland gehen. Das Gepäck befand sich bereits im Waggon. Mutter und ich waren im Begriffe einzusteigen. Wir sahen noch, dass Vater, der von einem Bekannten, den er zufällig traf, aufgehalten wurde, beabsichtigte, eilig uns zu folgen. Da kamen zwei Männer in Ledermäntel und Armschleifen wie aus dem Nichts auf ihn zu und verlangten von ihm, sich auszuweisen. Im nächsten Augenblick setzte sich der Zug in Bewegung. Aus dem Fenster blickend, sah Mutter, dass Vater mit den beiden Polizeibeamten Richtung Ausgang gehen musste. Wir waren gezwungen, die Reise alleine anzutreten.
Wir blieben vorübergehend in Amsterdam bei Geschäftsfreunden, die uns großzügig ihre Gastfreundschaft boten. Vaters nächster Versuch auszureisen, passierte ohne Panne und somit traf er einige Tage später ein. Von seinem Plan ließ er sich nicht abhalten und realisierte das Vorhaben, mit uns per Schiff nach Brasilien auszuwandern.
Rio de Janeiro wurde unser neues Domizil. Dort lebten einflussreiche Freunde und Verwandte meines Vaters, die ihm die Tore öffneten, ins Edelsteingeschäft einzusteigen. Durch seine Cleverness, Willensstärke und dem finanziellen Polster, den er in weiser Voraussicht zur rechten Zeit evakuierte, verschaffte er sich ein unabhängiges Ansehen. Wir waren wieder sehr wohlhabend, verfügten über ein Stadthaus, mit einem herrlichen Blick auf den 395 m hohen Zu-

ckerhut, der als Wahrzeichen von Rio gilt, und einen Landsitz am Atlantik, für das Wochenende.

Mein Medizinstudium an einer internationalen Universität ging stetig voran, trotz meines oftmals ausschweifenden Lebensstils, den ich durch die neue Freundesclique erwarb. Ich wurde für Mütter ein Schwiegersohntraum, Schwarm junger Portugiesinnen und Töchter emigrierter deutscher Familien.

Um ehrlich zu sein, während dieser Zeit hatte ich Wien und auch dich vergessen. Vielleicht auch deshalb, weil ich mir einredete, dass du mit deinen dreizehn Jahren und ich mit meinen achtzehn Jahren unsere Freundschaft als jugendliche Phantasterei, gesehen haben. Ich lebte die nachfolgenden Jahre sorglos, während du dich im Elend der furchtbaren Kriegsjahre befandest. Du musstest an das tägliche Überleben denken und nicht an deinen Jugendschwarm.

Nach meinem Studium machte ich das Praktikum in einem privaten Krankenhaus in Rio de Janeiro. Ich war ernsthaft bemüht, eine Karriere anzustreben und distanziere mich von dem bisherigen Leben, das ich führte.

Anlässlich der Hochzeitsfeierlichkeiten einer Cousine fuhr ich mit meinen Eltern zu deren Landsitz außerhalb der Stadt. Auf der Heimfahrt bestand ich darauf, den Wagen zu lenken, obwohl mir bewusst war, dass ich zu viel Alkohol in mir hatte.

Auf der Heimfahrt passierte das Unglück, das mein Leben von da an in eine andere Bahn lenkte. Nach einem riskanten Überholmanöver kam es zu dem Horrorcrash. Ich verlor die Kontrolle, das Auto durchbrach die Leitplanke, wir stürzten einen felsigen Abgrund hinab und blieben, mit den Rädern nach oben, in einer

winzigen Bucht zum Stillstand. Ich hatte Glück, dass Zeugen sofort zum Unglücksplatz eilten und mich aus dem Auto raus zerrten, denn wenig später ging das Wrack in Flammen auf.
Als ich aus der Ohnmacht im Krankenhaus erwachte, wurde ich mit der traurigen Nachricht konfrontiert, dass beide Elternteile den Unfall nicht überlebten. Ich selbst befand mich in einem äußerst kritischen Zustand. Abgesehen von inneren Verletzungen, gab es einige gebrochene Stellen an meinem Körper. Dazu kam mein schlechter psychischer Zustand. Ich konnte es kaum verkraften zu wissen, dass ich an dem ganzen Unheil Schuld trug und dadurch Vater und Mutter verlor.
Viele Wochen verbrachte ich im Spital und kam anschließend in ein Sanatorium zur Rehabilitation. Ich musste wieder gehen lernen und Kraft schöpfen aus diesem Trauma heraus zu kommen.
Der Primararzt und Besitzer dieses Sanatoriums war ein guter Freund meines Vorgesetzten, wo ich meine Arztpraxis nach dem Studium durchführte. Er bemühte sich, mir bestmöglichste Therapien zukommen zu lassen, trotzdem dauerte es Monate, bis ich wieder hergestellt war.

In dieser Zeit lernte ich Denise, die Tochter von Professor Rosenthal kennen. Wir trafen uns im Park, wo ich mich gerade mit der mühseligen Aufgabe beschäftigte, erste Gehversuche zu machen. In meiner schlechten Verfassung bedeutete sie mir einen hoffnungsvollen Lichtblick. Ich verliebte mich in dieses quicklebendige Persönchen, das wieder Freude in mein Dasein brachte.
Unsere Beziehung entwickelte sich im rasanten Tempo und ausgesprochen stürmisch.
Ihre fröhliche leichtlebige Art war Balsam und durch sie bekam ich den Ehrgeiz, ganz zu gesunden.

Ich setzte meine Tätigkeit im Spital fort und arbeitete wie ein Besessener, nicht nur um zu vergessen, sondern auch Schritt für Schritt die Karriereleiter emporzusteigen. Mein Traum, einmal als Herzchirurg großes zu leisten, sollte sich erfüllen.

Vor kurzem fragte mich Denise, ob ich mir vorstellen könnte, sie zu heiraten. Es war keine überraschende Frage für mich. Ich merke, wie sehr sie an mir hängt und mich stolz ihren Freunden präsentiert. Sie stellt sich total auf mich ein, erfüllt mir jeglichen Wunsch, akzeptiert die vielen Nachtstunden, die ich im Krankenhaus verbringe und versucht, so viel als möglich mit mir zusammen zu sein. Sei es in meinem Haus oder in ihrem luxuriösen Appartement, von dessen Terrasse man einen wunderschönen Blick auf den Copa Cabana hat.

Manchmal ist mir ihre Anhänglichkeit fast zu viel. Ich brauche, nach einem anstrengenden Dienst, etwas Freiraum für mich selbst. Aber das versteht Denise in ihrer jugendlichen Leichtlebigkeit nicht. Sie ist ein verwöhntes Mädchen, alles tanzt nach ihrer Pfeife und sie weiß genau, was sie will.

Ich zögerte mit der Antwort unter dem Vorwand, wir beide würden für eine Ehe noch zu jung sein. Außerdem sei mein Bestreben, step by step einen höheren Dienstgrad als Mediziner zu erlangen.

Ein wissenschaftlicher Lehrgang über einige Monate, der mir von einem berühmten Herzchirurgen in São Paolo angeboten wurde, kommt mir dabei sehr gelegen. Schon bald werde ich dort das Studium antreten.
Ich verbringe einige Monate in São Paolo. Während dieser Zeit kann ich mich prüfen, ob ich für eine Ehe schon reif genug bin und ob Denise wirklich die Part-

nerin ist, mit der ich mir eine gemeinsame Zukunft vorstellen kann.

In den letzten Wochen beschäftigte ich mich, mit Hilfe eines Rechtsanwaltes und Notars, die Frage der Hinterlassenschaft zu klären. Ich musste erfahren, dass Vater große finanzielle Einbußen erlitt. Er verspekulierte sich bei der Beteiligung am Kauf einer Diamantenmine, die nichts abwarf.

Meine Eltern hatten leider immer den Hang sich große Besitzungen anzueignen. Das Stadthaus in Rio gleicht einem Palais und ist in seiner Dimension für mich unrentabel. Ich werde es zum Verkauf anbieten, damit die noch vorhandene Hypothek, abgegolten ist.

Beim Durcharbeiten alter Unterlagen fand ich, wie schon eingangs erwähnt, das Bild von dir, dem hübschen, liebevollen Teenager, mit den langen blonden Zöpfen.
Die kurze, romantische Zeit, die ich mit dir verbringen durfte, fiel mir wieder ein. Ich hatte dich sehr lieb, obwohl ich damals noch ein unreifer Junge war, der nicht wusste, wie man mit einem Mädchen umgehen muss. Aber ich denke, wir genossen beide diese wunderbare Freundschaft.

Aus dieser Erinnerung heraus schien es mir plötzlich ungeheuer wichtig, dir meinen bisherigen Werdegang zu offenbaren. Es ist aber gleichzeitig Sehnsucht aufgekommen zu erfahren, wie es dir geht.
Vielleicht gibst du mir die Chance, trotz meines so langen Stillschweigens, eine Antwort zukommen zu lassen.
Vielleicht gibt uns auch das Schicksal die Möglichkeit, irgendwo und irgendwann einander wieder zu sehen.

Dein Patrick

Rosemarie las den Brief wieder und wieder. Tränen kollerten über ihre Wangen. Völlig konfus wusste sie im Moment nicht, was sie denken sollte.
Liebevoll streichelte sie über das Briefpapier. Gleichzeitig betrachtete sie die Fotografie, die Patrick mitgeschickt hatte. Es war eine Ganzaufnahme von ihm. Er trug einen dezenten Anzug nach neuester Mode, mit breit betonten Schultern und Revers und einem langen um die Hüften anliegenden Sakko. Die Hose hatte Überweite, trotzdem erkannte man seine schlanke Figur.
Gut sah er aus. Männlich und erfahren. Das braun gebrannte, ernste Gesicht und der elegante Haarschnitt, verabreichte eine konsequente Note.
Ganz anders wie Norman, der, mit seinem jugendlichen, hellhäutigen Gesicht und dem blonden Bürstenhaarschnitt, den Typus eines amerikanischen Sunny boys widerspiegelt.

Bedächtig klebte sie Seite für Seite des Briefes samt dem Foto in ihr Tagebuch.
Dazu notierte sie das Datum und fügte hinzu - *für dieses heutige Ereignis finde ich keine passenden Worte.*

Anschließend holte sie Feder, Tinte und Papier und beantwortete in einem ebenso langen Schreiben, den Brief ihres Jugendfreundes Patrick.

Lipstick and Nylons

Den ganzen Nachmittag über blickte Rosemarie immer wieder auf die Uhr. Sie saß wie auf glühenden Kohlen und erwartete inbrünstig das Ende der Arbeitszeit. Rasch wollte sie nach Hause gehen, um sich für den Abend schön zu machen. Schuld an dieser inneren Erregung, war Toni Müllers handgeschriebene Einladung zum Dinner in seiner privaten Suite. Er drückte ihr diese, ohne weitere Erklärung, in die Hand.

Noch nie zuvor durfte sie das heilige Refugium des Courtiers betreten. Es befand sich im ersten Stock, über die geschäftlichen Räume, aber es gab keinen Zugang für Angestellte des Hauses.
Sie konnte sich nicht vorstellen, aus welchem Anlass dieser diskrete Besuch stattfinden sollte.
Toni Müller zeigte sich als höflicher, aber äußerst zurückhaltender Chef, der kaum ein persönliches Wort über die Lippen brachte. Und es kam immer wieder vor, dass er seine andere Charakterseite zur Schau stellte. Da konnte er auch richtig cholerisch sein. Er rannte wie ein aufgescheuchtes Huhn herum, kritisierte alles, was ihm in den Weg kam, bis er schlussendlich in sein Atelier für Stunden verschwand und für niemanden ansprechbar war. Die Mädchen im Nähzimmer zogen furchtsam ihre Köpfe ein, doch an Rosemarie gingen diese Marotten teilnahmslos vorbei. Er war ein Künstler, sensibel veranlagt und sie mochte ihn, so wie er war.
Sie lächelte bei dem Gedanken des täglichen Rituals.
Jeden Morgen betrat er um dieselbe Stunde ihr Büro. Sie wusste genau die Uhrzeit und hatte bereits eine Tas-

se Kaffee ohne Milch und Zucker für ihn vorbereitet. Mit einem fröhlichen „Bonjour Monsieur“, begrüßte sie ihn beim Eintreten.
„Bonjour Rose, comme aller vous“, grüßte er zurück.
„Tres bien, Monsieur et vous?“
„Ca va ca va“, kam seine Antwort. Dazu lächelte er distinguiert, trank den Kaffee und sagte: „Kommen wir zur Tagesordnung.“
Er blätterte in seinem dicken Buch und gab daraus Anweisungen, die sie eifrig mitnotierte.
Anschließend holte sie das Kassabuch und zeigte ihm die von ihr gewissenhaft eingetragene Losung des Vortages und die jeweiligen Ausgaben.
Wenn er einen Brief diktierte, beschrieb sie brav den Stenoblock, in der Hoffnung, dass sie die Kürzel oder *das* was sie hinfetzte, später noch ordentlich identifizieren konnte. Steno war nicht ihre starke Seite. Es kam schon vor, dass sie einen Brief nochmals schreiben musste, und dabei vor Scham fast in den Boden versank, wenn ihr Chef mit strengem Blick sagte: „Das habe ich aber nicht so diktiert.“
Manchmal rief er Rosemarie während des Tages in sein Atelier, weil ein Bekleidungsstück zum Anfertigen, vorgezogen werden sollte.
„Wie immer Sie es anstellen, ich überlasse es Ihnen. Aber das Kleid wird dringend gebraucht und ich erwarte, dass es makellos genäht, am nächsten Tag unserer Kundin übergeben werden kann“, teilte er kurz und prägnant mit. „Danke“, fügte er als Schlusswort hinzu und damit wusste Rosemarie, dass für ihn das Thema abgeschlossen war.
Neulich beobachtete sie, wie Toni mit einem kostbaren Ballen Stoff an der Kleiderpuppe Entwürfe versuchte. Sie bemerkte, dass er einem Tobsuchtsanfall nahe war und fragte ihn herzlich: „Wollen Sie dieses prächtige Material an einer lebenden Person anlegen? Ich stehe gerne zur Verfügung.“

Ein kleines Lächeln kam für einen Moment über seine Lippen. „Ja bitte", sagte er reserviert. Da stand sie, nur in BH und Höschen bekleidet, und ließ geduldig den Stoff an ihrem Körper stecken, raffen und in Falten legen.
„Voilà", rief er zufrieden. „Diese Inspiration habe ich Ihnen, Ihrer Gestalt und Ihrem Aussehen zu verdanken."
Danach setzte er sich mit glücklichem Gesichtsausdruck zu Tisch und skizzierte seine neue Kreation auf den Zeichenblock.

Auf die Minute genau erschien Rosemarie in der Halle des vornehmen Hauses. Sie ging zum Portier, der gewissenhaft in der Loge seinen Dienst machte, winkte ihm freundlich zu und erklärte ihm, warum er sie um diese Uhrzeit nochmals antraf. Er nickte bedächtig und beschäftigte sich weiterhin mit dem Auflösen eines Kreuzworträtsels.
Rosemarie holte den Lift, und während der Fahrstuhl sie gemächlich in das gewünschte Stockwerk beförderte, warf sie rasch einen Blick in den Spiegel, überlegend, ob das Lippenrot passend sei oder nicht. Doch für eine Korrektur war es schon zu spät, denn der Aufzug blieb in diesem Moment mit einem Ruck stehen.

Aufgeregt und mit gemischten Gefühlen drückte sie die antike Glocke.
Sie hatte erwartet, dass Monsieur persönlich die Türe öffnen würde. Zu ihrer Verblüffung stand jedoch ein älterer Mann in dunkler Livree davor, der sie mit einer kleinen Verbeugung begrüßte und danach mit eisiger Miene erklärte:
„Wenn Sie mir bitte folgen, Monsieur erwartet sie."
Toni kam ihnen am halben Weg entgegen. Er sah wie immer gepflegt und vornehm aus.
Er begrüßte seine Assistentin mit Handkuss und führte sie in den Salon.

Rosemarie wäre beinahe das kleine Päckchen aus der Hand gefallen, das sie ihrem Gastgeber überreichte, so perplex war sie über diese Geste. Sie wurde über und über rot und konnte gerade noch hervorstammeln:
„Ein paar selbst gebackene Anisbögen nach dem Originalrezept meines Vaters, darf ich Ihnen überreichen."
Überwältigt von dem schönen Interieur, das sich hier bot, setzte sie sich auf den angebotenen Stuhl.
Karl, so wurde der Diener benannt, servierte den Aperitif, und währenddem der Hausherr das Abendessen besprach, hatte Rosemarie Muße einen genauen Blick auf den Salon zu werfen. Er wirkte ungewöhnlich schön und sie kam sich wie Alice im Wunderland vor.

Die mit Seidentapeten ausgestatteten Wände ergänzten sich mit den in schweren Goldrahmen eingefassten Gemälden und konkurrenzierten in ihrer Schönheit mit den schimmernden blauen Damastvorhängen, die die Fenster bekleideten. Alles wirkte farblich in harmonisch abgestimmten Nuancen, sogar der elegante weiße Kamin, über dem ein übergroßer Florentinerspiegel hang. Für einen kurzen Augenblick überkam sie der Schelm und sie überlegte, wie wohl die anderen Räumlichkeiten, allem voran das Schlafgemach des Meisters, ausgestattet sein würden.
Das Dinner schmeckte ausgezeichnet. Ein Hauch von französischer Note begleitete die Speisen, die mit passenden Weinen kredenzt wurden. Rosemarie war so beeindruckt, dass sie gar nicht zu überlegen wagte, woher ihr Chef diese Köstlichkeiten an Rebensäften herzauberte.

Doch Toni Müller dürfte ihre Gedanken erraten haben. „Ich habe einen tiefen Keller im Haus, den ich bereits lange vor dem Krieg mit Weinen befüllte. Es war immer schon ein Hobby von mir, edles zu lagern. Bevor ich ins Ausland ging, habe ich in weiser Voraussicht sämtliche Bilder und teures Mobiliar nach unten versteckt. In den

Jahren, wo ich mich in der Schweiz befand, dachte ich oft genug, was wohl daraus werden würde. Aber ich hatte Glück.
Nicht nur den Keller mit allem Inventar fand ich nach meiner Rückkehr unbehelligt, auch das ganze Haus blieb von jeglichem Bombenhagel verschont.
In stillen Stunden denke ich, wie gut ich es bis jetzt hatte. Es muss wohl einen Glückstern geben, der mein Leben begleitet und über mich wacht. Durch einen guten Freund konnte ich rechtzeitig in der Schweiz ein Sanatorium aufsuchen und ich wurde wieder gesund.
Ich müsste mehr Dankbarkeit zeigen, vor allem zu Menschen, die mir nahe stehen. Aber leider bin ich trotzdem manchmal recht unzufrieden, missmutig und trübselig.

Liebe Rose, ich habe diese kleine Feier für Sie vorbereitet. Ich möchte heute zum Ausdruck bringen, was mir schon seit langem am Herzen liegt.
Ich bin glücklich, dass uns der Zufall zusammenführte. Sie werden es vielleicht nicht verstehen, aber das Gefühl Sie um mich zu wissen, tut meinem Herzen wahrlich gut. Ich bin ja bei Gott kein einfacher Mensch, aber Sie übersehen meine kleineren Fehler und kommen mir mit viel Freundlichkeit und Wohlwollen entgegen. Ich danke Ihnen, dass Sie mich so nehmen, wie ich bin und ich danke Ihnen, dass Sie mit Gewissenhaftigkeit und Enthusiasmus Ihre Tätigkeit durchführen."

„Monsieur", begann sie, „ich bin unendlich glücklich, dass Sie mir die Chance gaben, bei Ihnen zu arbeiten. Hier habe ich es geschafft alles Wissenswerte in kürzester Zeit zu erlernen und ich danke Ihnen, dass ich Ihr Vertrauen habe, in vielen Bereichen selbständig zu agieren. Auch wenn ich noch jung bin, kann ich erkennen, welche Menschen es gut mit mir meinen und es wert sind, meine Anerkennung zu bekommen. Sie sind eine

brillante Persönlichkeit, ein begnadeter Künstler und es ist mir eine Ehre, Sie als Freund zu betrachten.
Uns verbinden Respekt und ein gewisser Abstand zueinander und so soll es in Zukunft auch bleiben. Ich denke diese Attribute sind eine gute Basis für eine zufrieden stellende Zusammenarbeit."
Innerlich beglückwünschte sich Rosemarie zu diesen wenigen, jedoch treffenden Worten.

Toni blickte sie melancholisch an. Tränen benetzten seine Augen. Er nahm ihre Hand, küsste sie voll Andacht und diese charmante Geste empfand sie schöner als tausend gesprochene Worte.

„Auch ich gestatte mir, Sie als meine Freundin zu sehen, die mich versteht und mit mir fühlt. Deshalb ist es mir wichtig, Ihnen einen Abschnitt aus meiner jüngeren Vergangenheit zu erzählen. Ich kann nur hoffen, dass ich nach diesem Bekenntnis nicht Ihre Achtung verliere."

„Das werde ich nicht, egal was immer kommt."

„Nun gut, dann hören Sie, was ich zu berichten habe:
Ich begann mein erstes Geld als Maskenbildner bei Deutschlands größtem Filmunternehmen, der UFA, zu verdienen. Durch Zufall rutschte ich in die Abteilung *Kostüm und Bühnenbild*. Die maßgebenden Leute erkannten mein Talent und ich wurde beauftragt, für Spiel- und Revuefilme die Garderobe anzufertigen. Damit konnte ich meine ganze Fantasie entfalten und durch die extravaganten Kreationen mit pikanten und ausgeglichenen Kontrasten, bekam ich in Berlin bald einen Bekanntheitsgrad. Die berühmten und schön gekleideten Darstellerinnen wurden die großen Modevorbilder der Zeit, denn es galt als Selbstverständlichkeit, in geeigneten Rollen Toiletten zu zeigen, die in jeder Beziehung allen Anforderungen gerecht waren.

Zum alljährlich größten, gesellschaftlichen Ereignis Berlins gehörte der Presseball. Hier fanden Stars von Film und Theater sowie Damen der High Society Gelegenheit, ihre neuen Roben vorzustellen.
Marga Scherk gab mir einmal die Ehre, anlässlich des Balls, als ihr männlicher Begleiter zu agieren. An jenem Abend saßen wir an einem großen Tisch, zusammen mit Persönlichkeiten wie Lil Dagover, Hans Albers, Olga Tschechowa und Werner Krauß. Ich wurde dem Schweizer Industriellen Nägele und seiner Gattin Constance, vorgestellt, die sich ebenfalls in dieser Runde befanden. Wir fanden sofort Sympathie füreinander und unterhielten uns in den folgenden Stunden ausgesprochen herzlich. Um die begonnene Freundschaft fortzusetzen, vereinbarten wir uns in den folgenden Tagen wieder zu sehen, wobei ich tagsüber mit Constance alleine war und die Abende verbrachten wir mit Dinner und Dancing zu Dritt.
Mit Frauen hatte ich nicht viel Erfahrung, doch Constance unterrichtete mich auf schnelle und intensive Weise. Obwohl ich für sie nicht wirklich Liebe empfand, begehrte ich diese außergewöhnliche Frau und ohne Rücksicht oder schlechten Gewissen ihrem Gatten gegenüber, begannen wir eine kurze, heftige Liaison während ihrer Berliner Anwesenheit.
Sie war es auch, die mich animierte, ich sollte mich auf meine eigene Mode konzentrieren. Als sie erfuhr, dass ich aus Wien kam, verabredeten wir in späterer Folge ein Treffen in meiner Heimatstadt.

Gemeinsam suchten wir ein geeignetes Haus in der Innenstadt. Bald wechselte ich meinen Standplatz von Berlin nach Wien und mit ihrer finanziellen Unterstützung, eröffnete ich diesen Modesalon.
Ich werde meinen Mann nie verlassen, um dich zu heiraten. Aber du hast mir unendlich schöne Stunden gegeben und ich konnte meine Verliebtheit richtig ausleben. Dieses Gefühl behalte ich als einzigartiges Erlebnis bei mir. Sollten wir uns wieder sehen, werde ich für dich

kein sexuelles Verlangen mehr verspüren. In Zukunft hat nur noch mein Mann und das Kind, das ich mir wünsche, Priorität.
Mit diesen sonderbaren Worten, aber dem ausdrücklichen Wunsch, Freunde zu bleiben, verabschiedete sich Constanze und fuhr zu ihrem Mann in die Schweiz zurück. Wir führten einen sehr lockeren Briefkontakt, aber sie erwähnte in keinem Schreiben unsere gehabte Beziehung, oder dass sie Sehnsucht nach mir verspürte. Monate später schrieb sie, dass sie sehr glücklich sei, nachdem sie eine wunderschöne Tochter, namens Patricia auf die Welt brachte.

Der Erfolg in Wien war vorprogrammiert. Meine Kontakte mit der Filmindustrie hielt ich aufrecht. Es gab genug Filme, wo ich weiterhin als Kostümbildner arbeiten konnte und zusammen mit dem Modesalon wurde ich Zug um Zug berühmter und recht wohlhabend.
Die Türen der Gesellschaft öffneten sich in rascher Folge. Die Damen umschwärmten mich und wer was auf sich hielt, kleidete sich selbstverständlich im Modesalon Müller ein.

Einige Male schrieb ich an Constance und erwähnte, dass es mir eine große Genugtuung wäre, das von ihr vorgestreckte Geld an sie zurückzugeben.
Ihre Reaktion war jedes Mal dieselbe. *Das kommt überhaupt nicht in Frage,* antwortete sie. *Es ist für mich eine Befriedigung, dass ich der Anstoß für deinen Erfolg war. Lege das Geld gut an, man weiß nie, ob nicht mal andere Zeiten kommen,* instruierte sie mich. Das tat ich dann auch und verschrieb mich auf Einkäufe von kostbaren Gemälden.
In dieser Zeit ging eine seelische Verwandlung in mir vor. Meiner Bisexualität bewusst, konzentrierte ich mich folglich immer mehr auf Männerfreundschaften.
Ich lernte in London einen Kunsthändler kennen, der mein langjähriger Liebhaber wurde.

Er war es auch, der veranlasste, dass ich Anfang der Kriegsjahre in die Schweiz reisen konnte, um meine Krankheit auszukurieren und mit dem ich in St. Moritz lebte.
James ist ein fantastischer Mensch, aber sehr beherrschend. Dass ich Ende des Krieges wieder nach Wien zurückging, verzieh er mir nicht. Er wollte nicht einsehen, dass ich durch kreatives Arbeiten meiner Psyche einen neuen Antrieb geben musste. Ich hatte Jahre im süßen Nichtstun verbracht, wurde verwöhnt ohne eine Leistung zu vollbringen, außer, dass ich den stets gefügigen Toni für James darstellte.
Als ich den Aufruf von meinem Freund Willi Forst bekam, für seinen Film *Wiener Mädeln* die Kostüm- und Bühnenausstattung zu machen, hielt mich nichts mehr in der Schweiz. Und ich bin, rücksichtslos meinem Freund gegenüber, wieder nach Wien zurück. Ich zweifle immer wieder, ob es richtig von mir war, so gehandelt zu haben. Seit 1945 habe ich keinen Kontakt mehr mit James. Er ist im Bösen mit mir auseinandergegangen und sagte zum Abschied, er möchte nichts mehr von mir hören und sehen. Und das tat ich auch. Ich habe seitdem keine Verbindung mit ihm aufgenommen."

Rosemarie saß mit glühenden Backen da und wusste vor Verlegenheit nicht, was sie antworten sollte. Die Auswahl der verschiedenen Weine machte sich schon ein wenig bemerkbar und sie fürchtete, einen Blödsinn zu sagen.

Aber nach diesem Geständnis von Toni musste sie doch irgendetwas erwidern, schoss es durch ihren Kopf. Sie konnte doch nicht stumm dasitzen und wie eine Kuh mit glänzendem Blick vor sich hinstarren? Sie zwang sich zur Räson, überlegte kurz, welche Antwort er erwartete. Die eines jungen unverdorbenen Mädchen oder die einer selbstsicheren jungen Frau, die als Freundin akzeptabel erschien.

„Monsieur", begann sie. „Dass Sie mich als Freundin anerkennen, berührt mich sehr und Ihre intime Beichte zeigt mir umso mehr, wie sehr Sie mich schätzen. Dafür danke ich Ihnen.
Glauben Sie mir, ich nehme Menschen, wie sie sind. Jeder hat sein Schicksal, mit dem er fertig werden muss. Sie sollten sich nicht zu viel Gedanken machen und selbstkritisch sein. Sagen Sie lieber, *ich bin, wie ich bin und das, was ich bin, ist großartig*.
Sie handelten richtig, wieder nach Wien zurückzukehren. Man hat Ihnen die Gelegenheit geboten, Großes zu schaffen, und das mussten Sie annehmen. Es ist schließlich Ihr Leben, für das Sie verantwortlich sind. Das hat nichts mit Rücksichtslosigkeit zu tun. Im Gegenteil, wenn Ihr Freund Sie so geliebt hatte, wäre es anständig von ihm gewesen, Sie nach Wien zu begleiten. Aber mit Ihrem Freiheitsbekenntnis zerstörten Sie sein Ego. Das konnte er nicht verkraften. Inzwischen ist eine lange Zeit vergangen. Auch bei ihm werden sich die Wogen geglättet haben. Vielleicht schämt er sich, ist aber noch immer zu stolz, mit Ihnen Verbindung aufzunehmen.
Wie wäre es, wenn Sie den Anfang machen und ihm einen Brief schreiben? Erklären Sie ihm einfach kurz und bündig nochmals, wie wichtig es für Sie war, wieder ins Berufsleben zurückzukehren und wie Leid es Ihnen tat, dass er Sie nicht nach Wien begleitete. Vielleicht lässt es die Sache jetzt in ein anderes Licht erscheinen. Wenn Sie keine Antwort erhalten, müssen Sie diese Freundschaft als abgehakt betrachten. Aber auf den Versuch würde ich es darauf ankommen lassen."

„Sie sind nicht nur schön, Sie sind auch klug und ich danke Ihnen für Ihre ehrliche Darstellung. Sie haben Recht. Ich mache den ersten Schritt. Gleich morgen schreibe ich an ihn."

Rosemarie trank im vollen Zug den restlichen Wein aus.
Sie überblickte die leeren Flaschen, stand auf, in der Hoffnung, gerade gehen zu können und sagte mit festem Blick und fester Stimme zu ihrem Gegenüber:
„Monsierur, je regrette, aber es ist spät geworden. Es war ein wunderbarer Abend, aber nun muss ich wirklich gehen. Morgen haben wir wieder viel zu tun und ich möchte nicht, dass unser Geschäftstag durch eine Unpässlichkeit ins Wanken gerät."
„Mademoiselle, das Vergnügen war ganz auf meiner Seite. Ich danke Ihnen für Ihr Vertrauen und Ihre Freundschaft.
Ich begleite Sie hinunter. Der Portier ist nicht mehr im Dienst und das Haustor ist inzwischen verschlossen. Außerdem rufe ich ein Taxi, das Sie sicher nach Hause bringt."
Mit einem charmanten Lächeln küsste er Rosemarie auf die linke und die rechte Wange. Sich seines guten Benehmens bewusst, öffnete er höflich die Tür des Taxis, drückte dem Fahrer einen Geldschein in die Hand und winkte noch kurz dem davonfahrenden Auto. Dann ging er nachdenklich, mit ernster Miene in das Haus zurück.

Frühjahr 1947

Aufregende Wochen standen bevor.
Toni Müller bereitete seine Kollektion 1947 für eine Modenschau vor.

Voll Energie saß er stundenlang am Tisch, zeichnete Entwürfe auf Papier, zerriss diese, um wieder mit neuen

Anregungen und Details, eine nächste Skizze zu entwerfen. Rosemarie war eine gute Zuhörerin, wenn der Courtier Einzelheiten mit ihr besprach.

„Von den kostbaren Stoffen Brokat Seide Samt und Satin, die für den aufwendigen Film *Wiener Mädeln* vor Kriegsende aus dem gesamten Deutschen Reich nach Wien gebracht wurden, befinden sich noch immer Restbestände in meinem Archiv.
Damit werde ich einen Modebilderbogen aus Wien kreieren, eine Synthese von feminin weichen, romantischen und graziösen Linien entstehen lassen", erklärte er versonnen.

„Wir werden die Schau der Superlative setzen. Das Zielpublikum sind die Frauen von hohen Besatzungsoffizieren, Damen der Topszene des Alliierten Reiches, internationaler Militärkommissäre, Diplomaten und Politiker und den Wienerinnen, die es sich wieder leisten können, mich als ihren Schneider zu betrachten.

Mein Plan ist, einen groß angelegten „New Look" zu entwerfen, der für verschiedenste Anlässe getragen, auf den Markt kommen soll. Themenbereiche Büro, Nachmittagsbesuch oder Ausgehabend, werden erörtert.
Wir müssen den modischen Impulsen, die von den USA kommen, Paroli bieten.
Die Kleidung der amerikanischen Frauen, die mit ihren Männern herüberkamen, ist wesentlich legerer und farbenfreudiger, wie wir es gewohnt sind. Sie tragen lange Hosen in grellen Farben, bequeme Pullover und weite bunte Blusen, aber sie wissen noch nicht, was man hier in Wien anzieht.
Ich gebe den Frauen mit meiner Modelinie ein neues Aussehen. Ich lasse sie mit glockigweiten, wadenlangen Röcken und enger Taille zerbrechlicher erscheinen und biete ihnen mit schmalen, natürlich abfallenden Schultern, ohne Achselpolster, jugendliche Beschwingtheit.

Für Damen, die die schmale Linie bevorzugen, erarbeite ich eine Variante, die weibliche Formen besonders unterstreichen. Wie zum Beispiel ein Nachmittagskomplet mit engem Rock und abstehender Schoßjacke.
Das Ballkleid wird ergänzt mit üppigen Schleifen, Spitzeneinsätzen und Drapierungen am Oberteil. Dominieren sollen helle Töne und großes Dekolletee.
Wichtige Akzentsetzungen für eine gelungene Kollektion sind auch die richtig eingesetzten Accessoires. Die Hüte sollen in großer Eleganz und Anmut gezeigt werden. Die Schuhe haben für die neue Linie einen hohen Absatz, dürfen nicht zu breit sein und müssen, farblich mit Handtasche und Handschuhe abgestimmt sein.“

Rosemarie wusste, dass in nächster Zeit viel auf sie zukommen würde. Das Finden von Adressen der richtigen Persönlichkeiten, das rechtzeitige Versenden der Einladungen, die Aufsicht der Näherinnen, damit die Modellkleider richtig konfektioniert wurden, und so viele andere Tätigkeiten, die neben der täglichen Arbeit noch vorgezogen werden mussten.

„Rose, ich möchte Sie noch über etwas instruieren“, sagte Toni eines Abends, bevor sie im Begriffe war, das Haus zu verlassen.

„James hat mir einen sehr langen berührenden Brief geschrieben. Zum Schluss teilte er mir mit, dass er sich sehr freut, mich bald in Wien zu besuchen. Das habe ich Ihnen zu verdanken“, erklärte er versonnen.
„Das ist ja großartig, da kann er ihre fulminante Modeschau miterleben. Sie müssen ihm sofort eine persönliche Einladung zukommen lassen“, erwiderte Rosemarie.

„Da ist noch etwas.
In den letzten Monaten ist die Korrespondenz zwischen Constanze und mir eingefroren. Es kam immer wieder vor, dass unsere Brieffreundschaft Pause machte.

Ich kenne sie zu gut und es war mir bewusst, dass sie dann, wenn ihr danach war, mir wieder ein Lebenszeichen zukommen lassen würde. Deshalb wollte ich sie mit einer Aufforderung, mir auf meinen letzten Brief zu antworten, nicht drängen.
Nun bekam ich einen Brief von ihr.
Sie berichtete, dass sie eine schwere Zeit hinter sich hatte, wo sie nicht imstande war, sich bei mir auszusprechen. Ihr Ehemann verschwieg, dass er an Krebs erkrankte. Erst in der Endphase gestand er ihr die Krankheit. Monatelang siechte er dahin, bis ihn kürzlich der Tod erlöste.
Ich glaube, es ist meine Pflicht zum Begräbnis zu fahren, das für Ende der Woche angesetzt ist. Werden Sie mich für einige Tage entbehren können?"
„Selbstverständlich Monsieur. Sie können versichert sein, dass alles in Ihrem Sinne weiter geführt wird. Die Schnitte für die Vorführkleider sind fertig und ich überwache ernsthaft, dass die Modelle ordentlich verarbeitet werden.
Gleich morgen erkundige ich mich nach einer schnellen Zugverbindung und besorge die Fahrkarte. Ich nehme an, dass Sie bevorzugen, in einem Hotel zu logieren. Auch diesbezüglich werde ich meine Fühler ausstrecken und eine geeignete Unterkunft suchen. Sie müssen mir nur sagen, wo die Familie Nägeli wohnt, damit sich das Hotel in unmittelbarer Nähe befindet. "
„Schön, dass Sie an alles denken und mir diese Dinge abnehmen. Vielen Dank. Ich werde Ihre Mehrarbeit entsprechend honorieren.
Aber da ist noch einiges mehr. Und das, was Constance außerdem zu berichten wusste, brachte mich in eine vollkommene innere Turbulenz. Ich brauchte längere Zeit, es zu verdauen. Und ich weiß nicht, wie ich mich verhalten soll."

Tony wendete den Blick ab und kramte auf seinem Schreibtisch herum. Er wirkte sehr aufgewühlt.

„Mm“, machte Rosemarie. „Ist es so schlimm?“
„Relativ“.
„Wollen Sie mit mir darüber sprechen?“
„Eigentlich schon.“
Rosemarie wusste, was jetzt kam. Er würde zum Schrank gehen, die Flasche Wodka und zwei Gläser holen, einschenken, sie bitten sich hinzusetzen, zum Trinken auffordern und dann, nachdem er sich selbst einen großen Schluck genehmigte, würde er konzentriert, mit geschlossenen Augen, die Hände wie zum Gebet erhoben, zu sprechen beginnen.
Und genau so traf es zu.

Toni leerte das Glas mit Wodka und schenkte sich nach. Verlegen blickte er seine Assistentin an.
„Patricia ist meine Tochter.“

Jetzt war es Rosemarie, die ihren Chef verwirrt fragte: „Wie bitte?“
„Constanze erklärte mir, dass sie damals ihrem Mann von unserem kurzen Verhältnis beichtete, welches nicht ohne Folgen blieb. Sie wurde schwanger. Für Constanze ging damit der größte Wunsch in Erfüllung, nachdem sie unter allen Umständen ein Kind haben wollte, was unter normalen Umständen nicht geschehen konnte, weil ihr Mann zeugungsunfähig war. Der Zufall, mich kennen zu lernen und sich zu verlieben, bedeutete eine Schicksalsfügung.
Nachdem Constance ihre Schwangerschaft erkannte, gab es eine Aussprache zwischen den beiden. Nach dem ersten Schock ihres begangenen Ehebruchs überwand er die Demütigung. Er berücksichtigte ihr sehnlichstes Verlangen ein Kind zu haben, diesen Wunsch er selbst nicht erfüllen konnte. Gleichwohl er nicht der biologische Erzeuger war, wollte er das Kind als sein eigenes anerkennen und die Ehe aufrecht halten. Ein Leben ohne Constance käme für ihn nicht infrage.

Sie musste ihm das Ehrenwort geben, *mich* über dieses Vorkommnis und der Vaterschaft nicht in Kenntnis zu setzen und Patricia ewig in Glauben zu lassen, er wäre der leibliche Vater.
Sie versprach es, schwieg und strich damit unsere Liebesepisode aus ihrem Leben. Es fiel ihr nicht schwer, auf den Deal einzugehen. Zuviel stand gesellschaftlich am Spiel. Das Ansehen und den guten Ruf zu verlieren, lag nicht in ihrem Sinn. Außerdem liebte sie ihren Gatten. Und er bot ihr ein luxuriöses Leben, von dem sie sich niemals getrennt hätte.
Jetzt, wo ihr Gatte verstorben war, sagte sie mir die Wahrheit, aber mit dem Nachdruck, als Ehrenmann zu handeln, und niemals ein Wort darüber zu erwähnen."
„Und warum behielt sie dieses Geheimnis nicht weiter für sich", fragte Rosemarie.
„Den wahren Grund kenne ich nicht. Möglicherweise ist ihre heile Welt ins Wanken geraten. Ihr Mann, als Stütze und Familienoberhaupt, ist tot und sie befindet sich in einem seelischen Wirrwarr. Viel Neues und Schwieriges kommt auf sie zu. Den Betrieb im Sinne ihres Gemahls weiter zu führen, wird kein Leichtes sein. Ich könnte mir vorstellen, sie ist bestrebt, dass Patricia dieses Erbe einmal übernehmen soll.
Einsamkeit und das Herannahen des Alters spielen sicher auch eine Rolle.
Frauen sind in manchen Dingen ein Phänomen und undurchschaubar. Sie weiß, dass ich mich Männern hingezogen fühle und sie kann, außer meiner Freundschaft, nichts mehr von mir erwarten. Trotzdem könnte es sein, dass sie mir mit dieser Offenbahrung andeuten will, was ich prachtvolles zu zeugen imstande war."

„So könnte es ein", überlegte Rosemarie.
„Umso wichtiger ist es, dass Sie anlässlich dieses traurigen Vorfalls nach Basel reisen. Auch wenn Sie nicht sicher sind, ihr wirklich helfen zu können. Alleine das Gefühl, das Sie ihr zuhören und sie verstehen, wird sie

Ihnen hoch anrechnen. Mehr können Sie im Moment sicher nicht tun."

„Rose, habe ich Ihnen jemals gesagt, dass Sie ein großartiger Mensch sind, der es so gut mit mir meint? Ich fürchte, Ihnen immer zu wenig Wertschätzung entgegen zu bringen."

„Nein das tun Sie nicht. Ich habe Ihr Vertrauen und das ist für mich der wichtigste Aspekt."

Toni Müller kam nach einer Woche von seiner Reise aus der Schweiz zurück.
Am darauf folgenden Tag gab es eine ausführliche Berichterstattung.

Zufrieden vernahm er, dass seine Assistentin ihn in jeder Weise bestens vertrat und während seiner Abwesenheit keine Schwierigkeiten aufgetreten waren.

In kurzen Sätzen berichtete Toni von der festlichen Begräbniszeremonie.
„Viele Menschen waren zu dieser großartigen Feierlichkeit geladen. Eine große Musikkapelle, die Herrn Nägelis Lieblingsstücke spielte, gab das letzte Geleit und hundert Kränze und Blumenbuketts umrahmten den Sarg.
Im Anschluss daran gab es ein großes Bankett. Ich kam mir etwas verloren vor, weil ich außer Constance und Patricia niemand kannte. Daher verließ ich relativ bald den so genannten Leichenschmaus.
Constanze stellte mich Patricia als Freund ihres Vaters vor. Ich muss zugeben, sie ist eine sehr hübsche junge Dame und ihrer Mutter wie aus dem Gesicht geschnitten. Mit dem Vater hatte sie das beste Verhältnis, er liebte und verwöhnte sie über alles. Über seinen Tod ist sie ehrlich bestürzt und auch sie kam mir irgendwie verloren

vor. Ich denke, das lange Leiden mitzuerleben, hat beiden Frauen viel Substanz gekostet. Patricia verbrachte einige Jahre im Internat und sollte jetzt mit einem Wirtschaftsstudium beginnen, um danach in das Geschäft ihres verstorbenen Vaters einzutreten. Aus den Gesprächen konnte ich jedoch entnehmen, dass sie im Moment dafür kein Interesse zeigt. Sie hat allerhand Flausen im Kopf, erzählte mir Constance, verliebt sich ununterbrochen und möchte am liebsten Schauspielerin werden.
Beim gemeinsamen Abendessen vor meiner Abreise musste ich den beiden Damen noch viel über Wien erzählen. Natürlich kamen wir auch auf das Thema Film und Theater zu sprechen.
Ich berichtete über den schwierigen Beginn der Filmproduktionen in Wien nach dem Krieg.
Nachdem die traditionsreiche *Wien-Film* im *Dritten Reich* eine zentrale Produktionsstätte war, wurde diese von den Besatzern als deutsches Eigentum beschlagnahmt.
Besonders die Amerikaner hatten zunächst kein Interesse am Wiederaufbau der Produktion, nachdem sie angewiesen sind, österreichische Kinos mit US-Filmen zu versorgen.
Allen schwerfälligen Stolpersteinen zum Trotz entstanden ab 1946 die ersten Filme in den Wiener Ateliers Rosenhügel und Sievering, wo ich, aufgrund alter Beziehungen, den Zuschlag für die Ausstattungen bekam. Es war mir wichtig hinzuzufügen, dass die Wiener wieder begeisterte Kinogeher geworden sind. Sobald ein neuer Film läuft, ist es herzergreifend zu beobachten, wie die Menschen Schlange vor den Kassen stehen, um ihre Lieblinge Hans Holt, Rudolf Prack, Ewald Balser , O. W. Fischer, Judith Holzmeister und Senta Wengraf, auf der Leinwand zu sehen.
Zuletzt habe ich, nicht ohne Stolz, auch über den Neubeginn meines Modesalons gesprochen, wobei ich andeutete, dass ich die goldenen Zeiten von anno dazu Mal ansteuere.

In diesem Zusammenhang lud ich beide Damen zu unserer kommenden Modenschau ein.
Ob Constance mitkommen wird, ist noch nicht sicher. Aber Patricia war sofort Feuer und Flamme und meinte, sie würde gerne einige Kleider vorführen.
Ich sagte, dies ließe sich eventuell vereinbaren. Wenn wir ihre Maße bekommen, können wir noch verschiedene Modelle auf ihre Figur anpassen.
Glauben Sie Rose, dass sich dies arrangieren ließe? Sie möchte erst knapp vor der Modenschau anreisen."
„Sicher. Wir haben drei Mannequins engagiert. Ein weiteres Model kann uns sehr nützen. Vor allem für die jugendlichen Cocktailkleider."
„Ich unterrichtete Constance davon, dass mein alter Freund James auf Besuch kommt und bei mir wohnen wird. Er soll sich bei mir wie zu Hause fühlen. Damit wollte ich andeuten, dass in meiner Wohnung kein Platz zur Verfügung ist. Außerdem wäre das ein Knick in meiner Privatsphäre, wenn Sie verstehen was ich meine", fügte Toni etwas hochnäsig hinzu.
„Aus diesem Grund werde ich Patricia, auch wenn sie alleine kommt, im Hotel Sacher unterbringen und die Kosten übernehmen. Was meinen Sie dazu, Rose?"

„Das ist eine vortreffliche Lösung, Monsieur. Dieses Hotel wird dem Geschmack der jungen Dame entsprechen. Ein ehrwürdiges Haus mit Stil und Tradition. Ich selbst betrat das Hotel noch nie, aber Erna erzählte mir so manche Episoden aus der Belle Époque. Allen voran die berühmte Sacher-Torte, die Herr Sacher in jungen Jahren kreierte. Das Rezept hierfür war sein größtes Geheimnis und ist es bis heute noch. Ich hörte auch, dass seine Frau Anna bereits in jungen Jahren, gleich nach der Hochzeit, das Kommando im Hotel übernahm. Unter ihrer Leitung avancierte das Hotel zum Treffpunkt des österreichischen Hochadels und der Diplomatie. Angeblich gab es so manches Gerücht um amouröse

Begegnungen in den skandalumwitterten dreizehn Separees des Hauses."
„Wien hatte immer was zu tratschen", fiel Toni amüsiert ins Wort. „Ich war nach dem ersten Weltkrieg einige Male mit Kollegen der Kunstakademie im Sacher. Wenn unser Geld einmal nicht reichte um den Sherry zu bezahlen, drückte die Dame des Hauses gerne ein Auge zu. Sie war wirklich eine gütige Frau mit Geschäftssinn und Liebenswürdigkeit.

Bald darauf ging ich nach Berlin, und als ich wieder nach Wien zurückkam, hörte ich, dass sie sich von der Leitung des Hotels zurückgezogen hatte. Leider erlebte Anni Sacher die Eröffnung meines Modesalons nicht mehr. 1930 starb die Grande Dame. Aber ich war unter den Tausenden Menschen, die ihr die letzte Ehre erwies."

„Die Leute erzählen, Frau Sacher hatte Zigarren geraucht. Ist das nicht sehr extravagant zu dieser Zeit gewesen", wollte Rosemarie wissen.

„Es passte zu ihr, genauso wie ihre Lieblingshunde, mit denen sie einen wahren Kult betrieb."

„Ach, da ist noch etwas, was mich interessiert", erinnerte sich Rosemarie.
„Ich habe gehört, es gibt eine große Damasttischdecke von anno dazumal, worauf Frau Sacher Unterschriften vieler prominenter Leute sammelte?"

„Das stimmt", antwortete Toni. „Die Tischdecke ist erhalten geblieben. Sie ist hinter Glas und ziert eine Wand neben der Portierloge des heutigen Hotel Sacher. Es war eine Passion von ihr, Unterschriften zu sammeln, die dann fein säuberlich nachgestickt wurden. In der Mitte ist das Autogramm von Kaiser Franz Joseph verewigt. Er selbst betrat das Hotel nie, aber durch Frau Katharina Schratt, die langjährige Gefährtin des Herrschers, kam Frau Sacher zu dieser Signatur. Ein berühmter Bestandteil des Hauses, welcher über Generationen hinaus einen Hauch von K & K Monarchie versprüht."

Am Abend hatte es Rosemarie eilig, vom Geschäft weg zu kommen. Endlich würde Norman sie wieder in die Arme nehmen. Sie hatte schon leichte Entzugserscheinung verspürt.
Immerhin waren drei Wochen vergangen, seit ihrem letzten Zusammentreffen. Schuld waren die vielen Überstunden im Modesalon.
Sie ging schnurstracks in Normans kleine Wohnung, wo ihr Freund schon sehnsüchtig auf sie wartete. Er hatte ein kleines Abendmahl vorbereitet, dass sie heißhungrig verschlang.
„Ich weiß ja gar nicht mehr, wie du aussiehst", begann Norman und sah ihr mit Freude zu, wie sie sich rasch entkleidete, um zu ihm ins Bett zu huschen.
Beide brauchten kein langes Vorspiel. Sie küssten und liebten sich voll Begierde und erst, als sie beide ziemlich gleichzeitig zum Orgasmus kamen, ließen sie voneinander los.

Erschöpft, aber glücklich, lagen sie nebeneinander, und während Norman streichelnd über den noch immer leicht bebenden Körper von Rosemarie fuhr, begann sie von den anstrengenden Wochen zu erzählen. Es war wichtig, dass ihr Freund über alles Bescheid wusste. Er sollte keine falsche Meinung über ihre Tätigkeit bekommen, da sie schon manchmal fühlte, dass er ein wenig Eifersucht zeigte.

„Rose", unterbrach Norman ihren Redefluss. „Könntest du dir vorstellen, mich zu heiraten und mit mir nach Amerika gehen?"

Auf alles, nur nicht auf das, war sie vorbereitet. Das Wort *heiraten* war ihr so fremd, um nur einen einzigen Gedanken daran zu verschwenden.

Sie richtete sich auf und schaute Norman völlig verdutzt an.
„Wie kommst du denn plötzlich auf diese Idee?"

„Seitdem von den Vereinigten Staaten der so genannte *war brides act* erlassen wurde, der amerikanischen Armeeangehörigen gestattet, Angehörige befreiter und besetzter Staaten zu ehelichen und diese, unter Umgehung der Einwanderungsquoten nach Amerika zulässt, traten schon einige unserer Besatzungssoldaten in den Stand der Ehe", berichtete er freudestrahlend.
„Ich liebe dich und da stellt sich doch diese faire Frage ganz von selbst. Schließlich bleibe ich nicht ewig hier in Wien. Irgendwann werde ich versetzt und ich muss jetzt schon zu sparen beginnen, dass ich die Kaution von Dollar 500.- aufbringe, damit du meine Frau werden kannst."
Er sagte diesen Satz so treuherzig, dass Rosemarie ganz gerührt darüber, ihn zu küssen begann.

„Darling", begann sie, darauf achtend, ihre Worte diplomatisch herauszubringen.
„Natürlich möchte ich dich heiraten und mit dir nach Amerika gehen. Es kommt nur alles ein wenig rasch und für den Moment fühle ich mich noch zu unreif, Ehefrau und vielleicht auch Mutter zu werden. Genießen wir doch dieses Jahr 1947 so, wie es ist. Es geht uns beiden nichts ab. Wir sind glücklich in diesem Zustand und haben keinen Grund irgendetwas zu verändern."
Um Norman abzulenken, küsste sie ihn wiederum und spielte mit seinem Glied. Einer neuerlichen Erregung folgend, legte sich der junge Mann rasch auf Rosemaries Körper, um mit sanften Bewegungen den Liebesakt zu vollziehen. In höchster Wohllust schloss sie die Au-

gen, keuchte und stöhnte halblaut vor sich hin. Liebe war was Wunderbares. An das Wort Heirat dachte sie dabei überhaupt nicht mehr.

Constance wollte ihre Tochter doch nicht alleine reisen lassen. Dies teilte sie Toni wenige Tage später, per Telefon mit.

Toni instruierte Rosemarie, dass die beiden mit Constances Chevrolet fahren würden und eine Übernachtung in Salzburg einplanten.
„Ich habe eine Suite im Hotel Sacher reservieren lassen. Donnerstag treffen sie ein. Abends werde ich die Damen empfangen und speise mit ihnen im Restaurant. Während meine Freundin den nächsten Tag nützt, ein bekanntes Ehepaar zu besuchen, wird Patricia zu uns in die Firma kommen, wo wir sie in die Welt der Mode einführen. Sie hat Zeit genug, die für sie ausgesuchten Kleider zu probieren und sich am Nachmittag durch Friseurin und Schminkmeisterin zurechtmachen zu lassen.

Ihnen, liebe Rose gebe ich den morgigen Vormittag frei und bitte Sie, ebenfalls erst Nachmittag zum Friseurtermin zu erscheinen. Wir haben ja drei Coiffeure bestellt. Es ist dann noch Zeit genug, sich ohne Hektik auf das Abendprogramm vorzubereiten.
Irgendwie freue ich mich doch, dass Constance mitkommt.

Wie doch die Zeit vergangen ist und was hat sich in den Jahren alles ereignet. Ich erinnere mich an das damalige Eintreffen von Constance in Wien. Sie beauftragte von der Schweiz aus einen Wiener Makler, der sich um ein geeignetes Objekt umsehen sollte. Wir besichtigten dann zusammen das Haus, das wir beide als geeignet empfanden.

Ich erinnere mich auch, wir ließen uns als Herr und Frau Müller aus Berlin, in einem *kleinen Hotel an der Wieden,* eintragen. Es waren verrückte Tage und Nächte, die wir zusammen verbrachten. Die renommiertesten Bars machten wir unsicher. Ausgelassen tanzten wir bis in die Morgenstunden. Aber da möchte ich nicht weiter ins Detail gehen. Ich weiß nur, ich stand damals völlig in ihrem Bann. Mich faszinierte die Initiative, die sie ergriff und die Entschlusskraft, mit der sie mich unterstützte. Sie war für mich ein ganz besonderer Mensch und ich glaube, sie mochte mich auch sehr."

Die Modenschau fand im Ballsaal des Hotels Imperial statt.

Die Nervosität steigerte sich von Minute zu Minute. Keiner der Mitwirkenden war wirklich noch ansprechbar. Toni Müller fegte wie ein Staubwedel herum und kontrollierte mit Adlerblick nochmals die gesamte Kollektion, um sich zu vergewissern, dass es nichts auszusetzen gab.
„Haben Sie schon in den Saal geblickt, ob die Gäste eintreffen", fragte er Rosemarie im Vorbeigehen.

Sie nickte.
„Alle reservierten Plätze sind besetzt. Wir haben noch 15 Minuten. Der Fotograf ist bereits anwesend. Herrn Jonak, Journalist der Wiener Zeitung traf ich am Eingang und habe ich ihm persönlich einen guten Platz zugewiesen."

„Gut so", antwortete er geistesabwesend und verschwand hinter einem Paravent, wo James auf ihn wartete, ihn in einen Sessel drückte und Tropfen gegen sein Herzklopfen verabreichte.

Rosemarie seufzte tief. Sie schaute auf Erna, die sich angeregt mit einer Nachbarin unterhielt. Wahrscheinlich bietet sie der Dame gerade die Vorteile ihres Waschsalons an, dachte sie leicht sarkastisch. Neben ihr saß Norman. Ihre Blicke fanden sich. Er lächelte ihr zu, erhob die Hand und machte mit den beiden Fingern das Siegeszeichen. Dankbar lächelte sie zurück. Mit beiden hatte sie kurz vorher noch gesprochen und ihnen die überraschende Neuigkeit bekannt gegeben.
„Es bleibt mir nichts anderes übrig, als auch einige Modelle vorzuführen, nachdem ein Mannequin krankheitshalber absprang. Sie hat eine blöde Verkühlung in ihr, läuft mit roter Nase und geschwollenen Augen herum, also für eine Aufführung nicht zumutbar. Ersatz war in der Schnelligkeit nicht aufzutreiben“, erklärte sie aufgeregt.

Auf den Weg zum Kollektionsraum, wo jedes einzelne Modell mit den entsprechenden Accessoires penibel aneinandergereiht hang, spielten ihre angespannten Nerven ein böses Spiel mit ihr. Nicht auszudenken, würde sie durch ungeschicktes Gehen, der Modenschau einen schlechten Touch verpassen. Kalt und warm stieg es in ihr hoch in einer plötzlichen Eingebung, sie könnte auf unachtsamer Weise auf den Saum des langen Abendkleides steigen, stolpern, dadurch zum Fall kommen und wie eine zerdrückte Kröte auf allen Vieren am Boden liegen. Aber so schnell diese Gedanken kamen, verschwanden sie wieder.
Der Countdown lief, es gab kein zurück.

Leise Unterhaltungsmusik untermalte die festliche Stimmung. Alles, was Rang und Namen hatte, war der Einladung von Toni Müller gefolgt, gespannt erwartete man den *new look* des Courtiers, die er persönlich in einer charmanten Begrüßungsrede ankündigte.

Jedes vorgeführte Modell besprach der Meister persönlich mit Nonchalance und wies auf die Blickpunkte hin,

die das jeweilige Stück einer einzigartigen Note verliehen. Das Publikum honorierte diese Extravaganzen mit begeistertem Applaus. Es wurde eine wunderbare Schau und ohne Pannen passierten die Mannequins den Laufsteg.
Selbst Patricia, die nicht minder aufgeregt dem Event entgegensah, gab ein gutes Debüt ab.
Jung und beschwingt, gewürzt mit Anmut und bestreut mit leichter Raffinesse, präsentierte sie die tief dekolletierten duftigen Cocktailkleider.

Auch bei Rosemarie ging eine Wandlung vor. Bekleidet in den prachtvollen Roben war sie nicht mehr sie selbst, sondern ein vollkommen fremdes Wesen. Bestrahlt von Scheinwerfern und bewundernder Blicke so mancher, schwebte sie wie eine Prinzessin graziös über den Laufsteg. Dabei strahlte sie einen derartigen Liebreiz aus, dass ihre Modelle einen ganz besonderen Effekt erzielten.

Viele Damen der ausländischen Delegationen kamen in Begleitung ihrer Ehemänner. Für sie bedeutete diese elegante Atmosphäre eine gelungene Abwechslung im Alltagsleben. Ihren militärischen Rang bewusst, präsentierten sie sich in ihren Galauniformen.

Als Kavaliere mit gutem Geschmack zeigten sie sich anschließend generös bereit, das eine oder andere Kleid zu ordern. Sie konnten sich vorstellen, dass ihre angetrauten Frauen genau so schön damit aussehen würden, wie die Mannequins am Laufsteg.

Tief gerührt nahm Toni in der Schlussrede an sein Publikum, die Huldigungen entgegen. Dabei vergaß er nicht, über Rosemarie einige herzliche Worte anzubringen. Er nahm sie zu seiner Seite und stellte sie den Gästen vor; „Sie ist meine Inspiration und eine großartige Assistentin, der ich einen Teil des Erfolgs verdanke“, gab er zu verstehen.

Von seinen Freunden und Bekannten wurde der Modezar enthusiastisch beglückwünscht.
Willi Forst, klopfte ihm auf die Schulter, küsste ihn herzlich und sagte: „Das hast du gut gemacht, alter Freund. Übrigens, ich habe da eine Idee für einen nächsten Film"...
Weiter kam er nicht, denn die Schauspielerinnen Judith Holzmeister und Paula Wessely stellten sich rechtzeitig zu Toni, damit der Fotograf ein passendes Gruppenbild in den Kasten bekam.

James zeigte sich sehr gerührt, umarmte seinen Freund und sagte herzlich:
„Es wäre wirklich schade gewesen, hättest du deine Ideen und Schöpfungen verkümmern lassen. Ich kümmere mich darum, dass du in der Schweiz Fuß fasst. Dort gibt es genügend betuchte Personen. Eine Show im berühmten Grand Hotel in St. Moritz hätte das richtige Ambiente. Was meinst du dazu?"

Last but not least urteilte die Presse sehr wohlwollend den *new look* des Courtiers.
Mit großen Lettern stand am nächsten Tag in der Zeitung.

GROSSARTIGE MODENSCHAU
IM HOTEL IMPERIAL

Die unter dem Titel – ein Modebilderbogen aus Wien – stattgefundene Schau des bekannten Courtiers Toni Müller, zeigte erlesenen Geschmack und die Rückkehr von Schönheit und Eleganz.
Die wunderschönen Roben, die von vier bezaubernden Mannequins mit Anmut und Grazie vorgeführt wurden, fanden unter den überaus zahlreichen prominenten Gästen aus Wien und den Alliierten Ländern,

höchste Zustimmung und wurden mit begeistertem Applaus honoriert.
Wien kann wieder als Modemetropole angesehen werden!

Rosemarie kam auf Toni Müllers Wunsch am nächsten Vormittag in das Geschäft, machte Kaffe und wartete, was ihr Chef so dringend zu berichten hatte.

Er kam auch gleich zum Kernpunkt der Sache.
„Rose, ich habe Ihnen gestern nach der Modenschau Frau Burger, eine liebe Freundin von mir, vorgestellt."
Sie nickte.
„Ja ich erinnerte mich an die Dame. Sie ist mir durch ihre Eleganz sofort aufgefallen und es überraschte mich, wie fachkundig sie Ihren *new look* beurteilte."

„Das ist kein Wunder", argumentierte Toni.
„Sie betreibt in Salzburg in der Getreidegasse ein Modegeschäft. *Tout le monde* ging vor dem Krieg in ihrem Salon ein und aus und wer was auf sich hielt, kaufte bei ihr. Ich hatte das Vergnügen, mit ihr zusammenarbeiten zu können. Ich entwarf einige Kreationen und fertigte sie für ihre Kundinnen an.
Frau Burger wird in Kürze hier erscheinen. Sie hat mir zu Verstehen gegeben, dass sie sehr interessiert ist, die alten geschäftlichen Kontakte wieder aufleben zu lassen. Es ist mir wichtig, dass Sie bei der Besprechung dabei sind.
Ich habe eine Idee, aber dazu sollte ich Ihr Einverständnis haben."

„Ideen sind immer gut, wenn sie sich verwirklichen lassen. Was haben Sie auf dem Herzen?"

„Meine Überlegung ist, einige auserwählte Stücke in Kommission nach Salzburg zu transferieren, die zum

Verkauf angeboten werden. Frau Burger wird mit einer entsprechenden Provision honoriert. Ich erspare mir dadurch den Aufwand einer Geschäftsanmietung. Als Gegenleistung biete ich eine engagierte Verkäuferin an. Können Sie sich vorstellen, wen ich dazu auswähle?“

Rosemarie schüttelte leicht den Kopf.
„Rose, was würden Sie sagen, wenn ich Sie bitte, zumindest während der Festspielzeit nach Salzburg zu ziehen?“

Verständlicherweise reagierte sie völlig überrascht.
„Diese Frage kommt wie ein Platzregen über mich. Ich wage es nicht, eine sofortige Antwort zu geben. Es würde eine völlige Veränderung meines derzeitigen Lebens bedeuten und ich weiß nicht, ob ich mir selbst dies zumuten kann. Gestatten Sie, dass ich Sie frage, warum Sie gerade mich dafür einsetzen wollen? Ich habe doch hier meine Arbeit, die ich gerne mache, oder brauchen Sie mich jetzt nicht mehr?“

„Rose, so etwas dürfen Sie nicht sagen. Sie wissen, wie ich Sie schätze und liebe. Ich weiß jetzt schon, ich werde Sie sehr vermissen, so Sie meinen Vorschlag annehmen, Salzburg zu erobern.
Aber es gibt einige Kriterien, die mich dazu bewegen und da sind die Wogen von Gefühlen nicht vorrangig. Man muss lukrativ denken und agieren, damit Leistung Erfolg bringt. Und ich weiß, dass Sie an derselben Linie ziehen, wie ich.
Sie haben Fantasie, sind begabt beim Kreieren und können mit der Nähnadel umgehen. Sie können sich in meine Modelle hineindenken, als wären diese ein Teil von Ihnen.
Sie haben schnell gelernt, selbständig zu arbeiten, sprechen Englisch und haben eine höfliche und charmante Manier, mit Menschen umzugehen. Ich könnte mir für

eine Dependance von *Toni Müllers Haute Couture* keine bessere Geschäftsleitung vorstellen.
Ein Aufenthalt in Salzburg wird auch für Sie nützlich sein. Es ist eine Erweiterung des Horizonts, in dieser bezaubernden Stadt ein Weilchen zu verbringen. Und last but not least lernen Sie viele berühmte Leute kennen.
Salzburg zeigt sich in Aufschwung. Abgesehen davon, dass die Amerikaner dort ihren Hauptsitz haben, gibt es im Sommer die Festspielsaison. Opern, Konzerte und Theaterabende führen hochrangiges Publikum in die Stadt.
Sie bekommen natürlich einen zufrieden stellenden Gehalt und haben keine Ausgaben, die Unterkunft zu bestreiten. Das übernehme selbstverständlich ich."

„Und Frau Burger wird einverstanden sein, wenn ich in ihrem Geschäft arbeite?"

„Soviel ich weiß, wäre sie recht froh, eine tüchtige Hilfe zu haben. Wie sie mir erzählte, hat sie erst kürzlich den Salon wieder eröffnet. Während der Kriegsjahre arbeitete sie beim BDM in verschiedensten deutschen Städten. Sie hat ein aufregendes Leben hinter sich, aber glücklicherweise alles gut überstanden.
Verständlicherweise sehnt sie sich danach, neuerlich einen gesellschaftlichen Status zu erlangen.
Noch läuft der Salon *Elegance* nicht so, wie sie es sich vorstellt. Es fehlt an Publicity. Also muss sie ihre Marke im neuen Glanz erstrahlen lassen. Um *en vogue* zu sein, braucht sie Couture, die sie durch mich bekommt, aber auch entsprechende Accessoires, um ein breit gefächertes Sortiment anzubieten."

Rosemarie war im Gedanken schon fest überzeugt, auf das Angebot ihres Chefs einzugehen. Vergessen waren Norman, Erna und die Freundesclique rundum.
Es reizte sie enorm, diese Herausforderung anzunehmen. Begeistert von dem Gehörten, schlug sie vor:

„So wie in Wien, könnten wir in Salzburg eine Modenschau veranstalten. Wichtige Leute einladen und hinweisen, dass die Kreationen im Salon *Elegance* zu beziehen sind.

Außerdem müssten in den großen Salzburger Hotels Visitenkarten aufliegen, damit die gut betuchten Sommergäste wissen, wo sie modemäßig zufrieden gestellt werden."

„Ihre spontane Begeisterung, Ihr Mitdenken und noch vieles mehr, sind Punkte, die ich so an Ihnen liebe", entgegnete Toni überzeugend. Er wollte noch weiter sprechen, aber durch das Läuten an der Eingangsglocke, wurde er unterbrochen.
„Aha, das wird Frau Burger sein", gab er zu verstehen, mit einem Blick auf die Uhr.

„Monsieur, bevor wir unser Gespräch zu Dritt beginnen, möchte ich Ihnen sagen. Sie können mit mir rechnen. Ich nehme gerne Ihr Angebot an."
Rosemarie sprudelte die Worte so schnell hervor, als ob sie Angst hatte, sie könnte es sich noch anders überlegen.

„Rose, ich freue mich über Ihren Entschluss und ich denke, Sie werden es nicht bereuen."
Er drückte ihr einen zarten Kuss auf die Wange und ging zur Tür, um Frau Burger zu empfangen.

Liebes Tagebuch
Seitdem mein Darling Boy Bescheid weiß, dass ich Wien den Rücken kehre und mit Toni Müllers Modellen, Salzburg erobern möchte, hängt der Haussegen schief.

Anfang der Woche trafen wir uns in Normans Wohnung.
Ich versuchte die Problemdarstellung ernsthaft darzustellen. Wahrheitsgemäß erzählte ich, dass in dem Salon eine zusätzliche Verkäuferin vonnöten sei und mein Chef es für effizient hält, dass ich den Verkauf seiner Mode übernehme.
Aufgrund seines misstrauischen Gesichtsausdrucks fügte ich sofort hinzu, es sei ja nur für zwei Monate und stellte ihm gleichzeitig in Aussicht, er könne mich in Salzburg besuchen kommen, so oft er wollte.
Trotzdem reagierte Norman äußerst gereizt und unsere Diskussion endete in einen Streit.
„Bist du so verliebt in deinen Boss, dass du alles machen musst, was er anordnet? Merkst du nicht, dass er dich ausnützt, um aus allem seinen eigenen Nutzen ziehen zu können“, schmetterte er mir theatralisch entgegen.

Sämtliche einlenkende Argumentationen meinerseits blieben unfruchtbar. Was blieb mir anders übrig, als auf eine altbewährte Tour zurückzugreifen. Frei nach dem Motto und ewig lockt das Weib!
Ich hatte zuerst die Befürchtung, mein Boy würde auf Distanz gehen und auf meine Verführungskünste nicht eingehen wollen, aber schlussendlich siegte der in Aussicht gestellte Sex.
Unser Liebesspiel war zwar nicht so leidenschaftlich wie sonst, aber es befriedigte und Norman flüsterte mir zwischen seinen Küssen zärtlich ins Ohr, wie sehr er mich liebe und dass er mich nicht verlieren möchte.

Ich merke nun schon seit einiger Zeit, wie eifersüchtig Norman ist. Er hegt den irrigen Verdacht, ich könnte mit meinem Boss ein Gspusi haben. Auf so eine absurde Idee können nur verliebte Männer kommen. Aber ich kann ihm doch nicht sagen, dass Toni schwul ist. An-

derseits würde er dann vielleicht die Tatsache loyaler sehen.
Aber ich sehe die Vertrautheit zwischen Monsieur Müller und mir als eine Sache der Ehre und das, was ich weiß, würde ich niemanden anderen preisgeben.
Selbst Erna gegenüber schweige ich und sie erfährt über diese delikaten Details kein Wort.

Apropos Erna. Als ich ihr von meinem Vorhaben berichtete, bekam ich ihre volle Zustimmung. Sie sagte mir sofort, wie Recht ich habe, die Chance zu nützen. Sie fügte hinzu, was ich mir im Geheimen dachte. Nämlich, dass ich während dieser Zeit prüfen könne, ob ich für eine baldige Ehe schon reif genug bin und ob Norman wirklich der Partner ist, mit dem ich mir eine gemeinsame Zukunft vorstellen kann.
Komisch, wie sich Situationen gleichen.
Dieselben Worte fand ich in dem Brief, den mir Patrick schrieb.
Einen kleinen Einwand fügte Erna aber dann doch hinzu:
„Sei vorsichtig bei Patricia. Pass auf, dass sie dir deinen Job im Wiener Modesalon nicht wegnimmt. Du würdest gut daran tun einen kleinen Vertrag aufzusetzen, worin festgehalten ist, dass dein Job in Salzburg als Saisonarbeit betrachtet wird und du ab Herbst deine bisherige Arbeit in Wien wieder aufnimmst."

Das stimmte mich dann doch etwas nachdenklich.

Patricia erzählte mir nach der Modenschau, dass sie in Wien bleibt. Sie konnte sich bei ihrer Mutter durchsetzen. Vorerst wird sie als Model im Salon von Toni tätig sein. Ihre Vision ist, später das Reinhardtseminar zu besuchen. Gleichzeitig ließ sie durchblicken, dass sie vielleicht durch Tonis Kontakte, eine Chance bekommt, eventuell schneller zu einer ersten Filmrolle zu kommen. Aus diesen Worten heraus merkte ich, dass sie im

Moment voll mit Hirngespinsten ist und ich kann mir schwer vorstellen, Patricia hat Lust, auch die täglichen Büroarbeiten zu machen, während ich in Salzburg bin. Anderseits, wem überträgt mein Chef die Agenden, die ich bis jetzt mit Engagement erfolgreich durchführte? Welche Art von Rochade wird hier ausgeführt?
Erna hat Recht. Ich werde um einen schriftlichen Vertrag bitten, damit ich abgesichert bin.

Sommer 1947 in Salzburg

Rosemarie war schon etwas spät dran.
Sie warf einen letzten Blick in den Spiegel, griff nach Tasche und Schlüsselbund und schloss die Tür hinter sich. Sie hastete das Treppenhaus hinunter und rannte beinahe Herrn Paul Martens, ihrem Wohnungsnachbar, in die Arme.

Er sah sie überrascht an, aber dann erschien ein entwaffnetes Lächeln auf seinem Gesicht.
„Schön, dass ich Sie einmal persönlich begegne. Bis jetzt hatte ich ja noch nicht das Vergnügen, Ihre Bekanntschaft zu machen, obwohl mir ihre Anwesenheit, lang und breit von unserer gemeinsamen Wirtin berichtet wurde."

„Hallo, freut mich auch. Aber entschuldigen Sie, ich habe es schrecklich eilig", erwiderte Rosemarie mehr oder weniger im Vorbeigehen.

Sie rannte die Schwarzstraße vor bis zur Haltestelle. Im nächsten Augenblick kam der Bus Richtung Bahnhof angefahren. Glücklicherweise hatte das Hauptpostamt

noch geöffnet und am Schalter übergab sie dem Beamten die Briefe für Erna und Norman. Sie seufzte tief. Das schlechte Gewissen haftete noch ein wenig an ihr. Immerhin verbrachte sie bereits zwei Wochen in Salzburg und abgesehen von Postkarten mit kurz gefassten Grußworten, fand sie bisher keine Zeit, ausführliche Berichte zu verfassen.
Der schöne, warme Sommerabend lud ein, den Weg zurück, zu Fuß anzutreten.
Sie durchwanderte beschaulich den Mirabellgarten und hörte das leichte Knirschen des feinen Kieselsteins. Die eleganten Buchsbaumspaliere und Blumenrabatte, die stattlichen Marmorvasen und die von Statuen antiken Götter bekrönter Balustraden, entfalteten sich im frühen Abendlicht zu einem eigenen Zauber, der sich zu einer positiven Wende auf die Stimmung der jungen Frau übertrug.
Am Ende des Parks blieb sie stehen, drehte sich um und blickte voll Freude auf das schöne Anwesen. Dabei überlegte sie, ob sie den Weg zu ihrer Wohnstätte oder Richtung Altstadt wählen sollte.

Plötzlich hörte sie eine männliche Stimme hinter ihr, die den Gedankengang unterbrach.
„Welch schöner Zufall, Sie heute nochmals zu sehen."
Überrascht wandte sich Rosemarie um und blickte in das Gesicht ihres Wohnungsnachbarn.
„Na, das ist aber wirklich ein Zufall", antwortete Rosemarie verdutzt.
„Ich denke, jetzt haben Sie die Eile hinter sich gelassen. Ich sah Sie schon von weitem, wie losgelöst sie daher spazierten."
„Ich musste Briefe zum Postamt bringen und war schon spät dran. Deshalb meine Hast vorhin."
„Und keine Verabredung anschließend?"
„Nein". Dieses Nein kam etwas gedehnt hervor. Innerlich fragte sie sich, was dies diesem wildfremden Menschen, der zufällig ihr Nachbar war, anging. Aber ein

Blick auf sein äußerst markantes Profil stimmte sie sofort milder.
„Dann würde es mir eine große Freude bedeuten, Sie auf einen Drink einzuladen. Einfach nur, weil wir Nachbarn sind und ich Sie gerne näher kennen lernen möchte.
Gestatten übrigens, mein Name ist Paul Martens.“
„Sehr erfreut, ich heiße Rosemarie Reiter.“
„Wunderbar, dann darf ich Sie Romy nennen?“
„Ja, warum nicht?“ Insgeheim dachte sie, wie verschiedenartig sie benannt wurde. Norman und Toni sagten Rose zu ihr, Patrick nannte sie seinerzeit Marie.
Romy war völlig neu, aber es klang gut.

Sie betraten das berühmte *Café Bazar*, wo die gewisse Kaffeehauskultur mit Heimeligkeit und plüschiger Gemütlichkeit vorherrschte. Gäste verschiedenster Gesellschaftsklassen besetzten das Lokal. Oberkellner Ludwig hatte Mühe, den Beiden noch einen runden kleinen Marmortisch mit zwei Sesseln anzubieten.
„Man möchte meinen, in Wien zu sein. Dieselbe Situation findet man im *Café Sperl* vor.
Man trinkt einen Großen Braunen, eine Schale Gold, oder Melange und der Ober serviert ein Glas Wasser dazu“, begeisterte sich Rosemarie.
„Kaffeehäuser, oder wie man sie einst nannte, Stätten europäischer Zivilisation, Geburtsorte von Kunst, Kultur, Politik, Geselligkeit und Klatsch, gibt es schon viele Jahrhunderte“, ergänzte Paul.
„Das erste wurde 1617 in Marseille eröffnet, kurz darauf ein weiteres in Paris. 1686 hatte Wien sein Kaffeehaus und 1693 existierten in London an die 300 öffentlichen Kaffeeschenken.“
„Und weiß man, wann das erste Kaffeehaus in Salzburg in Erscheinung trat?“

Paul dachte einen Moment nach, dann berichtete er: „Sehr früh. Ungefähr im Jahre 1703. In dieser Zeit lebte ein gewisser Anton Staiger, seines Zeichen Schokoladenhersteller. Er kaufte am Alten Markt ein Haus, wo sich bald die Gesellschaft der Stadt versammelte. Dies dürfte wohl der Anfang der Salzburger Kaffeehausherrlichkeit gewesen sein. Mitte des 19. Jahrhunderts kaufte dann Carl Tomaselli das Staigerische Cafe."
„Erstaunlich", resümierte Rosemarie.

Paul wechselte das Thema.
„Liebe junge Dame, ich hörte von unserer Zimmerwirtin, dass Sie aus Wien sind und des Berufes wegen nach Salzburg kamen?"
„So ist es. Ich arbeite im Salon *Elegance*. Mein Boss, der bekannte Courtier *Toni Müller* aus Wien, hat hier eine so genannte Dependance und ich habe vorübergehend die Geschäftsleitung für den Verkauf seiner Modelle übernommen", erklärte Rosemarie etwas hochnäsig.
„Sollten Sie ein schönes Kleid für Ihre Freundin benötigen, würde ich mich freuen, Sie bei uns begrüßen zu dürfen", fügte sie geschäftstüchtig hinzu.
„Mit einer Freundin kann ich nicht aufwarten, aber ich komme trotzdem gerne mal vorbei, schon aus reiner Neugierde." Paul sah schmunzelnd auf sein Gegenüber.
Dieses Schmunzeln verwirrte Rosemarie vollends, weil ihr Nachbar dabei umwerfend gut aussah. Sie befahl sich, vorsichtig zu sein. Der Mann konnte ihr gefährlich werden. Er hatte so das gewisse Etwas, vergleichbar mit Danny Kaye, den sie kürzlich in einem US-Film in Wien sah.
„Und Sie sind Salzburger?"
„Nein, ich bin ein Zugereister. Meine Geburtsstadt ist Bad Ischl. Ich arbeite als Journalist bei mehreren Zeitungen, für die ich Gesellschaftskolumnen oder aktuelle Artikel schreibe. Ich habe vor einiger Zeit das Zimmer in der Schwarzstraße angemietet, weil die Stadt Salzburg geografisch zentral liegt. Außerdem lebt hier mein

Freund, der ein Reisebüro eröffnete. Wir wollen zusammen ein *Travel Service* aufbauen, wobei ich die Funktion des Reiseleiters übernehme. Es gibt jetzt schon Anfragen der Amerikaner, die in der kommenden Wintersaison zum Skifahren nach Kitzbühel, Bad Gastein oder auf den Arlberg wollen.

Da gibt es einiges zum Vorplanen und organisieren. Wenn es dann so weit ist, übernehme ich die Betreuung während des Aufenthaltes der Gäste. Dazu gehört, dass ich, wenn es sein muss, auch den Skilehrer abgebe. Die Leute müssen sich gut aufgehoben wissen."
„Sie sind ja ein Tausendsassa", schmeichelte Rosemarie.
„Na ja, schau'n wir mal, wie es anläuft", gab Paul mit einem verschmitzten Lächeln zurück.
„Ideen haben wir genug. Wir planen Auslandsreisen ins Programm aufzunehmen."
„Und wohin?", fragte Rosemarie.
„Rom, Venedig, aber auch Ägypten, Israel und Griechenland."
„Und Sie würden auch bei diesen Touren als Begleiter dabei sein?"
„Ja, wenn es meine Zeit erlaubt. Da könnte ich für meine Zeitungen Reiseberichte über fremde Länder schreiben. Wir haben sogar Mittelmeerkreuzfahrten ins Auge gefasst."
„Das ist ja großartig. Und was würde so eine Mittelmeerreise kosten?"
„Von 150 Dollar aufwärts", antwortete Paul.

Rosemarie dachte kurz an Norman, an seinen Gehalt und sein Bestreben, die 500 Dollar Kaution für ihre Einreise in die Vereinigten Staaten anzusparen, so sie gewillt ist, ihn zu heiraten.

Plötzlich wurde sie nervös. Sie saß da mit einem fremden, verdammt gut aussehenden Salzburger, und in

Wien wartete ihr Freund beharrlich auf sie und ein Ja-Wort.
„Nicht böse sein, aber es ist spät geworden und ich möchte gerne nach Hause“, unterbrach sie das Gespräch.
„Selbstverständlich gerne. Jetzt wo wir uns schon ein bisschen kennen und Tür an Tür wohnen, können wir, so Sie Zeit und Lust haben, immer wieder die Unterhaltung fortsetzen.“

Paul sah sie durchdringend an, sodass Rosemarie wieder einmal rot wurde.
„Vielleicht“, gab Sie zurück, denn was anderes fiel ihr nicht ein.

Salzburg stand im Banne der Festspiele.
Die Botschaft, Theater und Musik wiederum als vollkommenes Kunstwerk zu schaffen, zog durch die ganze Stadt. Bedeutende Künstler, die in der Nazi-Zeit nicht erwünscht waren, kehrten zurück.
Als Aushängeschild des Festival Sommers, fand Hugo v. Hoffmannsthal *Jedermann*, das Spiel vom Sterben des reichen Mannes, am Domplatz statt.
In der Felsenreitschule zeigte man *Faust* und jeden Abend konnte das Publikum zwischen Opern und Konzertaufführungen wählen.

Für die beiden Bewohner der Pension Schneller wurde es zur lieben Gewohnheit, den Morgen gemeinsam im Speiseraum zu verbringen. Wer immer als erster am Tisch saß, begrüßte den danach Hinzukommenden mit einem herzlichen Lächeln. Sie wollten mit guter Laune den Tag beginnen und dazugehörte, neben einem kräftigen Frühstück, ein nettes Gespräch.
Rosemarie erzählte enthusiastisch von erfolgreichen Verkäufen und bereits getätigten Nachbestellungen. Ihre Wangen glühten, sobald sie begann, über die Da-

men der Gesellschaft zu sprechen, die im Salon aus und eingingen und mit welcher Leidenschaft diese die schönen Roben orderten.
Und Paul konnte so viel über die Mozartstadt berichten, dass sich die junge Frau überreden ließ, mit ihm an freien Sonntagen Ausflüge zu unternehmen, um die Vielfältigkeit und Schönheit der Baukunst kennen zu lernen. Verständlicherweise kamen sie sich näher.
Eine zarte Umarmung hier, ein scheuer Kuss dort, aber Rosemarie wollte durch diesen kleinen Flirt ihre Beziehung zu Norman nicht verunsichern, weshalb sie intimeren Annäherungsversuchen wacker standhielt.
Paul hatte Wort gehalten. Er besuchte den Modesalon, ließ sich von Rosemarie einige Modelle vorführen, die er fotografisch festhielt. Eine dazupassende Reportage schickte er mit dem Bildmaterial an seinen Verlag. Wenige Tage später erschien der über eine ganze Seite gedruckte Bericht mit den eindrucksvollen Fotos. Rosemarie freute sich riesig darüber und schickte sofort ein Exemplar zu Toni Müller nach Wien, wobei sie hoffte, dass auch Patricia den Artikel zu lesen bekam.

Der Zug aus Wien kam mit einer kleinen Verspätung an. Schon von weitem erblickte sie Norman. Aufgeregt lief sie ihm entgegen. Er stellte seinen Koffer neben sich, nahm Rosemarie in die Arme und küsste sie voll Zärtlichkeit.

„Ich freue mich, dass du Urlaub bekommen hast und eine ganze Woche bei mir bist. Ich habe im Hotel Europa für uns beide ein Doppelbettzimmer gebucht. In der Pension, in der ich wohne, gibt es kein zweites Zimmer und das Bett in meinem Raum ist für uns beide zu klein."
Diese kleine Notlüge brachte sie lächelnd hervor, ohne rot zu werden. Es war eine reine Vorsichtsmaßnahme. Sie wollte nicht, dass er und Paul zusammentrafen.

„It’s okay girl“, sagte er einsichtig. “Wichtig ist, dass ich endlich wieder mal mit dir zusammen bin. Meine Sehnsucht nach dir brennt.“

Insgeheim beglückwünschte sich Rosemarie mit dem perfekten *timing*. Sie hatte gerade ihre Menstruation hinter sich, eine gute Zeit, sich mit voller Lust auf die Liebe zu freuen.
Wohlweislich hatte sie ihre Bekleidung bereits ins Hotel transferiert. Somit konnte sie dort ungestört logieren und musste nicht zwischendurch in die Pension.

Paul erklärte sie kurz: „Ich bin eine Woche hier nicht erreichbar. Mein Freund aus Wien kommt und wir wohnen gemeinsam in einem Hotel.“
Sie sagte nicht in welchem und er fragte sie nicht danach.
Seine kurze Antwort lautete: „Na dann viel Spaß, und du kannst dich verlassen, ich kenne dich nicht, wenn ich dich sehe.“
Er drehte sich um und somit schien das Thema für ihn erledigt zu sein.

Für Rosemarie war es eine Selbstverständlichkeit, tagsüber zu arbeiten. Sie wusste Norman gut aufgehoben.
Er erkundete die Stadt alleine und holte sie jeden Abend vom Modesalon ab. Meist spazierten sie durch die Getreidegasse und setzten sich zum Abendessen ins Hofbräu auf ein deftiges Essen. Und das Bier schmeckte beiden sehr gut.
Rosemarie wusste zu berichten, dass Bier in Salzburg schon im 12. Jahrhundert eine große Bedeutung fand. Damals mussten die Bauern brauen und es als Naturalsteuer an die Herrschaften abliefern. Um das Jahr 1400 wurden Brauereien im Land gegründet, die viel Geld in die erzbischöflichen Besitzungen brachten.

Norman war rundum glücklich. Die Nächte, in denen sie sich liebten, um später fest umschlungen einzuschlafen, waren wunderschön.

Beide fühlten eine unermessliche Innigkeit, die sie in keiner Weise durcheinanderbringen wollten.

Deshalb vermied Norman, seine Freundin mit eifersüchtigen Fragen zu quälen und Rosemarie hielt sich zurück, zu viel über ihre Erfolgserlebnisse zu plaudern. Stattdessen hörte sie aufmerksam zu, wenn er begeistert seine Eindrücke über die einstige Bischofsstadt schilderte.

Am letzten Tag spazierten sie auf die Festung *Hohensalzburg*. Norman wollte unbedingt dieses wuchtige Wahrzeichen der Stadt gemeinsam mit seiner Freundin ersteigen. Sie standen vor der Burgmauer und blickten auf die wunderschöne Stadt. Plötzlich zog Norman ein kleines Kästchen aus seiner Hosentasche, schnappte es auf, nahm Rosemaries linke Hand und steckte ihr einen Ring auf den Finger.

„Ich bin gestern durch die Stadt gegangen und sah in der Auslage eines Juweliers diesen Ring. Ich möchte, dass du ihn als Andenken an die schöne Woche, die ich mit dir verbringen konnte, annimmst. Vielleicht soll er auch eine kleine Bestätigung meiner aufrichtigen Liebe zu dir zeigen."

Rosemarie blickte entzückt auf das Schmuckstück, das wie angepasst, ihren Finger zierte.
„Ich danke dir für dieses schöne Geschenk. Ich werde ihn mit vielen lieben Gedanken an dich, tragen. Du kannst versichert sein, dass auch meine Liebe zu dir aufrichtig ist und ich kann mir vorstellen, wenn wir uns entschließen unser Leben gemeinsam zu verbringen, dass es ein besonderes sein wird."

Die Stunde des Abschieds kam.

Rosemarie begleitete ihren Freund zum Bahnhof und verabschiedete sich tränenreich. Sie gab ihm das Versprechen, nicht länger als vertraglich vereinbart, in Salzburg zu bleiben.

„Ich weiß, was ich an dir habe, und das werde ich nicht zerstören“, gab sie ihm zu verstehen, bevor sie sich umdrehte und das Wegfahren des Zuges wahrnahm.

Von einer leichten Melancholie begleitet, ging sie in das Hotel Europa, holte ihr Gepäck, um anschließend in die Pension Schneller zurückzukehren.

Paul Martens bekam Rosemarie nicht zu Gesicht. Er war wie vom Erdboden verschwunden. Neugierig geworden, erkundigte sie sich en passant bei Frau Schneller, ob ihr Zimmernachbar ausgezogen sei.

„Keine Sorge“, gab sie gleichgültig von sich. „Das bin ich gewöhnt bei ihm. Er kommt und geht. Ein richtiges Wanderleben führt er. Wie mein Kater Stanislaus. Der zigeunert auch in der Gegend herum. Und auf einmal, wenn ich schon gar nicht mehr an ihn denke, kommt er auf leisen Pfoten bei der Tür herein, streicht um meine Beine, geht schnurstracks in die Küche zu seinem Fressnapf und tut so, als wäre gar nichts gewesen.
Ja, ja, der Herr Journalist wird wohl wieder einer heißen Spur nachgehen“, gab sie abschließend zweideutig, mit einem Kichern von sich und ließ die verdutzte Rosemarie alleine am Frühstückstisch zurück.

Zwei Wochen später

Rosemarie legte den Roman beiseite, schaute auf den Wecker, der auf dem Nachtkästchen stand und konstatierte, dass es bereits 22 Uhr war. Sie rekelte sich wohlig im Bett und durchdachte nochmals das glückliche Ende der Herz-Schmerz-Geschichte, geschrieben von Courts Mahler.
Ein leises Klopfen an der Tür unterbrach den Gedankengang.
Wer konnte das sein zu der späten Stunde?
Sie ging zur Tür und fragte: „Ja bitte?“
Von draußen kam die Antwort.

„Romy, könntest du mir bitte mit einer Zahnpaste aushelfen?“
Automatisch öffnete sie die Tür.
Paul stand, in einem gestreiften Pyjama bekleidet, von ihr. Mit einem schelmischen Lächeln und einem kleinen Kuss auf die Wange begrüßte er seine Zimmernachbarin.

„Bin gerade angekommen, habe alles ausgepackt und mich geduscht und da bemerkte ich, dass mir ein wichtiges Utensil ausgegangen ist. Ohne die Zähne mit Zahnpaste zu putzen, fühle ich mich als halber Mann. Und da ich kein halber Mann sein möchte, kann ich nur auf die Barmherzigkeit meiner Frau Nachbarin hoffen.“
Er brachte diesen Satz so bühnengerecht hervor, dass Rosemarie hellauf lachte.
In ihrer Fantasie sah sie nicht Paul, sondern Kater Stanislaus vor sich, der auf samtigen Pfoten heranschlich und so tat, als wäre es eine Selbstverständlichkeit, plötzlich wieder anwesend zu sein.
Mit der Tube Zahnpaste in der Hand konterte sie amüsiert:
„Dafür habe ich volles Verständnis. Mir geht es genau so. Nimm, soviel du begehrst. Da ich davon ausgehe,

dass du das morgige Frühstück mit mir einnehmen möchtest, bitte ich dich, aber heute noch die Tube zurückzubringen. Denn auch ich bevorzuge geputzte Zähne mit Paste. Schließlich möchte ich dann nicht als halbe Frau einem ganzen Mann gegenübersitzen."

Rosemarie fand die Situation äußerst aufregend, dass sie vergaß, den Morgenmantel über ihr verführerisches Nachthemd anzuziehen. Und als Paul, nach kurzer Zeit mit der Tube wieder kam, fragte sie ihn geradewegs, ob er noch ein wenig bei ihr bleiben wollte.

„Nichts lieber als das", kam es freudig, frischen Atems, aus ihm heraus.

In dem behaglichen Zimmer befand sich ein kleiner Erker, der mit einem Teetisch und zwei hübsch gepolsterten Sesseln ausgestattet war.

Sie bat ihren Gast, Platz zu nehmen.

„Hattest du eine anstrengende Reise", fragte sie Paul ohne Umschweife.

„Teils, teils", antworte er gelassen und beäugte anerkennend ihr Negligé, welches ihre formvollendete Figur bestens zur Geltung brachte.

„Und darf ich wissen, wo du warst?"

„Du darfst alles, meine schöne Göttin", antwortete er.

„Nachdem ich wusste, dass du für eine Woche mit deinem Liebhaber verschwandest, wollte ich das Frühstück nicht alleine zu mir nehmen, denn ich bin nun mal schon so gewöhnt an dein Gesicht, an dein Lächeln und deinen Blick."

„Schmeichler", unterbrach ihn Rosemarie.

„Also ging ich nach Kitzbühel", fuhr er fort, „um die Vorbereitung für die Winterurlaube, die *Travel Service* anbietet, einzuleiten.

Danach fuhr ich nach Berlin."

„Nach Berlin", wiederholte sie. Was hast du dort gemacht?"

„Recherchen erstellt."

„Mm", machte Rosemarie.

„Na, ja, da gibt es eine groß angelegte Kampagne, von der du wahrscheinlich gar nichts weißt, aber ich werde dir, trotz der späten Stunde, kurz Bericht erstatten.
Gewisse Leute, so genannte Nazi-Jäger, haben sich zusammengeschlossen, um NS-Verbrecher aufzuspüren. Es existiert eine lange Liste und deckt die Palette des Wahnsinns der Herrschaft von Nazis und Faschisten in Europa der 30er- und 40-er Jahre ab. Viele davon sind mit gefälschten Pässen nach dem Krieg geflohen und wahrscheinlich zurzeit nicht auffindbar.
Aber es gibt immer wieder heiße Spuren und im Zuge meiner journalistischen Tätigkeit, habe ich für einen Zeitungsverlag einen Artikel verfasst, um die Bevölkerung auf die dunkle Vergangenheit dieser Menschen aufmerksam zu machen.

Konkret verfolge ich eine bestimmte Fährte und musste dafür einiges recherchieren.
Thema, *wo ist der Schlächter von Mauthausen?*"

Pauls Anspannung war ersichtlich. Er fragte Rosemarie nicht, ob sie es hören wollte, sondern redete ohne Unterbrechung weiter.
„Da gab eine Person namens Dr. H., ein NSDAP-Mitglied und Mitglied der Waffen SS.
Bereits mit jungen Jahren landete er als Lagerarzt in Sachsenhausen und in Buchenwald in Mauthausen. In Oberösterreich befand er sich zwei Monate, aber das genügte, um als einer der sadistischsten Ärzte des NS-Regimes in die Geschichte einzugehen. Mehrere hundert Menschen tötete er durch Giftinjektionen mitten ins Herz. Als Versuchskaninchen benutzte er seine Patienten, wenn ihm im Dienst langweilig war, und schnitt ihnen Organe heraus.

Das Operationsbuch von Mauthausen, in dem penibel jeder Eingriff verzeichnet wurde, führt etwa für den 28. Oktober 1941 an, dass Dr. H. in der Zeit von 7.30 Uhr

bis 10.15 Uhr und von 15.20 Uhr bis 16.30 Uhr elf Tote, darunter zehn Juden, zu verzeichnen hatte.
Es muss Menschen gegeben haben, die ihm halfen, denn nach Kriegsende stellte er sich eine neue Identität aus und tauchte unter. Sein jetziger Name soll Dr. P. sein.
Einem heißen Tipp folgend, stießen Fahnder jetzt auf ihn. Ermittlungen ergaben, dass er als medizinischer Wissenschaftler im Raum Stuttgart arbeitete.
Von einem Tag auf den anderen klopften sie an der Tür seiner Villa. Aber ergebnislos. Er musste sich kurz vorher aus dem Staub gemacht machten.
Weitere Auskünfte ergaben, dass das Geld aus Wertpapieren, Konten und Immobilien, die er in der Schweiz besaß, auf seine Frau geschrieben war, von der er sich 1945 pro forma scheiden ließ. Sie lebt zurzeit in der Villa in Lugano.
Sie dürfte nach wie vor eine Schlüsselfigur sein und ihm auf der Flucht geholfen haben."

Paul trank das Glas Wasser, das ihm Rosemarie hinstellte, mit einem Zug aus.
„Wahrlich kein gutes Thema, für diesen Abend, der eigentlich ein romantischer sein sollte. Entschuldige, dass ich dich damit belastete, aber es tat mir gut, mit jemandem darüber zu sprechen."
„Da hast du Recht getan, Paul. Wenn es dich erleichterte, bin ich froh. Aber inzwischen ist es spät geworden und ich bin reif zum Schlafen. Morgen ist auch ein Tag."

Die klare Aufforderung bewirkte, dass Paul sich sofort erhob und zur Tür ging. Rosemarie folgte ihm. Sie standen dicht beisammen.
„Also dann gute Nacht Romy." Er umarmte sie und spürte dabei ihren Körper, der sich unwillkürlich an ihn schmiegte.
Ein inniger Kuss folgte, mit dem Rosemarie nicht gerechnet hatte, oder doch?

„Geh jetzt“, forderte sie Paul mit rauer Stimme auf und schubste ihn bei der Tür raus.
Mit einem nicht definierbaren Seufzer legte sie sich augenblicklich ins Bett, zog die Decke über den Kopf und wollte nur eines. Keinen einzigen Gedanken verschwenden und sofort einschlafen.

Das morgendliche Frühstück verlief pannenfrei.
Paul begrüßte seine Zimmernachbarin mit einem liebevollen Blick und einem herzlichen Guten Morgen. Rosemaries Befürchtung, sie könnte bei seinem Anblick peinlich berührt sein, trat nicht ein. Damit zerstreute sie etwaige weitere Bedenken. Schließlich war es nur ein Kuss und nicht mehr.
Wie ein altes Ehepaar saßen sie sich gegenüber, Rosemarie reichte ihm das Brot und schenkte Kaffee ein.
„Entschuldige, ich möchte nur einen kleinen Blick in die Zeitung machen.“
„Tu das, was gibt es denn Neues?“

Er las laut die Headline vor:

INDIEN erhält im Rahmen des Commonwealth
seine Unabhängigkeit von Großbritannien.
In allen Städten gibt es groß angelegte Feiern.
Nach der Vereidigung fährt Lord Lous Mountbatten
zusammen mit Premierminister J. Nehru durch
Neu-Delhis Straßen.

Weiter kam er nicht, denn spontan stellte Rosemarie die nächste Frage:

„Heute Nacht hast du mir so viel Dramatisches berichtet, so dass ich gar nicht dazu kam, dich zu fragen, warst du noch aus einem anderen Grund in Berlin?“

„Natürlich, man muss immer mehrere Dinge unter einen Hut bringen. Im Hotel Bavaria bat ich die Schauspielerin Winnie Markus für ein Zeitungsinterview. Sie dreht mit Hans Nielsen einen Helmut Kräutner Film. Gleichzeitig habe ich die Gelegenheit wahrgenommen, einer Freundin einen kleinen Besuch abzustatten."
Den fragenden Blick wahrnehmend, redete er unverblümt weiter:

„Ich folgte den Ruf dieser Dame, komm, wir haben sturmfreie Bude"....
Er lachte ungeniert.
„Um es genau zu sagen, ich kenne sie seit kurzem. Leider ist sie verheiratet, somit bin ich das fünfte Rad am Wagen. Aber wir führen eine lockere harmonische Freundschaft und damit muss ich mich zufrieden geben. Wir haben den freien Tag genützt und sind aufgrund des schönen Wetters zum Wannsee gefahren.
Dort herrscht gute Stimmung, so als ob es nie anders war. Viele hübsche Frauen beherrschen den Strand. In kecken Bikinis bekleidet, sitzen sie in den Strandkörben. Statt eines männlichen Begleiters begleitet sie ihr Koffergrammophon. Eingehüllt in heißer Musik, essen sie genussvoll Schlagcreme. Diese schwach gesüßte Schaumspeise wurde in Berlin neu kreiert und ist dementsprechend in allem Munde.
In Berlin herrscht nach wie vor ziemlicher Frauenüberschuss. Geht ein Mann solo in ein Tanzcafé, kann er sich kaum erwehren, sie umschwirren ihn wie Motten das Licht und schlussendlich muss er vorsichtig sein, dass nicht zwei Mädchen mit ihm den Heimweg antreten.
Nun aber zu etwas anderem. Ich fahre kommendes Wochenende nach Bad Ischl. Hast du Lust mitzukommen? Wir könnten Samstagabend wegfahren, übernachten bei meiner Mutter und kommen Sonntag zurück."

Paul sah sie tiefgründig an, weshalb Rosemaries Sensoren sofort auf *Vorsicht* schalteten.

Dieser Mann konnte ihr gefährlich werden. Er sah umwerfend attraktiv aus und die Gefahr, sich bei einem gemeinsamen Wochenende noch näher zu kommen, lag nahe.

Er bemerkte ihr Zögern und fügte rasch hinzu. „Keine Angst, du wirst natürlich im Gästezimmer schlafen. Bitte komm mit."

„Dieser kleine Ausflug in dein Heimatgebiet würde mir schon recht gut gefallen. Doch heute kann ich dir noch keine Zusage geben.

Ich habe eine Einladung von Gräfin Maierhofen zu einer Soiree und da bin ich mir nicht sicher, ob ich dieses Angebot ablehnen kann. Schließlich ist sie meine beste und liebste Kundin."

Diese kleine Notlüge verwendete sie, um sich für eine Entscheidung Zeit zu lassen. Dass die Abendveranstaltung schon zwei Tage früher stattfand, brauchte er ja nicht zu wissen.

Donnerstagabend

Rosemarie überlegte nicht lange, ein passendes Modell für die Soiree auszusuchen. Spontan entschied sie sich für das taubenblaue Satinkleid, ein Vorführmodel, das sie bereits mehrmals präsentierte. Den passenden Schmuck borgte sie sich von ihrer Chefin aus.

„Damit schlägst du zwei Fliegen mit einer Klappe", begeisterte sich Frau Burger.

„Du trägst ein Stück aus *Müllers* Kollektion und machst gleichzeitig gute Werbung für unseren Salon. Wo bekommt man denn sonst so tolle Kleider als bei uns, fügte sie stolz hinzu."

Gemeinsam gingen sie, gleich nach Geschäftsschluss, zur Einladung.

Ein kleiner Kreis erlesener Gäste saß mehr oder weniger bequem, auf zierlichen vergoldeten Sesseln, im Salon von Gräfin Maierhofen und lauschten andächtig der Musik aus Mozarts Werken.
Rosemarie drückte unbeobachtet die Hand in den Magen, der schon heftig vor Hunger knurrte.
Endlich hatte das Martyrium ein Ende. Man beklatschte die musizierenden Künstler, erhob sich anschließend und stellte sich in kleine Grüppchen zusammen.
Die Serviermädchen tänzelten herbei. Ihre schwarzen Taftkleider, aufgeputzt mit strahlend weiß gestärkten Schürzen, raschelten bei jeder Bewegung.
Freundlich lächelnd offerierten sie auf silbernen Tabletts kleine Brötchen, dazu Gläser mit Rot- und Weißwein.

„Darf ich Ihnen ein Glas Rotwein reichen", fragte ein eleganter älterer Herr und Rosemarie nickte bejahend. Sie war gerade im Begriffe, ein belegtes Brötchen mit größtem Genuss zu verzehren.
„Gestatten, Baron Roman Heger."
„Freut mich, Rosemarie Reiter."
Man prostete sich zu.
Ein paar Damen gesellten sich dazu. Das Thema wechselte verständlicherweise nun von Kunst auf Mode. Mit großem Vergnügen antwortete Rosemarie, deren Kleid Furore machte, auf alle gestellten Fragen.
Baron Heger flüsterte: „Darf ich Sie anschließend auf die Terrasse entführen, verehrtes Fräulein Romy?"

Später standen die beiden an der Balustrade und blickten in den kleinen Park, der durch den Vollmond be-

leuchtet, eine eigenwillige Atmosphäre ausstrahlte.
Sie waren in ein intensives Gespräch über Mozart, sein Leben und seine Musik, verwickelt, dass beide die Zeit übersahen.
Frau Burger kam auf Rosemarie zu und begrüßte Baron Heger.
„Es ist spät geworden. Ich habe mich bereits von unserer Gastgeberin verabschiedet. Stört es dich, wenn ich dich hier alleine lasse? Herr Mayer hat sich erboten, mich mit dem Auto mitzunehmen.
Baron, ich überlasse Ihnen meine junge Freundin. Bitte passen Sie auf, dass sie gut nach Hause kommt." Dabei zwinkerte sie mit den Augen, verabschiedete sich rasch und stolzierte davon.

Baron Heger wandte sich erneut an Rosemarie.
„Sie sind eine außergewöhnliche junge Frau", schwärmte der leicht ergraute Gentleman.
„Ich würde Sie gerne näher kennen lernen. Wir haben zwar viel geplaudert und dabei einige gemeinsame Interessen erkannt, aber der Abend sollte nicht so abrupt enden.
Ich möchte Sie noch auf einen Drink zu mir nach Hause einladen."
Rosemarie sah auf die Uhr und meinte: „Sollten wir das nicht auf einen anderen Tag verschieben?"
„Es ist 21.30 Uhr. Ich verspreche Ihnen, dass es nicht zu spät wird. Aber ein Glas möchte ich noch mit Ihnen trinken."
„Vielleicht sollten wir ein Kaffeehaus wählen" wendete sie ein.
„Ich vermeide während der Festspielzeit den Trubel und gehe in keine Lokalitäten."

Es muss wohl an der weiblichen Koketterie und Neugierde auf das Bevorstehende gelegen sein, dass sie, ohne weiteren Widerspruch, die Einladung dann doch annahm.

Sein Chauffeur wartete bereits vor der Tür und innerhalb weniger Minuten erreichten Sie das Haus, in dem Baron Heger wohnte.

„Der Besitz neben meinem Anwesen gehörte einem guten Freund von mir, Georg Freiherr von Trapp. Unsere erste Begegnung war während des Ersten Weltkrieges, wo wir beide als k.u.k. Marineoffiziere dienten.
Der Zufall führte uns wieder zusammen, nachdem ich Jahre später dieses Haus aneignete und wir dadurch Nachbarn und Freunde wurden."
„Und was ist aus Ihrem Freund geworden?"
„Das ist eine lange Geschichte.
Freiherr von Trapp, stets ein Gentleman der alten Schule und ein Militarist durch und durch, meisterte sich zum perfekten Familienmenschen nach dem tragischen Tod seiner jungen Frau, wodurch die sechs Kinder zu Halbwaisen wurden.
Eine neue Hoffnung tat sich auf, in der Person von Maria Auguste, einem Tiroler Waisenmädchen. Sie wollte eigentlich Ordensschwester werden, trat jedoch den Dienst als Hauslehrerin bei meinem Freund an. Georg verliebte sich in diese herzensgute Frau, die Lebensfreude in die strenge militärische Etikette des Hauses brachte. Sie heirateten und bald darauf kam ein siebentes Kind auf die Welt.
Bedauerlicherweise trat ein weiterer Schicksalsschlag ein. Durch die Wirtschaftskrise der 30er Jahre büßte mein Freund sein ganzes Vermögen ein und die Familie stand praktisch mittellos da. Das war ein harter Schlag für Georg und nur die Liebe und Verantwortung zu seiner Familie, verwehrte ihm eine Verzweiflungstat.
Durch Zufall konnte ich ein wenig Schicksal spielen, wodurch das gesellschaftliche Leben der Familie Trapp in eine neue aussichtsreiche Richtung lief."
„Das macht mich neugierig. Was konnten Sie tun, um Ihren Freunden zu helfen?"

Sie waren inzwischen ins Wohnzimmer getreten und Baron Heger bat seine Besucherin, Platz zu nehmen. „Ich denke, wir bleiben bei Rotwein.“ Ohne Rosemaries Antwort abwartend, schenkte er zwei Gläser ein.
„Auf die Freude, Sie in meinem Haus willkommen zu heißen.“ Er prostete ihr zu.
„Genießen Sie den edlen Tropfen *Stierblut* aus Dalmatien.“

Rosemarie trank einen kleinen Schluck und merkte sofort das kräftige Aroma, dieses dunkelroten Weines. Sie gebot sich zur Vorsicht. Es wäre peinlich, einen Schwips zu bekommen.
Baron Heger erinnerte sich, dass er seinem Gast noch eine Antwort schuldete.
Unaufgefordert erzählte er weiter:
„Ich wusste, mit welch einer Leidenschaft Frau von Trapp alle Kinder im singen und musizieren unterrichtete und welche Fähigkeit sich bei jedem Einzelnen entfachte.
Wieder einmal veranstalteten sie ein Hauskonzert. Meine Wenigkeit und einige Freunde wurden zu diesem geselligen Nachmittag eingeladen.
Ich war zu dieser Zeit mit der berühmten Operndiva Lotte Lehman liiert, die ich bat mitzukommen. Sie hörte sich voll Begeisterung die wunderschönen Stimmen an und drängte die Familie, an einem Amateursingwettbewerb teilzunehmen. Tatsächlich wurden sie aufgrund ihrer vollendender Darbietung, Sieger. Ein Agent vermittelte ihnen verschiedene Konzertveranstaltungen. Diese gut bezahlten Aufführungen trugen ein wenig für den Lebensunterhalt bei.
Aber das Glück wendete sich wiederum. Georg ließ sich nicht von den Nazis vereinnahmen. Nach dem Anschluss Österreich an das Deutsche Reich emigrierte die Familie Trapp in die USA.“
„Und haben Sie noch Kontakt mit ihren Freunden?“
„Ja natürlich. Und zu meiner großen Freude haben sie als *Trapp Family Singers* große Karriere gemacht. Bald

fand sich ein gewiefter Agent, der genau wusste, dass diese, nicht alltäglichen musikalischen Aufführungen, bei den Amis bestens ankommen. Sie sind nun sehr berühmt und ihre Tourneen führen durch ganz Amerika. Aber bei allem Erfolg haben Sie nicht auf Ihr Heimatland vergessen. Nach Kriegsende sammelten sie *drüben* für die Notleidenden und ließen Tausende Pakete voll Kleidung und Lebensmittel nach Österreich kommen."

Rosemarie war sehr beeindruckt über das Gehörte und dachte daran, die Geschichte Paul zu erzählen. Er könnte vielleicht eine brillante Story für seine Zeitung daraus formulieren.
„Aber jetzt möchte ich doch auf das Wichtigste kommen, nämlich auf Sie, liebe Romy.
Verzeihen Sie, dass ich so vehement drang, den Abend mit Ihnen noch etwas zu verlängern. Aber es ist mir wichtig, mehr über Sie zu erfahren. Sie erinnern mich an ein junges Mädchen, das ich vor vielen Jahren begegnete. Sie haben dasselbe blonde Haar, die blauen Augen und den sinnlichen Mund. Als ich Sie heute Abend im Salon sah, war ich im Moment vollkommen verwirrt. Ich glaubte, jenes Fräulein wieder zu erkennen."
„Das ist wahrlich ein merkwürdiger Zufall. Und wann und wo haben Sie sie kennen gelernt?"

Baron Heger seufzte tief.
„Knapp vor dem ersten Weltkrieg. Ich war damals in Pula stationiert und hatte einige Urlaubstage in Abbazia eingeplant. In der K.u.K-Monarchie war diese Stadt der Treffpunkt der oberen Gesellschaft. An einem frühen Nachmittag spazierte ich entlang der Promenade und erblickte dieses bezaubernde Mädchen auf einer Bank sitzend, in ein Buch vertieft. Ich fragte, ob ich mich dazusetzen dürfte. Sie hatte nichts dagegen. Wir begannen eine kleine Konversation, wobei sie mir erzählte, dass sie bei einer Herrschaft im Dienst stand, die ihr nur we-

nig Freizeit erlaubte. Trotz ihrer Zurückhaltung konnte ich sie überreden, am nächsten Tag zum selben Platz zu kommen. So begann es. Ich verliebte mich in diese anmutige Person und ich war mir sicher, dass auch sie große Zuneigung für mich empfand. Wir verbrachten eine sehr innige Woche, die ich, als Kavalier der alten Schule, nicht näher erörtern will.
Liebe macht erfinderisch und Luise fand immer wieder eine Möglichkeit, für ein Rendezvous aus dem Haus ihrer Herrschaft zu entschwinden.
Dann kam der bewusste Tag. Ich erhielt von der Dienststelle den Befehl, innerhalb 24 Stunden zu meiner Schiffseinheit zu rekrutieren. Mit Luise hatte ich für den Nachmittag ein Treffen vereinbart. Ich eilte zu unserem geheimen Plätzchen, aber von Luise war weit und breit nichts zu sehen. Und ich hatte keine Ahnung, wo ich sie finden oder eine Nachricht hinterlassen könnte. Sie verschwand immer wie ein Mäuschen, gestattete mir nicht, sie nach Hause zu begleiten und sie nannte mir auch keinen Familiennamen. Ich war völlig desperat. Abgesehen davon, dass sie nicht den Grund meiner plötzlichen Absenz erfahren würde, fand ich keine Möglichkeit mehr, auf Wiedersehen zu sagen und sie zu bitten, den Kontakt mit mir aufrecht zu halten.
Aus unserer kurzen Zeit der Freundschaft blieb mir schließlich und endlich nur mehr die Erinnerung."
„Das ist eine traurige Geschichte. Leider spielt das Schicksal manchmal ein eigenartiges Spiel", gab Rosemarie bedauernd von sich.
„Vielleicht habe ich wirklich eine gewisse Ähnlichkeit mit diesem Mädchen von damals, und als Sie mich heute Abend erblickten, begaben Sie sich im Unterbewusstsein auf Zeitreise und diese berührende Rückblende holte Sie ein."
Sie beendete das Thema, das ihre Erfahrungswerte überschritt, und begann schnell entschlossen, über ihr bisheriges Leben zu erzählen. Die Kindheit in Wien in der liebevollen Obhut ihrer Eltern, die Jahre während des

Zweiten Weltkrieges, den tragischen Verlust von Vater und Mutter und ihre Rückkehr in die Wienerstadt.
Rosemarie beendete erschöpft ihre Schilderung. Sie gähnte unverhohlen.
„Nicht böse sein, aber ich muss ins Bett.“ Dabei blickte sie mit Schrecken auf die Uhr.
„Das ist schade, aber ich habe volles Verständnis. Selbstverständlich wird Sie mein Chauffeur nach Hause bringen. Versprechen Sie mir, Sie wieder zu sehen?“
„Wenn es meine Zeit erlaubt, gerne“, antwortete Rosemarie.

Baron Heger ging in sein Arbeitszimmer und kam mit einer kleinen Schatulle zurück.
„Die Halskette mit dem Medaillon war für Luise bestimmt. Ich wollte ihr dieses kleine Geschenk überreichen, aber es kam nicht mehr dazu. Ich habe es all die Jahre aufgehoben. Vielleicht aus einer fixen Idee, ich würde sie irgendwann wieder sehen.
Sie mögen mich vielleicht für spleenig halten, aber für mich war es eine Genugtuung, Sie heute zu begegnen. Und deshalb möchte ich Ihnen den Schmuck widmen.“
Rosemarie wollte etwas erwidern, aber Baron Heger ließ sie nicht zu Wort kommen.
„Sagen Sie mir nicht, dass Sie das nicht annehmen können. Ich bitte Sie darum, denn Sie sind das Abbild der Frau, in die ich einmal sehr verliebt war.“
Behutsam legte er die zarte goldene Kette um ihren Hals, küsste sie auf die Schulter und sagte im nächsten Atemzug.
„Ich läute nach dem Chauffeur, damit er Sie nach Hause bringt.“

Es war schon bald Mitternacht. Rosemarie bemühte sich einzuschlafen. Aber es gelang ihr nicht. Ihre Gedanken kreisten über den ereignisreichen Ausklang des Abends, der mit einer förmlichen, ganz der Etikette entsprechenden Soiree, begann.

Dass sie eine frappante Ähnlichkeit mit ihrer Mutter hatte, wusste sie. Aber sie fand keine Notwendigkeit, mit Baron Heger darüber zu sprechen. Und dass ihre Mutter Marie-Luise hieß, gab keine Bedeutung. Zu Hause wurde sie Marie genannt.
Irgendwie sollte sie doch der Sache auf die Spur gehen, sagte ihre innere Stimme. Es könnte ja der Fall gewesen sein, dass ihre Mutter in ganz jungen Jahren als Hausangestellte arbeitete und mit ihrer Dienstgeberfamilie auf Sommerfrische nach Abbazia reiste.
Aber welchen Sinn sah es, eine Reminiszenz nach so langer Zeit aufzurühren, sagte ihr die Vernunft. Das Schicksal für Baron Heger und dieser gewissen Luise hatte einen anderen Weg vorgeschrieben. Und dabei sollte man es belassen.
Und mit diesem Resultat zufrieden, konnte sich Rosemarie endlich auf ihre Nachtruhe einstellen.

Am kommenden Samstag zeigte sich der Salzburger Schnürlregen von seiner besten Seite.
Schon von in der Früh an regnete es dahin und verwandelte die ganze Stadt in Tristesse. Nur wenigen Menschen eilten, mit Lodenmantel und Schirm verpackt, durch die Straßen.

Die Stunden zogen sich wie ein Strudelteig dahin. Kein einziger Kunde konsultierte das Geschäft und Rosemarie schaute die meiste Zeit gelangweilt durch das Fenster auf die, mit Wasserpfützen angereicherte Getreidegasse. Trostlos so ein Tag, konstatierte sie leicht verstimmt. Ob es wirklich eine gute Idee war, Pauls Vorschlag anzunehmen, ihn zum Wochenende nach Bad Ischl zu begleiten? Aber sie hatte zugesagt und laut Wetterbericht, sollte der Sonntag ein sonniger werden.

Frau Burger machte keinerlei Einwände, dass sie ausnahmsweise früher als üblich, das Geschäft verließ.

Rosemarie hastete zur Pension. Mit Freude stellte sie fest, dass es doch zu regnen aufgehört hatte. Da und dort spähten bereits die ersten Sonnenstrahlen durch den noch immer mit Wolken verhängten Himmel und verbreiteten feuchtwarme, dunstige Luft.

Nach der Dusche zog sie sich um, frisierte die blonden Haare zu einem klassischen Knoten und warf einen letzten kritischen Blick in den Spiegel. Zufrieden mit ihrem Aussehen, nahm sie das vorbereitete Handgepäck und ging in die kleine Bibliothek, wo Paul, Zeitung lesend, sie erwartete.
„Ich bin fertig, von mir aus können wir fahren", sagte sie entschlossen.
Paul stieß einen kleinen Pfiff aus.
Um standesgemäß angezogen zu sein, hatte sie das Salzburger Dirndl gewählt, das sie unlängst in Frau Burgers Salon zum Einkaufspreis erwarb. Es passte ihr ausgezeichnet.
„Du schaust entzückend aus, mein Kompliment", bemerkte er anerkennend und drückte ihr einen herzhaften Kuss auf die Wange.

In guter Stimmung ging die Reise los.
Nach wenigen Kilometer Autofahrt erreichten Sie Hof.
„Schau mal links". Paul deutete mit der Hand hin.
„Inmitten dunkler Fichtenwälder, am Ufer des Fuschlsees, liegt das märchenhafte Schloss Fuschl. Es wurde bereits im Jahre 1450 erbaut und diente den Salzburger Erzbischöfen als Jagdrevier", instruierte er.
Paul hielt das Auto am Straßenrand an, damit Rosemarie aussteigen und die herrliche Lage genügend bestaunen konnte.

„Als Zeitungsmann wirst mir auch sagen können, was mit dem Schloss während des Krieges geschah?"
„Es war der Sitz von Reichsaußenminister Joachim von Rippentrop und diente als glanzvoller Rahmen für Emp-

fänge. Nach dem Krieg wurde das Schloss vorübergehend als Depot für fünf Tonnen Gold aus dem Besitz der italienischen Reichsbank verwendet.
Und was man so von der Gesellschaft, hinter vorgehaltener Hand hört, interessiert sich eine bekannte Persönlichkeit, genannt *Salzbaron,* den Besitz anzueignen“, erklärte Paul mit Überzeugung.
Zufrieden mit den Erklärungen, trennte sich Rosemarie von dem schönen Anblick, und sie setzten die Reise fort.

„Mein Gott ist es hier schön“, jauchzte Rosemarie, nachdem sie den Wolfgangsee erblickte, der in einem Kranz aus Bergen eingebettet lag.
„Da bin ich ganz deiner Meinung. Das Salzkammergut ist landschaftlich ein wahres Juwel“, ergänzte Paul.

Sie fuhren durch St. Gilgen und kamen durch die Ortschaft St. Wolfgang.
„Weißt du, dass hier die Wurzeln der berühmten Operette *im weißen Rössl am Wolfgangsee liegen*“, fragte Paul.
„Nein, keine Ahnung, ich kenne die Operette überhaupt nicht.“
„Also dann werde ich dir darüber berichten:
Zwei Berliner Lustspielschreiber, wohnten während der Sommermonate hier in der Nähe und hatten bereits 1896 diesen harmlosen Schwank geschrieben. 30 Jahre später wurde dasselbe Stück auf ein Singspiel umbesetzt. Ralph Benatzky schrieb die Musik dazu. Die Operette fand ihre Uraufführung 1930 in Berlin und war ein Riesenerfolg. Solltest du mal das Lied
Im Salzkammergut da kann man guat lustig sein, wenn die Musi spielt, holdrio...
hören, dann weißt du, dass es von dieser Operette stammt.“

Sie stellten das Auto ab und tranken an der Terrasse des Hotels *Weisses Rössl* einen Kaffee.

„Heute ist es schon etwas spät und die Kirche hier im Ort wird bereits versperrt sein.
Wann immer du wieder her kommst vergiss nicht, der Kirche einen Besuch abzustatten. Du wirst hier einige großartige Kunstwerke der Spätgotik finden“, regte Paul an.
Rosemarie war begeistert. Sie hatte schon so viel Interessantes gesehen und gehört und darüber war sie ihrem Freund sehr dankbar.
In einer momentanen Gefühlsbewegung, nahm sie seine Hand, drückte sie und sagte ihm voll Herzlichkeit:
„Ich danke dir, dass du mich mitgenommen hast. Seit ich dich kenne, habe ich viel Schönes gesehen, das meinen Horizont sehr erweitert und ich erfasse, wie schön mein Heimatland ist. Außerdem bist du ein wunderbarer Berichterstatter und deine Informationen sind äußerst aufschlussreich.“
Ohne ein Wort zu erwidern, drückte ihr Paul einen Kuss auf die Wange.
Spät am Abend erreichten Sie Bad Ischl.
„Wir wohnen am Traunufer, in der Nähe der Villa von Franz Lehár.“
„Dem berühmten Operettenkomponisten“, rief Rosemarie voll Erstaunen aus.
„Ja, er lebt schon fast dreißig Jahre in Bad Ischl und hat hier viele Operetten geschrieben.
Die Bewohner unseres Städtchens sind sehr stolz, so einen berühmten Mann unter ihnen zu wissen.“
„Das kann ich mir vorstellen. Seine Musik ist großartig und wird über viele Generationen aktuell bleiben.“

Sie betraten das kleine Haus der Familie.

„Hallo Bub, schön dich wieder einmal zu sehen. Es freut mich auch, dass du deine Kollegin mitgenommen hast.“

Rosemarie begrüßte Pauls Mutter herzlich. Sie war eine kleine rundliche Dame mit einem freundlichen Gesicht. Mutter Martens sprach gleich weiter:
„Ich habe das Zimmer für das Fräulein hergerichtet. In der Küche steht das Essen vorbereitet. Eine gute Schwammerlsauce mit Sterz. Brauchst es nur wärmen. Das Bier ist im Keller, damit es kühl bleibt. Lasst es euch gut schmecken, ihr werdet sicher hungrig sein, nach der langen Fahrt. Ich ziehe mich zurück. Im Radio gibt es ein Hörspiel, das ich nicht versäumen will. Ich wünsch euch eine gute Nacht und bis Morgen zum Frühstück."

Nach dem deftigen Nachtmahl, das sie mit einigen Schnapseln neutralisierten, plauderte Paul mit Rosemarie über seine Kindheit im Kreise seiner Familie. Es war das erste Mal, dass er so offen mit ihr darüber sprach und Rosemarie hörte aufmerksam und teilnahmsvoll zu.
Später begleitete Paul seine Freundin zum Gästezimmer.
„Dieser Raum war früher mein Kabinett", erklärte Paul. „Nach Vaters Tod haben wir das Haus ein wenig umgemodelt. Aus dem Wohnzimmer wurde nun mein Wohn-Schlafraum. Mutter verzichtete darauf. *Sie braucht kein Wohnzimmer* meinte sie, weil sie sich sowieso den ganzen Tag in der gemütlichen Küche aufhält. Alle ihre Freundinnen und Bekannten sitzen rund um den großen Jogltisch und dort wird Karten gespielt, Jause gegessen, oder Likör getrunken."
Fast entschuldigend fügte er hinzu: „Momentan gibt es im ganzen Haus nur einen Baderaum."
Er zeigte mit dem Finger hin. „Ich überlasse dir heute Abend, als mein Gast, den Vorrang. Ansonsten heißt es bei uns, wer zuerst kommt, kann rein. Die Tür geht nicht zum Absperren, aber hier ist eine rote Tafel, die wir auf die Klinke geben, damit wir wissen, dass das Bad besetzt ist."
Rosemarie nickte verständnisvoll.

„Wir haben morgen eine Menge vor. Ich möchte mit der ersten Seilbahn auf die *Katrin* fahren und am Nachmittag, bevor es nach Salzburg zurückgeht, einen kurzen Besuch in der Kaiservilla absolvieren. Deshalb schlage ich vor, wir gehen heute früher ins Bett. Mutter wird morgen um 8 Uhr früh sicher schon mit dem Frühstück auf uns warten."
Er schaute sie mit seinem typischen lächelnden Gesichtsausdruck an, bei dem Rosemarie nie ganz klug daraus wurde.
„Ich bin mit allem einverstanden und freue mich schon so auf den morgigen Tag", gab sie lächelnd zurück. „Gute Nacht, Paul." Sie drückte ihm einen raschen Kuss auf die Wange und verschwand hinter der Tür.

Ein strahlender Sonnenschein am frühen Morgen kündigte einen prachtvollen Sommertag an.
Mit der ersten Seilbahn fuhren sie auf die Kathrin.
Auf 1.415 m Seehöhe erwartete die beiden eine fantastische Bergkulisse, allen voran das wuchtige Dachsteinmassiv. Rosemarie konnte nicht genug bekommen. Glücklich und freudig erregt nahm sie die prachtvolle Landschaft rund um das Salzkammergut wahr.
„Komm, wir gehen ein Stückchen", forderte Paul seine Freundin auf.
Abseits der Seilbahnstation ging es, über sattgrüne Almwiesen ein wenig bergauf.
„Hier machen wir Rast." Er packte aus seinem Rucksack eine Decke aus, legte sie auf und forderte Rosemarie auf, sich hinzusetzen.
„Ich hab uns ein Stück Brot und Speck mitgenommen, und natürlich einen Enzian. Das ist so üblich auf dem Berg, weißt du."
Beide langten mit gutem Appetit zu und schauten in die schöne Natur, die sich rings herum auftat. Die Sonne schien schon recht kräftig und es wurde richtig warm. Paul legte sich genüsslich auf die Decke. Er zog Rosemarie an sich und küsste sie sanft.

Diese leichte Berührung machte sie ganz benommen. Sie wusste, dass jeglicher Einwand sinnlos war. Ohne ein Wort des Bedenkens ließ sie es geschehen, dass seine Umarmung sehnsüchtiger wurde. Er presste sein Bein zwischen ihren Schenkeln und küsste sie voll Verlangen.

Eine Welle der Leidenschaft überkam die Beiden. Sie genossen die Zärtlichkeit der Küsse und das innige miteinander verschmelzen, das, sobald Paul das Herannahen seines Höhepunktes verspürte, ein schnelles Ende fand.

„Entschuldige, dass ich so schnell kam. Aber ich war wohl zu aufgeregt. Dich so hautnah neben mich zu spüren, raubte mir alle Sinne."

„Das hätten wir nicht tun sollen." Sie schaute dabei auf den Ring, den ihr Norman vor wenigen Wochen auf den Finger steckte.

„Wir haben uns gegenseitig verführt. Wir wollten es und es tat uns beiden gut. Du brauchst keine Gewissensbisse haben. Liebe zu bekommen und zu geben ist das Schönste auf Erden. Du bist geschaffen dafür, Liebe zu geben, also lass es zu, dass man auch dich damit belohnt."

Paul schaute ihr ernst in die Augen, küsste sie und streichelte ihre Wangen. Sie ließ es willenlos geschehen, wusste sie doch, wie Recht er hatte.

Stunden später spazierten sie Hand in Hand durch den Park, der zur Kaiservilla führte. Schon von weitem erblickten sie das in Schönbrunngelb bemalte, geschichtsträchtige Anwesen.

„Franz Joseph war schon im Knabenalter mit seinen kaiserlichen Eltern, Gast in Ischl. Und er liebte es. Deshalb schenkte seine Mutter ihm und Sissi diese Anlage zur Hochzeit. Sie wurde als Sommer- und Jagdsitz umgebaut.

Der Kaiser verbrachte in der Zeit von 1856 bis 1914 die Sommermonate hier und ging in den weiten Wäldern der Umgebung seinem Jagdvergnügen nach.

Weißt du, dass er an die 50.000 Tiere erlegte? Diese Anzahl wurde dokumentarisch festgehalten."
„Unwahrscheinlich", entkam es Rosemarie. „Dann ist es kein Wunder, dass sich Kaiserin Sissi ein eigenes Refugium schuf, wenn ihr Gatte ständig auf der Jagd verweilte."
„Die beiden lebten ihr eigenes Leben. Im späteren Alter schenkte Franz Joseph seiner Freundin und Vertrauten *Katharina Schratt* hier in Ischl eine Villa. Jeden Morgen spazierte der Kaiser zu ihr und erhielt zum Frühstück seinen *Gugelhupf*, von dem er glaubte, er wäre selbst gebacken. In Wirklichkeit kam er von der Konditorei Zauner. Diese Anekdote wurde aber erst sehr viel später bekannt."
„Ich habe gehört, dass der Monarch sich hier aufhielt, als er von dem schrecklichen Attentat in Sarajevo erfuhr", wusste Rosemarie zu berichten.
„Das stimmt. Mein Vater, der einst Leibjäger unseres Kaisers war, berichtete mir einmal davon. Und es war auch hier in dieser Villa, wo der Kaiser 1914 das Manifest *An meine Völker* unterzeichnete, das zum Ersten Weltkrieg führte", erklärte Paul.
Er lächelte dabei, weil er bemerkte, wie Rosemarie voll Wissensdurst, seine Darstellung mit Interesse verfolgte. Sie sah dabei so süß aus, dass er nicht darum herum kam, sie in die Arme zu nehmen und sie voll Liebe zu küssen.
„Jetzt machen wir noch schnell einen Besuch beim *Zauner* zu Kaffee und Kuchen, damit wir gestärkt die Heimreise antreten können. Sind Sie einverstanden Fräulein Romy", fragte er gutgelaunt.
„Wie der Herr wünscht", antwortete sie mit glücklichem Gesicht.

Rosemarie seufzte tief. Sie fühlte sich leer, entwurzelt, heimatlos.
Sie kämpfte mit einem Wirrwarr an Gefühlen.
Würde sie die Weisheit besitzen, den richtigen Weg zu gehen?

Hatte sie zu viele Entgleisungen in der letzten Zeit gemacht?
Aber ist es ein Fehler, auf das Leben neugierig zu sein, Verrücktheiten zuzulassen, die sich anbieten?
Sie hatte mit niemandem einen Vertrag abgeschlossen, tugendhaft zu sein.
Norman war ein Freund, nicht mehr. Und sie hatte keinerlei Verpflichtung ihm gegenüber.
Was heißt denn überhaupt tugendhaft? *Ohne Sünde, rein, beispielhaft sein.*
Ich bin doch keine Nonne, ich bin Rosemarie, Marie, Rose oder Romy, wie immer man mich nennt. Und ich habe das Recht mein Leben so zu gestalten, dass ich glücklich damit bin.
Aber bin ich wirklich glücklich?
Solche und ähnliche skurrile und unausgegorene Gedanken kreisten den ganzen Tag in ihrem Kopf herum. Ihr Leben erschien ihr im Moment konfus und sinnlos. Trotz aller Zuneigung, die ihr täglich geschenkt wurde. Trotz des Vorzugs eines freien sorgenfreien Lebens umgeben mit einem gewissen Luxus, von dem andere nur träumen konnten. Sie vergaß, dass sie eine der wenigen Auserwählten war, die das Glück hatten, heil aus dem Krieg zu kommen und Wohlstand vor die Füße gelegt bekam.

Wem könnte ich mich sonst anvertrauen und meine intimsten Gedanken und Abenteuer mitteilen, als dir geliebtes Tagebuch, begann Rosemarie ihre Eintragung.

Genau detailliert schilderte sie das verbrachte Wochenende mit Paul in Bad Ischl. Für einen Moment zögerte sie, doch dann schrieb sie weiter:

Es dämmerte bereits, als wir in unserer Pension in Salzburg ankamen.
„Möchtest du noch etwas essen", fragte Paul.
„Nein danke, sagte ich. Ich habe den ganzen Tag genug zu mir genommen. Von den Wurstbroten, die uns dei-

ne Mutter als Wegzehrung mitgab, bin ich noch immer satt."
„Ich lass mir von der Wirtin schnell eine Eierspeise machen", erwiderte Paul.
„Dann lass es dir gut schmecken Paul, ich wünsche dir eine gute Nacht und danke dir nochmals für das wunderschöne Wochenende. Ich bin sehr glücklich und zufrieden."
„Wirklich, bist du das", fragte er.

„Bin ich." Ich entzog mich seiner Umarmung und stieg, schnellen Schrittes, die Stiegen hinauf, um in mein Zimmer zu kommen.
Ich stand unter der Dusche, wusch mich besonders sorgfältig und begab mich anschließend gleich ins Bett. Irgendwie bemerkte ich eine gewisse Überreizung in mir. Kleine Teufelchen mussten wohl ihre Hände im Spiel gehabt haben, denn ich versperrte meine Tür nicht,
Vielleicht wusste ich, dass Paul eine ähnliche Erregbarkeit verspürte, deshalb war ich nicht erstaunt, als ich seine Stimme hörte.
„Schläfst du schon", fragte er mich zärtlich und legte sich neben mich.
„Nein", entgegnete ich.
„Ich möchte dich spüren und lieben", flüsterte er.
Ich drehte mich um. In der Dunkelheit konnte ich sein Gesicht nicht sehen, aber ich spürte seinen heißen Atem und die Leidenschaft, die er in sich hatte, übertrug sich auf mich. Völlig losgelöst von sämtlichen Skrupeln ging ich auf sein Liebespiel ein.

Nach dieser Nacht wurde mir bewusst, dass ich in Paul nicht so verliebt bin, wie ich zuerst glaubte.
Ich mag ihn sehr. Er ist ein toller Gesellschafter, ein smarter Bursche und ein erfahrener Liebhaber. Aber er ist kein Vergleich zu Norman. Norman ist ein lieber gutmütiger Junge, dem ich vertraue und mir vorstellen könnte, ein gemeinsames Leben mit ihm aufzubauen.

Ich bin froh, dass Paul in der nächsten Zeit nicht hier ist.
Er fungiert als Reiseleiter für eine Gruppe Amerikaner und reiste mit ihnen nach Venedig. Anschließend begleitet er Urlauber zu einem Wanderurlaub nach Tirol.
Ich versuche mich auf Norman zu konzentrieren.
In seinem letzen Brief fragte er mich wieder, ob ich mir schon Gedanken über eine gemeinsame Zukunft machte. Ich werde ihm schreiben, dass ich mit ihm nach Amerika gehe.
Er legte ein selbstverfasstes Gedicht für mich bei, das mich vor Glück weinen ließ.

Rosemarie klebte das kleine Kärtchen zu ihren Aufzeichnungen, das folgende Worte enthielt:

Du bist so schön, wenn du lachst.
Du bist so schön, wenn du dich bewegst.
Du bist so grausam, wenn du mich verletzt.
Du wirst geliebt, du hast ein Herz zerrissen.
Nur dein Anblick ist Balsam auf die Wunden,
die du geschlagen hast.
Du bist ein Mensch, du wurdest jemandem gesandt,
um ihm eine neue Welt zu zeigen.
Auf dich wartet jemand unendliche Stunden.
Du bist für einen Einsamen die einzige wahre Freude.
Du bist so schön, wenn du liebst.

Ein weiterer Tag, voll Nervosität und Gereiztheit.
Meine Hormone spielen auch verrückt. Die Menstruation lässt wieder mal auf sich warten.
Es ist zum verrückt werden. Fast jedes Monat dasselbe böse Spiel.
Natürlich habe ich ein schlechtes Gewissen. Als Norman hier war, verbrachten wir eine ziemlich ungestüme Zeit. Jede Nacht liebte er mich. Manchmal sogar zweimal. Hoffentlich ist da nichts passiert.

Bei Paul lege ich meine Hand ins Feuer. Er war völlig beherrscht. Das erste Mal zu Mittag auf dem Berg. Und ich weiß, dass er in der darauf folgenden Nacht seinen Höhepunkt erst ganz zum Schluss kommen ließ. Diesbezüglich ist er sehr erfahren. Er muss viel Übung haben.
Um mich abzureagieren, habe ich die Einladung zum Dinner bei Baron Heger angenommen.
Er war sehr vornehm und bemühte sich redlich, ein vollendeter Kavalier zu sein. Er sprach viel über den ersten Weltkrieg und seine Seeschlachten als Marineoffizier bei Korsika.
Ich war an diesem Abend jedoch sehr müde, fühlte ein leichtes Unwohlsein, und ließ mich vom Chauffeur bald nach Hause fahren.

Ein paar Tage später kam durch einen Boten ein Blumenstrauß in den Salon.
Neugierig öffnete ich das Kuvert.
Auf dem Kärtchen stand:
Verehrtes Fräulein Romy, ich gestatte mir, Ihnen diese Rosen überbringen zu lassen und bitte um Ihren Besuch am kommenden Samstagabend 19 Uhr zum Dinner.
Nehmen Sie einfach ein Taxi, die Spesen werde ich Ihnen selbstverständlich zurückerstatten.

Ich erwarte Sie in großer Ungeduld.
Ihr ergebener R.H.

Ich war froh, dass Frau Burger erst später in den Salon kam. Als sie mich fragte, von wem die schönen Rosen seien, machte ich eine kleine Notlüge: „Ich habe sie für meine Wirtin besorgt, als kleines Dankeschön, für verschiedene Extradienste.“
Meine Blutungen sind noch immer nicht gekommen, Paul ist nach wie vor verreist, Briefe nach Wien hatte ich geschrieben und aufgegeben. Ich sehne mich danach, ein kleines Abenteuer zu erleben. Am liebsten wäre ich abends ins Kaffeehaus Tomaselli gegangen, mich an ei-

nem Tisch zu einem gut aussehenden Herrn gesetzt und mit ihm zu flirten begonnen.

Dass ich die Einladung bei Baron Heger angenommen hatte, verdross mich. Ich konnte mir im Voraus schon ausmalen, wie der Abend verlaufen würde. Ein taktvolles Verhalten, trotz versteckter höflicher Schmeicheleien seinerseits und endlose Berichte über den Ersten Weltkrieg.

Rosemarie hielt spontan an, wollte eigentlich nicht weiter schreiben. Es würde ihr Seelenheil keineswegs entlasten, das wusste sie. Aber es musste aus ihrem Kopf, es musste irgendwo abgelegt werden. Deshalb fuhr sie mit ihren Aufzeichnungen fort.
Ich hätte mir in meinen kühnsten Träumen nicht vorstellen können, dass dieser Abend ganz anders verlief.
Pünktlich wie immer erreichte ich das Anwesen und wurde vom Hausherrn aufs freudigste empfangen.
Um meine leichte Verstimmung zu übergehen, willigte ich zu gerne ein, einen Aperitif zu nehmen. Ich willigte anschließend auch ein, meinen Gastgeber mit dem Vornamen anzusprechen und das förmliche Wort Baron zu streichen.
Zu meiner Überraschung hatte Roman das Nachtmahl selbst vorbereitet und offerierte ein vorzügliches Rehragout mit Semmelknödel.

Ich aß mit gutem Appetit, lobte seine Kochkunst und ließ mir immer wieder Rotwein nachschenken. Irgendwie hatte ich Lust, mich einmal weniger konventionell zu zeigen und da auch Roman kräftig dem Wein zusprach, verlor ich alle Hemmungen.
Als er mich fragte, ob ich ihm ein Tänzchen gestatte, stimmte ich freudig zu. Ich musste zugeben, in seinen Armen fühlte ich mich sehr angenehm und das Tanzen machte mir großen Spaß.

Etwas hitzig geworden, bat ich um eine kleine Pause. Ich setzte mich auf das Kanapee.
Roman stellte ein Glas Wasser auf den Tisch. Ich trank abwechselnd Rotwein und Wasser.
Er verschwand für kurze Zeit und kam mit einem länglichen, hübsch verschnürten Karton zurück.
Dann setzte er sich neben mich.
„Romy, ich habe ein Geschenk für Sie."
Ich schaute ihn völlig verblüfft an, umso mehr, da ich merkte, dass dieser Karton aus unserem Salon stammte.
Verlegen öffnete ich die Verpackung und entnahm ein schwarzes, duftiges Tüllkleid, mit großem Dekolletee und schönen Rückenausschnitt. Eines der Modelle aus Tony Müllers Kollektion, das erst kürzlich aus Wien eintraf.
„Aber, wann haben Sie das Kleid gesehen und wieso soll es für mich sein. So ein teures Kleid kann ich doch nicht annehmen." Ich redete durcheinander, stotterte herum, verstand überhaupt nichts.
Roman drückte seine Finger auf meinen Mund.
„Unlängst ging ich durch die Getreidegasse. In der Absicht Sie anzutreffen, betrat ich den Modesalon. Zu meinem Bedauern vermisste ich Ihre Anwesenheit. Ich machte gute Miene, ließ mich von Frau Burger zu einer Tasse Kaffee überreden und begutachtete die Kollektion. Da fiel mir dieses Kleid auf. In einem plötzlichen Taumel von Gefühlen stellte ich mir **Sie** *darin vor. Der Rest der Geschichte ist, dass ich Frau Burger erklärte, das Modell zu kaufen und sie möge es als Geschenk verpacken. Frau Burger ist eine Geschäftsfrau und es würde ihr nie in den Sinn kommen, hintergründige Fragen zu stellen. Für sie ist der Fall abgeschlossen, sobald sie das Geld in die Kasse gibt", gab er mir zu verstehen.*
Ich war völlig verwirrt. Der Wein machte sich schon etwas bemerkbar und in meiner Unsicherheit trank ich einen weiteren Schluck davon.
„Ich bitte Sie das Kleid anzuprobieren. Ich möchte Sie jetzt damit sehen."

„Aber ich kann mich doch nicht ausziehen, wenn jemand kommt“, argumentierte ich dümmlich.
„Keine Sorge, es ist niemand hier. Ich hole uns inzwischen das Dessert.“
Ich legte Stück für Stück meiner Kleidung ab. Zuerst die Bluse, dann den Rock und stand da in BH und Höschen und den hochhackigen Schuhen.
In dem Moment, wo ich im Begriffe war, den BH abzulegen, trat Roman mit einem Tablett Dessertstücke ein.
„Das Kleid hat ein großes Dekolletee“, sagte ich sachlich, ich muss mich auch dem BH entledigen. Würden Sie sich bitte umdrehen?“
Er kam auf mich zu, stellte das Tablett auf den Tisch und schaute mich voll Entzücken an.
„Wie schön Sie sind, Romy, und so begehrenswert. Seitdem ich Sie das erste Mal sah, hat mein Leben neuen Sinn bekommen. Deshalb wage ich Sie zu bitten, meine Geliebte zu sein. Ich garantiere Ihnen ein großartiges Leben an meiner Seite. Sie würden es nicht bereuen.
Mein ganzes Bestreben ist, Sie auf Händen zu tragen.“
Er kam ganz nah an mich. Ich stand stocksteif da, wusste nicht, wie ich reagieren sollte.
Der Wein hatte mich in eine völlig losgelöste körperliche Stimulation gebracht. Er kniete sich vor mich hin. Seine Hände fuhren langsam entlang, bis er zum Ansatz des Höschens kam, das er vollkommen bedächtig herunterstreifte. Ich stand noch immer da, völlig benommen und nicht imstande, irgendeine Reaktion zu zeigen.
Mit seinem Mund streichelte er die Schamhaare und vergrub ihn in mein Geschlechtsteil. Seine Zunge spielte ein gewagtes Spiel.
Ich war entsetzt über die unsittliche Annäherung. Obwohl ich den wohligen Schauer der Lust voll in mich aufnahm, stieß ich dann doch seinen Kopf mit meinen Händen weg und stammelte, den Tränen nahe: „Baron, wie können Sie es wagen, diese Situation derart auszunützen. Schämen Sie sich. Ich hätte Ihnen mehr Anstand zugetraut.“

In meiner Verwirrtheit raffte ich nicht meine Kleider zusammen, um mich schleunigst wieder anzuziehen, sondern streifte mir seelenruhig das Prachtstück aus schwarzem Tüll über. Zornig blickte ich ihn an und wartete auf eine Reaktion.
Wie ein begossener Pudel stand Roman da und sprach: „Ich weiß, ich habe einen unverzeihlichen Fehler gemacht. Ein Ehrenmann macht so etwas nicht. Aber als ich Sie so sah, war es um mich geschehen. Ich habe alle Bedenken vergessen, der Reiz war zu groß und ich muss wohl für einen Moment den Verstand verloren haben. Ich entschuldige mich für diese Dreistigkeit und bitte Sie inständig um Vergebung."

Verdammt noch mal, ich war an diesem Abend zum Objekt der Begierde geworden. Welche Konsequenzen sollte ich setzen? Wie durch einen Nebel hörte ich meine Stimme.
„Roman, es ist schlimm, was Sie mir antaten. Das werden Sie wohl verstehen. Wie kann ich diesen Frevel je mit meinem Gewissen bereinigen? Ich bin verlobt und werde im Herbst heiraten. Schon alleine deshalb kann ich nicht Ihre Geliebte werden." Voll Dramatik schleuderte ich die Worte heraus. Ein paar Tränen, die meine Augen benetzten, gab dem Ganzen noch einer gehörigen Portion Theatralik.
„Würden Sie mir dennoch die Freude machen, heute Nacht mein Gast zu sein?"
Ich war wohl zu beschwipst, um noch irgendwelche Einwände vorzutragen. Ich sagte nichts und Roman nahm das als Einverständnis an. Er hob mich auf, drückte mir einen Kuss auf den Mund und trug mich in sein Schlafzimmer, wo er mich voll Andacht auf sein Bett legte.
Danach zog er mir das Kleid aus und deckte mich zu. Ich nahm nur von weitem wahr, dass er sich aus dem Raum entfernte. Anscheinend verfiel ich sofort in einen tiefen Schlaf.

Als ich am Morgen erwachte und verwundert um mich blickte, wurde mir erst langsam die Verrücktheit bewusst, die sich am Abend zugetragen hatte.
Ich genierte mich schrecklich, obwohl ich das Opfer war und nicht die Täterin.

Am Bett lag ein dunkelblauer seidiger Herrenmorgenmantel. Darauf lag ein Zettel:

Guten Morgen meine Angebetete.
Das Bad ist vis-a-vis.
Ich bin im Salon
und erwarte Sie zum Frühstück.

Ich zog den Morgenmantel an. Er war etwas groß, aber er passte mir farblich sehr gut.
Im Badezimmer ging ich sofort unter die Dusche. Das leichte Ziehen in meinem Unterleib veranlasste mich, meine Vagina zu betasten. Ein wenig Blut befand sich auf den Fingern.
Gott sei gedankt, endlich. Ein wahrer Glückstrom durchfuhr mich.
Schnell gab ich etwas Klopapier in das Höschen als ersten Schutz und ging dann mit dem Morgenmantel bekleidet in den Salon.
Roman erhob sich vom Sessel, küsste meine Hand und geleitete mich zum reich gedeckten Tisch.

„Was immer stattfand, möchte ich heute Früh nicht mehr durchdiskutieren. Was geschehen ist, ist geschehen. Sagen wir einfach, der viele Wein hat uns etwas aus der Bann gebracht“, begann ich das Gespräch. Roman gab keine Antwort. Er schaute mich ehrfürchtig an, fragte diskret, ob es mir gut geht, schenkte mir Kaffee ein und registrierte zufrieden, dass ich mich mit gutem Appetit an dem reichhaltigen Frühstück delektierte.
„Geben Sie mir die Chance, den heutigen Sonntag mit mir zu verbringen“, fragte er später. „Ich möchte den schönen Tag ausnützen und Hellbrunn mit Ihnen besuchen.“

„Aber ich müsste mich umziehen, für einen Ausflug bin ich wohl nicht richtig gekleidet“, antwortete ich.
„Das können Sie, ich warte währenddessen im Auto“, argumentierte er.
Ich konnte schwer absagen, irgendwie fühlte ich mich verpflichtet, schon wegen des teuren Kleides. So stimmte ich zu, den Sonntag mit ihm zu verbringen.

„Hellbrunn ist ein einzigartiges Gesamtkunstwerk, ein irdisches Paradies, das in verschiedenen Epochen, während der Amtszeiten der jeweiligen Bischöfe, zu einem wahren Juwel entstand“, erklärte mir mein Galan.
An dem prachtvollen Lustschloss vorbei, spazierten wir durch den wunderschönen Park und amüsierten uns an den Wasserspielen, die einst Fürsterzbischof Andreas Jakob von Dietrichstein im 18. Jahrhundert, errichten ließ. In einem gemütlichen Gasthaus gab es ein gutes Mittagessen. Im Hinblick auf die begonnenen Monatsblutungen besann ich mich, kein alkoholisches Getränk zu mir zu nehmen. Roman hingegen trank zwei Krügel Bier, die ihn gesprächig machten. Er berichtete wahrheitsgetreu, dass er sich durch eine Kriegsverletzung frühzeitig aus der Armee verabschieden musste. Im Laufe der Jahre war er nie auf den Gedanken gekommen zu heiraten und Kinder in die Welt zu setzen. Sein Leben als Junggeselle schien ihm angenehm und bequem.
Im Jahre 1938 lernte er auf einer Gesellschaft eine interessante und schöne Frau, namens Judith kennen. Als Jüdin musste sie dringend Österreich verlassen. Er hatte alle seine guten Beziehungen spielen lassen, ihr zu helfen, besorgte gefälschte Dokumente und machte es möglich, dass sie, in derselben Zeit wie Alma und Franz Werfel, über Frankreich nach Spanien und weiter in die USA flüchtete.
Während des Krieges hörte er von dieser besagten Dame nichts. 1946 kam ein Schreiben, dass sie Österreich besuchen würde. Sie hatte schnell in den Vereinigten Staaten einen reichen Mann gefunden, den sie heiratete, doch

dauerte das Glück nur zwei Jahre. Er starb bereits 1944, aber hinterließ ihr ein Vermögen.
„Und kam Judith tatsächlich zurück nach Österreich", fragte ich ihn neugierig.
Roman bejahte meine Frage. Sie wartete erst gar nicht sein Antwortschreiben ab. Eines Tages stand sie vor seiner Tür. Die Freundschaft zwischen ihm und der jüdischen Dame vertiefte sich neuerlich. Er merkte, dass sie Schutz und Geborgenheit suchte und ihre Wurzeln hier in Österreich wieder festigen wollte. Aus ihrem ganzen Verhalten erkannte er aber auch, dass sie von dem Wunsch beseelt war, einen Mann mit Titel zu erhaschen, um dadurch als Dame mit guter Reputation in der Gesellschaft anerkannt zu werden.
Und wie ich dann von Roman vernahm, ging er auf den Deal ein und heiratete Judith. Dadurch wurde er ein sehr wohlhabender Mann, weil seine Frau ihm eine monatliche großzügige Apanage zukommen lässt.
Ganz schön clever eingefädelt, dachte ich mir im Geheimen, aber ich gab dazu keinen Kommentar.
Ich gestattete mir auch nicht zu fragen, ob er mit Judith glücklich sei.

Natürlich beschäftigte mich die Tatsache, warum es Samstagnacht zu diesem unverfrorenen Ausrutscher seinerseits kam, wo er mich suggerierte, seine Geliebte zu werden.
Das musste doch einen Grund gehabt haben.

Wollte er geheime Sehnsüchte zu einem Spiel aus Liebe, Lust und Leidenschaft vereinen?
War es ein sinnliches Verlangen nach geschlechtlicher Liebe oder ein sehnsuchtsvolles Begehren, mich junge Frau, zu verführen?

Vielleicht wage ich es, mit ihm darüber zu diskutieren.

Auf meine Frage, wo seine Frau sei, erzählte er mir, dass sie bald nach der Hochzeit in die Staaten zurückging, um finanzielle Dinge zu erledigen.
„Ich wollte zuerst mitkommen", erklärte er, „aber eine aufgetretene Bronchitis hinderte mich, die Reise anzutreten. Ein Glück, denn sonst hätte ich niemals die Chance gehabt, Sie kennen zu lernen", fügte er mit Nachdruck hinzu.

Roman brachte mich nach dem wunderbaren Sonntagausflug in die Pension zurück. Ich musste ihm die Zusage machen, auch das kommende Wochenende mit ihm zu verbringen. Wir werden was Schönes unternehmen versprach er und ich sah keinen Grund zu einer Absage. Ich hegte sogar den kleinen diabolischen Gedanken, vielleicht doch seine Geliebte zu werden. Warum? Vielleicht aus Neugierde. Vielleicht zu analysieren den moralischen Wert einer derartigen Beziehung.

Eine Woche später

Fast bedauerte es Rosemarie, dass es zu keinem gemeinsamen Wochenende kommen würde.
Sie traf Baron Heger am darauf folgenden Mittwochabend im *Café Bazar*.
„Meine Liebe, ich bin untröstlich Ihnen mitteilen zu müssen, dass unvorhergesehen meine Frau im Anflug ist.
Ihr Telegramm erreichte mich gestern Dienstag. Sie wird Freitag in Frankfurt eintreffen und anschließend sofort nach Salzburg weiterfahren.
Ein Traum wird nicht in Erfüllung gehen. Ich wollte Sie für Samstag ins Schloss Klessheim entführen. Ich bin dort zu einem Bankett hochrangiger Diplomaten geladen und hätte sie liebend gerne als meine Tischdame mitgenommen.

Nun wird sich meine freie Zeit ein wenig einschränken, da meine Frau beabsichtigt, mit mir nach Meran auf Kur zu gehen."
„Roman, wir müssen der Tatsache ins Auge sehen. Wir haben einige schöne Stunden zusammen verbracht, die ich nicht missen möchte. Und wenn es das Schicksal gewollt hätte, wäre vielleicht doch eine intimere Freundschaft entstanden. Doch jetzt darüber das *für und wieder* abzuwiegen, bringt nichts.
Ich fahre kommende Woche nach Wien zurück. Meine Saison in Salzburg ist quasi beendet.
In Wien erwarten mich neue Aufgaben.
Es wird meinem Seelenzustand gut tun, wieder geordnete Verhältnisse in mein Leben zu bringen. Ich war nahe daran, das Konzept zu verlieren. Das Angebot Ihre Geliebte zu werden, klang für mich, als junge unerfahrene Frau, verlockend."
Rosemarie hielt inne. Sie wollte den Bogen der Theatralik nicht überspannen.
Roman schaute sie entzückt an.
„Versprechen Sie mir, mich über den Status Ihres weiteren Lebens am Laufenden zu halten. Ich möchte nicht unsere Freundschaft in dieser Form beenden. Betrachten wir es als kleine Unterbrechung. Ich kann jederzeit nach Wien kommen oder eine Soiree in Salzburg arrangieren und Sie als Gast einladen. Wo ein Wille ist, ist auch ein Weg."
Im nächsten Augenblick überreichte er Rosemarie ein Etui.
„Damit Sie sehen, wie ernst es mir mit Ihnen ist. Diese Perlenkette bezeugt die Achtung, die ich für Sie empfinde. Es ist ein Erbstück meiner Mutter und ich wüsste niemanden, der dieses Stück mehr in Ehren halten könnte, als Sie, meine Liebe."
Rosemarie war erschüttert über diese bedingungslose Zuneigung, die Roman für sie empfand.
„So ein wunderschönes Schmuckstück geschenkt zu bekommen, ist eine Wertschätzung, die ich gar nicht in

Worten ausdrücken kann. Ich bin zutiefst beeindruckt von Ihrem Wohlwollen", antwortete sie unter Tränen. Nach einer herzlichen und liebevollen Verabschiedung ging man mit vielen guten Wünschen und dem Bestreben, die Möglichkeit ein Wiedersehen zu forcieren, auseinander.

Stunden später ließ Rosemarie die seltsam begonnene Bekanntschaft mit Baron Heger, Revue passieren und überlegte, welche Erfahrung sie daraus ziehen musste. Sie dachte an die Geschenke, die sie innerhalb kürzester Zeit von ihm erhielt, und fragte sich, ob sie einen hohen Tribut hierfür entrichtete. Den Tribut der Ehre. Sie wartete auf ihre eigene Antwort, aber diese kam nicht.

Mit einem lachenden und einem weinenden Auge verabschiedete sich Rosemarie von der Mozartstadt, wo sie mehr als drei Monate verweilte.
Nachdem Paul noch immer verreist war, hinterließ sie an der Rezeption der Pension einen herzlichen Abschiedsbrief und wünschte ihm viel Glück und Erfolg für sein weiteres Leben.

Der aus München kommende Zug fuhr Bahnhof Salzburg ein. Durch den Lautsprecher erfuhr Rosemarie die Meldung über einen Aufenthalt von 20 Minuten mit anschließender Weiterfahrt nach Wien.
Sie entließ den Gepäckträger, nachdem dieser ihre schweren Koffer im Waggon untergebracht hatte, und besetzte einen Fensterplatz des Abteils. Danach ging sie nochmals auf den Perron, um sich am Kiosk eine Zeitung zu besorgen.
„Romy, Gott sei Dank, dass ich es noch rechtzeitig schaffte."
Atemlos stand Paul neben ihr, küsste sie ungestüm und drückte ihr ein kleines Gewürzsträußchen in die Hand. Völlig überrascht, aber selig, den Freund doch noch einmal zu sehen, umarmte sie ihn wortlos.

„Ich danke dir, mein Lieber. Es macht mir zwar den Abschied nicht leichter, trotzdem bin ich froh, dir persönlich lebe wohl sagen zu können und dir danke zu sagen, für die harmonische Zeit, die wir zusammen verbrachten."

Plötzlich fing sie zu weinen an. Paul drückte sie an sich und streichelte liebevoll ihre Haare. „Du warst eine bezaubernde Zimmernachbarin und ich habe in dir einen bedeutungsvollen Menschen kennen gelernt. Es war eine außergewöhnliche Freundschaft, die ich mit dir erlebte und du wirst mir unvergesslich bleiben."

Die neuerliche Meldung aus dem Lautsprecher zwang Rosemarie in den Waggon zurückzukehren.

„Leb wohl und vielleicht irgendwo und irgendwann auf ein Wiedersehen", hauchte sie mit tränenerstickter Stimme und stieg hastig ein.

Sie öffnete das Fenster und winkte Paul so lange, bis sich der Zug aus dem Bahnhofsgebäude entfernt, seine volle Fahrt aufgenommen hatte.

Winter 1947 in Wien

Patricks Brief lag seit einigen Wochen auf dem Tisch. Nun entschloss sich Rosemarie, ihn endlich zu beantworten.

Ein kleiner Seufzer entrang sich ihrer Brust. Möglicherweise würde es das letzte Mal sein, dass sie ihm schrieb. Sie glaubte nicht an einen Fortbestand dieser Freundschaft, die in der Jugend begann und nach Jahren des Stillschweigens, sich lediglich auf einen unregelmäßigen Briefwechsel, über Tausende Kilometer Entfernung, erstreckte. Patricks letzter Bericht klang aufschlussreich und informativ, aber hatte keine Relevanz mehr für sie, weil er frei von jeglicher Wärme und Gefühlen niedergeschrieben wurde.

Rosemarie begriff, dass sich zwischen ihr und Patrick, Welten trennten. Der Wirkungsbereich, die verschiedene Gesellschaftsklasse und die Jahre zwischen Kindheit und Erwachsensein, verbunden mit den Erlebnissen aus dieser Zeit, prägten und formten jeden auf seine Art. Nichtsdestotrotz blieben manche seiner Sätze tief in ihrer Seele verankert:

... Eine neue Beziehung hat mein Leben wieder mal in eine andere Richtung gesteuert. Während meines wissenschaftlichen Lehrgangs in São Paolo lernte ich eine faszinierende Frau kennen. Sie ist jüdischer Abstammung, kommt aus Großbritannien und arbeitet ebenfalls als Ärztin. Eine sehr intelligente, aber auch warmherzige Person. Wir spürten von Anfang an den Gleichklang von Geist und Körper, aber auch die Notwendigkeit, Freiraum und Schaffenskraft zu gewähren. Ein Leben mit Denise wäre für mich zu oberflächig gewesen. Ich brauche eine starke, gleichwertige Partnerin an meiner Seite. Eine, die einsieht, wenn ich Tage und Nächte im Krankenhaus verbringe, aber auch versteht, dass ich mir große Ziele setze. Deshalb trennte ich mich leichten Herzens von ihr. Für Denise war es nicht einfach, aber schließlich musste sie kapitulieren. Und ich bin überzeugt, sie wird schnell darüber hinweg sein.
Ich bin im Begriffe, Rio den Rücken zu kehren. Meine Lebensgefährtin und ich schrieben Bewerbungen an Hospitals in einigen Bundesstaaten der Vereinigten Staaten und wir warten nun auf das beste Angebot...

Obwohl sie absolut keinen Grund haben durfte, machten diese Sätze sie unzufrieden. Sie bildete sich ein, verletzt sein zu müssen und in ihrer Überempfindlichkeit fühlte sie, als ob ein kleiner Bestandteil aus dem Mosaik ihres Lebens, herausgerissen wurde.

Rosemarie überwand die anfangs aufflackernde Verstimmung, wechselte sprunghaft Enttäuschung in Genugtuung und bekundete Patrick ihre stattgefundene Veränderung.
Sie bauschte die Benachrichtigung ein wenig auf, mengte einen Hauch von Noblesse bei und würzte das ganze mit Romantik und Enthusiasmus.

... Ich hatte beruflich einen erfolgreichen Aufstieg, tauchte ein in die fantastische Welt der Mode, die mir ein großes gesellschaftliches Spektrum ermöglichte. Privat bin ich seit zwei Jahren mit einem amerikanischen Besatzungsmitglied liiert.
Während der Zeit, wo ich in Salzburg als Geschäftsführerin für Toni Müllers Haute Couture Salon arbeitete, prüfte ich mich, ob ich für eine baldige Ehe reif genug bin und ob mein Geliebter wirklich der Partner ist, mit dem ich mir eine gemeinsame Zukunft vorstellen kann.
Er ist es. Ich vertraue und liebe ihn.

Vor kurzem heirateten wir hier in Wien. Es war eine wunderschöne Hochzeit. Mein Boss ließ es sich nicht nehmen, ein wunderschönes Brautkleid für mich anzufertigen. Er war mein Trauzeuge und übernahm die Kosten für die groß angelegte Feier mit vielen Ehrengästen, Freunden und Bekannten...

Rosemaries Selbstwertgefühl ließ es nicht zu, Patrick zu berichten, wie ihre Freunde wirklich reagierten.
Sie setzte sich darüber hinweg, dass ihre Vertrauten an dem Sinn zweifelten, nachdem sie erfuhren, dass sie ihren interessanten Job bedenkenlos beendete, einen amerikanischen Leutnant heiratete und beabsichtigte, in die Staaten zu übersiedeln.

Zufrieden, die richtigen Worte gefunden zu haben, schrieb sie nieder:
... Doch der Liebe wegen beende ich, die für mich kometenhaft begonnene Karriere und folge meinem Mann in Kürze in die Vereinigten Staaten. Er quittiert den militärischen Beruf und wird künftig bei einer amerikanischen Gesellschaft als Flugkapitän tätig sein.
Für mich wird es eine Herausforderung, aber ich nehme mir fest vor, mein Lebensschiff mit vollen Segeln in eine glückliche Zukunft zu steuern.

Zum Schluss gekommen, wünschte Rosemarie ihrem Jugendfreund eine glückliche erfolgreiche Zukunft und vermied vehement, auch nur ein Wort der Emotion zum Abschied hinzuzufügen.

The American way of life

Frühjahr 1948

„Du wirst sie mögen“, versicherte Norman immer wieder, während der stundenlangen Busfahrt nach *Maybell.*
„Meine Eltern sind geradlinig und umkompliziert. Vater hat ein weiches Herz hinter einer festen Schale und Mutter ist eine herzensgute Person. Du wirst sehen, ihr werdet schnell gute Freundinnen.“

Je näher die Reise ihrem Ziel nahte, desto stiller wurde Rosemarie.
Sie sah beim Fenster hinaus und versuchte, sich auf die Landschaft zu konzentrieren.
Aber es gelang ihr nicht so recht. Sie war müde und aufgeregt zugleich. Der lange Flug von Frankfurt nach New York und die abschließende nicht endenwollende Busfahrt kostete Substanz.
Die letzten Tage beschäftigten sie unaufhörlich und wollten nicht aus ihrem Kopf.
Alleine schon das Verabschieden von allen Freunden und Bekannten zerrte an den Nerven und dämpfte die euphorische Aufbruchstimmung.

Tony Müllers Worte fielen ihr ein.
Wenn du dich in Amerika nicht zurecht siehst, packe deine Sachen zusammen und komm wieder nach Hause. Österreich bleibt deine Heimat, egal wo immer du dich niederlässt. Und hier in Wien leben Personen, die dich

lieben. Ich eingeschlossen. Denke immer daran, dass ich große Zuneigung für dich empfinde. Wir zwei ergänzten uns großartig. Du konntest zuhören, und zwischen dem gesagten, auch meine Gedanken und Zweifel lesen. Bei dir fühlte ich mich, trotz meiner immer wieder aufflackernden Seelenturbulenzen, verstanden. Obwohl Patricia meine leibliche Tochter ist, werde ich für sie nie dieses Gefühl der Verbundenheit aufbringen können.
Es gab Zeiten, da kokettierte ich mit dem Vorhaben, dich zu adoptieren. Ich habe keine Nachkommen und wäre es schade, würde mein Betrieb nicht mehr fortgesetzt und mein Name in Vergessenheit geraten. Du hast den Esprit dazu, eine würdige Nachfolgerin zu sein. Mehr will ich jetzt nicht mehr sagen, außer, dass ich dir alles Glück der Welt wünsche.

Er musste sich abwenden. Tränen standen in seinen Augen. Dann steckte er ihr ein Kuvert in die Tasche, worauf stand: *Verwendungszweck: Notgroschen.* Der Inhalt war ein beachtlicher Dollarbetrag.
Liebevoll dachte sie an diesen wunderbaren Menschen und väterlichen Freund. Welch glanzvolle Zeit hatte sie unter seiner Regie erleben dürfen.

Bald nachdem Rosemarie von ihrer erfolgreichen Verkaufstätigkeit in Salzburg zurückkehrte, boten sie sich gegenseitig das *Du* Wort an. Sich mit *Monsieur und Mademoiselle* zu betiteln, behielten sie trotzdem ganz gerne aufrecht. Es gab dem Gespräch eine besondere Atmosphäre.

Als Tony über ihre Absicht erfuhr, zu heiraten, war er zwei Tage ihr gegenüber unansprechbar.
Am dritten Tag zeigte er die Skizze eines wunderschönen Brautkleides und sagte in knappen Worten: Mademoiselle Rose, es ist mein Wunsch, dass du diese Kreation zur Vermählung trägst. Wir machen zu deiner Hochzeit ein großes Fest.

Völlig perplex sagte sie: „Monsieur, welch eine Ehre, aber“...

Er ließ sie nicht weiter sprechen, winkte ab und argumentierte sofort:
„Betrachte es so, als wäre ich der stolze Brautvater und gestatte mir, dass ich als Trauzeuge, dich zum Altar führe.“
Damit war das Thema für ihn erledigt und er rauschte von dannen.

Das Schlimmste war, als der Zeitpunkt herannahte, *lebe wohl* zu Erna zu sagen.
Erst im Moment des Abschieds wusste sie, wie sehr ihr diese große starke Frau fehlen würde.
Jetzt, in der Stunde des Nachsinnens, fragte sie sich, ob sie für Erna, von der sie in der schweren Zeit nach Kriegsende bedenkenlos aufgenommen wurde, die beschützend ihre Hand bot, um ihr einen neuen Anfang zu zeigen, auch wirklich immer genügend Liebe, Achtung und Dankbarkeit aufbrachte?

Vorerst ging der Flug von Wien nach Frankfurt. Der Anschlussflug nach New York dauerte einen Tag. Deshalb mieteten sie sich in ein kleines Hotel ein. Beide waren nicht sonderlich interessiert, eine Exkursion durch die riesige deutsche, sehr zerbombte Stadt zu unternehmen. Sie waren froh, gleich in der Nähe ihrer Unterkunft eine saubere Gastwirtschaft vorzufinden, wo es billiges Essen gab. Um die Stunden zu vertreiben, gingen sie ins Kino und sahen sich einen deutschen Nachkriegsfilm an.
Mit einer viermotorigen *Vickers Viscont super constellation* der *Trans-world-Airlines*, flogen Norman und Rosemarie in Richtung Amerika. Ein technischer Zwischenstopp erfolgte auf einem kleinen Flughafen an der kanadischen *goosebay*, danach setzte die Maschine ihren Weg fort. Ziel Flughafen New York.

Rosemarie war nicht die Einzige, die durch Heirat eines amerikanischen Besatzungssoldaten ihrem Ehemann in seine Heimat folgte. Während der Reise konstatierte sie, dass acht weitere junge Frauen an Bord waren. Ihr aufgeregtes Geschnatter hörte Rosemarie nur en passee mit. Sie legte aber nicht viel Wert an der Unterhaltung teilzunehmen.
Welch ein traumhafter Anblick bot sich in dem Moment, wo das Luftfahrzeug eine kleine Schleife machte und Rosemarie erblickte erstmals, wenn auch aus weiter Ferne, und nur für einen kurzen Augenblick, die Skyline von Manhattan, mit seinen riesigen Wolkentürmen.
Aufgeregt dachte sie, welch ein unbeschreibliches Gefühl es sein musste, auf den Straßen, zwischen diesen hohen Häusern gehen zu können.
Sie beschloss Norman zu bitten, ob es nicht möglich wäre, eine Unterbrechung einzulegen, hier wenigstens einen Tag zu verbringen und mit dem nächsten Bus nach Maybell zu fahren.
Auf ihre Frage entgegnete Norman: „Sorry Darling, aber meine Eltern erwarten uns. Der Bus geht heute Abend vom Grand Terminal ab. Wir fahren die ganze Nacht durch und werden am nächsten Morgen zu Hause ankommen. Du wirst noch oft genug nach New York kommen“, fügte er zuversichtlich bei, als er Rosemaries enttäuschten Gesichtsausdruck wahrnahm.

„Ist schon ok“, antworte sie, zu müde, eine weitere Reaktion von sich zu geben.

Sie dachte an Normans Idee, künftig als Pilot für eine amerikanische Fluglinie zu fliegen, wobei er andeutete, sie könnte gleichzeitig eine Ausbildung als Stewardess absolvieren, um eventuell gemeinsam interessante und schöne Destinationen anzupeilen.
„Kommt Zeit kommt Rat“, gab sie plötzlich murmelnd von sich.
Ein kleines Lächeln umspielte ihre Lippen.

„Pardon", fragte Norman. Er hatte wohl diesen leisen Satz gehört, aber nicht verstanden.
„Nichts, nichts", gab sie ihm zu verstehen: „Ich hab nur laut gedacht."

Das Lampenfieber erreichte seinen Höhepunkt, sobald Rosemarie die Ortstafel *Maybell* erblickte.
Der Bus blieb stehen, der Fahrer holte die vielen Gepäckstücke aus dem Seitenteil des Fahrzeuges und stellte sie auf den Gehsteig. Er hatte Eile, seine Fahrt fortzusetzen.

Normans Eltern, Georg und Eileen Edmont, kamen freudestrahlend auf das junge Paar zu, nahmen ihren Sohn in die Mitte und drückten ihn überschwänglich an sich. George klopfte ihm ununterbrochen auf die Schulter und Eileen streichelte seinen Kopf, wobei ihr Tränenfluss kein Ende nahm.
Es schien fast, als ob sie die junge Frau, die erwartend danebenstand, völlig übersahen.
Verzagt hoffte Rosemarie auf ein Zeichen von Norman, diese Begrüßungszeremonie zu beenden, um sie endlich seiner Familie vorzustellen.

Endlich war der Moment eingetreten.
„Mum, Dad, das ist Rose, meine angetraute Frau. Rose, das sind meine Eltern."
Er schob Rosemarie nach vor, und wartete genüsslich den nächsten Szenendurchlauf ab.
Es sah beinahe so aus, als ob die beiden erst in diesem Augenblick ihre Schwiegertochter registrierten. Der Moment der Überraschung stand ihnen im Gesicht geschrieben, bevor endlich, mit zurückhaltender Herzlichkeit, eine Umarmung stattfand.
Vielleicht ist es in Amerika nicht üblich, oder George und Eileen haben in der Aufregung vergessen, sie willkommen zu heißen, überlegte Rosemarie leicht irritiert.

Aber Rosemarie wäre nicht Rosemarie, die sich gekonnt darüber hinweg setzte und so sagte sie nach einer winzigen Schweigepause:
„Mum, Dad, ich freue mich, endlich in eurer Mitte sein zu dürfen und danke, dass ihr mich in elterlicher Liebe als Tochter aufnehmt. Ich bin zuversichtlich, dass ihr zufrieden seid mit mir, und denke, wir werden ein schönes, gemeinsames Leben führen."
Sie sprudelte die Sätze gekonnt hervor, quittierte sie mit einem bezaubernden Lächeln und drückte jedem Einzelnen einen herzhaften Kuss auf die Wange.

Das Haus der Edmonts war klein, aber nicht zu klein, und Eileen bestand darauf, dass die ganze Familie unter einem Dach wohnte.
In aller Schnelligkeit hatte sie Normans einstiges Jugendzimmer als Schlafgemach für das junge Ehepaar umgestaltet.

Als ungewöhnlich fand sie die enorme Kofferanzahl, die Rosemarie mitbrachte. *Wie konnte ein Mensch, aus tiefstem Elend kommend, mit so vielen Gepäckstücken aufwarten,* dachte sie befremdend.
In dem Kleiderschrank ihres Sohnes war für derartigen Plunder kein Platz. Schuhe und Stiefeln, poliert und in Strecker gewartet, standen wie Zinnsoldaten im unteren Fach.
Fein säuberlich geordnet hingen Anzüge, Hosen und Hemden auf Bügeln, um nach beinahe dreijährigem Warten, endlich wieder getragen zu werden.
Sie musste eine Lösung finden. Schwer atmend stieg sie die Dachkammer empor.
Hier befanden sich alte Kästen, vollgestopft mit Gegenständen, die sie von ihren Eltern übernommen hatte. Beim Öffnen der Schränke kam ihr der Geruch des starken Desinfektionsmittels entgegen, dass sie jährlich gegen Mottenfraß einsetzte. Leicht betäubt hielt sie sich die Hand vor das Gesicht um dann, mit einem leichten

Anflug von Melancholie, Stück für Stück Erinnerung aus dem inneren Raum zu entnehmen. *Ich werde alles in eine Kiste verfrachten, dort sollen die Sachen ihre ewige Ruhe finden*, beschloss sie.
Mit Hilfe von Ehemann George und Sohn Norman wurden die alten Kästen in ein kleines Kabinett, das als Abstellraum diente und nunmehr zu einem Garderobenraum umgestaltet wurde, transportiert.

Eileen sah in Norman den amerikanischen Retter, den Hero, der Rose in eine bessere Welt bringen wollte.
Trotz häufigem Briefwechsel in den Jahren seines Einsatzes, weit weg von der Heimat, schrieb ihr Sohn nie über die Beziehung mit einem Mädchen. Kein einziges Mal hatte er Rose erwähnt. Sie wurde erst damit konfrontiert, als ein Schreiben mit der beigelegten Hochzeitsanzeige kam.
Dass seine Auserwählte, am Beginn einer bemerkenswerten Karriere in der Modebranche, alles hinschmiss, um ihm in die Staaten zu folgen, überging er geflissentlich. Er setzte die Eltern lediglich davon in Kenntnis, dass er mit seiner angetrauten Frau, sobald er vom Dienst in dem besetzten Land entlassen wurde, nach Hause kommen würde. In einem Nachsatz berichtete er, dass er aus Rücksicht auf Rose, *ihre* Religion annahm und sie in Wien von einem katholischen Pfarrer getraut werden.
Ihr braucht keine Angst zu haben, dass wir die sonntäglichen Kirchenbesuche meiden. Rose hört sich auch von einem Pastor die Predigt an. Für sie ist die Religion - ob evangelisch oder katholisch - kein Problem, fügte er letztlich hinzu.
Das war ein harter Schock für Eileen. Abgesehen davon, dass er riskierte, in einem fremden Land, ohne Beisein seiner Eltern, diesen verantwortlichen Schritt zu wagen, fand sie, als penible evangelische Pastorentochter, sei-

nen radikalen Gesinnungswechsel ungeheuerlich. Sie hatte ihren Sohn in Gedanken und Taten, evangelisch großgezogen. In *Maybell* gab es keinen einzigen Katholiken und sie würde es nicht wagen, auch nur einer Person, geschweige dem Pastor, über Normans Glaubenswandel, der durch Einfluss *dieser Rose* entstand, zu berichten.

Nach Erhalt dieses Briefes litt sie über Tage unter Kreislaufbeschwerden und sagte sämtliche gesellschaftliche Verpflichtungen ab. Völlig traumatisiert saß sie stundenlang in dem, von ihrem Vater geerbten Lehnstuhl. Ihr Kopf war voll Gedanken, die trotzdem keine waren, denn sie resultierten zu nicht einzuordnende Gespinste und Verwebungen ohne Anfang und Ende.
Bei Georg, ihrem Ehemann, fand sie keinen Rückhalt, denn hier war seit längerer Zeit der Zustand der Sprachlosigkeit eingetreten.

Jedwede gespeicherte Emotion, die wie eine große Blase aufgebläht, zu platzen drohte, um alles auszuspucken, was sie bedrückte, zog wie eine unangenehme Rauchschwade an ihm vorbei. Das Resultat war niederschmetternd. Den einzigen Satz den George hervorbrachte, konnte sie bereits auswendig. *It is what it is,* kommentierte er in seiner übernatürlich ruhigen Art, ging gemächlich aus dem Raum, und ließ sie in ihrer Not alleine.

Jetzt, wo diese *Frau aus Österreich*, mit der Familie unter einem Dach lebte, ergab sich Eileen dem ihr aufgelegten Schicksal. Schon um ihres geliebten Sohnes wegen wollte sie keinen Unfrieden im gemeinsamen Haushalt hervorbringen. Sie duldete Rose mit zurückhaltender Freundlichkeit. Im tiefsten Herzen betrachtete sie aber weiterhin ihre Schwiegertochter als Eindringling in ihrer heilen Welt.

Rose war sensibel genug, diese Gefühlskälte zu spüren. Sie merkte, dass hier eine hohe Mauer vorhanden war, die durchbrochen werden musste.
Sie beurteilte Eileen vom ersten Augenblick als Frau, die den Sohn als ihren Besitz sah und im innersten litt, ihn nunmehr teilen zu müssen. Aber wie konnte sie das Vertrauen ihrer Schwiegermutter erlangen?

Die Innenräume der Kästen rochen so intensiv nach Mottenpulver, dass Rosemarie sich übergab. Sie brach augenblicklich in Tränen aus.
Unter diesen Umständen wollte sie ihre Gegenstände, die mit dem feinen Duftstoff des Eau de Cologne 4711 ummantelt waren, erst gar nicht aus den Koffern packen.
Demonstrativ lüftete sie gründlich das winzige Fenster des Abstellraumes und ließ die Türen der Schränke weit offen in der Hoffnung, der durchdringende Geruch würde sich in Bälde auflösen, damit sie mit dem Einräumen beginnen konnte.
Ein plötzlich auftretender Fieberanfall, verbunden mit Bauchschmerzen, setzte sie die nächsten Tage außer Gefecht. Obwohl es ihr peinlich erschien, war sie gezwungen, im Bett zu bleiben. Sie fühlte sich so elendig, wollte niemanden in ihrer Nähe wissen und weinte unter der Bettdecke. Am liebsten hätte sie ihre Koffer gepackt, um still und heimlich aus dem Haus zu fliehen.
Norman war besorgt über ihren Zustand, brachte Kraftbrühe und heißen Tee und konstatierte, dass das Unwohlsein einzig auf die lange Reise und den Jetlag zu schließen sei. Trotzdem beauftragte er den ordinierenden Arzt zu einer Visite.

Doktor Petersen, ein gemütlicher Herr mit gütigen Augen und freundlichem Gesicht, untersuchte Rosemarie gründlich, konnte aber keinerlei Auffälligkeiten erkennen.

„Junge Lady, ich denke, das ist das Heimweh, was sie bedrückt. Immerhin war es ein mutiger Schritt, der Liebe wegen, das Land ihrer Vorfahren zu verlassen.
Sobald das Fieber vorbei ist, soll Norman verdammt noch mal trachten, dass er Ihnen unsere Stadt und die darin lebende ehrenwerte Gesellschaft vorstellt, damit sie sich eingewöhnen können. Dann kommen sie schnell wieder auf die Beine und sehen die Welt in einem anderen Licht."
Aber Norman ließ sich Zeit, Rosemarie in die Gesellschaft einzuführen, obwohl die ganze Bürgerschaft bereits mit Ungeduld auf ein erstes Zusammentreffen wartete.

Die Neuigkeit, dass Norman aus dem Land, wo er als Besatzungssoldat diente, ein Mädchen heiratete und in seine Heimat mitbrachte, war ein spektakulärer Fall, über den tagelang diskutiert wurde. Die Gemüter der ansonsten so friedliebenden Bürger erhitzten sich.
Pro und Kontra prallten während des abendlichen Dinners bei so manchen Familien wie Tennisbälle aufeinander. Kein anderer Klatsch konnte wichtiger sein als die brennende Frage, wer ist *sie,* wie sieht *sie* aus und wie würde sich *diese Fremde*, die aus einem winzigen schwierig auszusprechendem Land, das durch einen eiskalten Krieg völlig zerstört wurde, in dem paradiesischen *Maybell* integrieren.

Erste Priorität für Norman galt, seinen verdienten Urlaub vom Militär auszunützen und einmal gar nichts anderes tun als schlafen, faulenzen und sich von Mutter verwöhnen zu lassen.
Chewing gum kauend, *coke* trinkend und *cookies* essend, führte er absolute Marathonreden und berichtete nun seiner Mum genauestens, wie sich sein Leben in Wien als Besatzungssoldat abspielte.
Sein Rededrang war pausenlos und er fand, dass es an der Zeit war, ihr auch seine *Lovestory* näher zu bringen, damit seine Mutter endlich mehr über Rose erfuhr.

Chronologisch aneinanderfolgend begann er, den Besuch in Ernas Waschsalon zu schildern, wo er sein *girl* das erste Mal sah und er scheute auch nicht, voll Stolz über Rosemaries modische Fähigkeiten und großartigen Leistungen zu sprechen:
„Anlässlich der Wiener Modeschau, im Frühjahr 1947, die ihr Boss Tony Müller zeigte, war alles eingeladen, was Rang und Namen hatte. Ich wurde vielen Schauspielern und Delegierten fremder Länder, als Verlobter von Rose vorgestellt", berichtete er voll Stolz.
„In den Sommermonaten übernahm sie die Geschäftsführung eines Salons in Salzburg, in dem sie die Modelle des erfolgreichen Courtiers, präsentierte. Ich besuchte sie und werde dafür ewig dankbar sein. Denn durch sie habe ich diese einzigartige Stadt kennen und lieben gelernt", gab er schwärmerisch von sich.
Dann spielte er noch einen weiteren Trumpf aus:
„Im März 1948, bevor wir Wien verließen, arrangierte Tony Müller, als Auftakt der kommenden Frühjahrssaison, wieder ein Fest mit neuesten Modellen. Rose vollbrachte mit ihrem Mitwirken ein wahres Meisterwerk. Alle hochrangigen Gäste, die zu diesem Event kamen, waren begeistert und man beglückwünschte mich als Ehemann, zu dieser großartigen Frau."
Selbstgefällig beendete Norman sein Statement.
Seine Mutter hörte stillschweigend zu und wusste nicht recht, was sie antworten sollte. Sie war eine einfache Frau, die in ihrem Leben keinen weiten Horizont überblickte.
Seit sie denken konnte, war sie hier ansässig. Ihr Vater ließ einst eine Kirche bauen und nannte die Siedlung Maybell, weil im Mai die Glocken zu läuten begannen.

Viele Jahre blieb Maybell ein kleiner schmutziger Ort, in dem die Rancher am Wochenende die freien Stunden im Pub verbrachten und Sonntag die Predigt ihres Vaters anhörten.
Mit der Zuwanderung von Familien erfolgte dann später ein wirtschaftlicher Aufschwung. Aus dem Ort wur-

de eine herzeigbare Stadt, die sämtliche Unzulänglichkeiten von außen kommend trotzte, und so ein kleines Paradies aufrecht hielt.

„Und wie willst du Rose dieses überspannte Leben weiter bieten“, fragte Ellen schlicht.
„Sie will dieses Leben gar nicht weiter führen“, beharrte Norman.
„Wäre sie sonst mit mir in die Staaten gegangen?“
„Das weiß ich nicht, aus welchem Grund sie von ihrer Heimat fortging“, argumentierte seine Mutter.
„Ganz einfach, sie liebt mich und ich liebe sie. Wir beide sind ein gutes Team und werden das bestmöglichste aus unserem Leben machen. Das musst du verstehen, Mum.“
Ellen seufzte. Sie stand auf, ging auf ihren Sohn zu und küsste ihn auf die Wange.
„Ich hoffe, dass du immer zufrieden und glücklich bist. Denke aber daran, ich bin für dich da, sollten irgendwelche Turbulenzen auftreten.“
„Ich weiß nicht, welche Turbulenzen du meinst, Mum“, erwiderte er naiv.
Darauf gab sie keine Antwort. Obwohl sie eine brennende Frage auf den Lippen hatte, die sie Norman stellen wollte, stellte sie diese Frage nicht, noch nicht.
Würde er hier in Maybell ansässig bleiben, um im Geschäft, das sein Vater noch immer allein betrieb, mitarbeiten? Welche Absichten hatte er?
Auch Norman verhielt sich in Schweigen. Die Vorstellung über seine weitere berufliche Laufbahn wagte er im Moment nicht zu erörtern.
Außerdem hatte dieses Thema keine Notwendigkeit, schnelle Entschlüsse zu ziehen.
Im Moment standen andere Tätigkeiten im Vordergrund. Dazu zählte, auch seine alten Freunde zu besuchen.

Maybell, Rosemaries neues Zuhause, entpuppte sich als Städtchen der besonderen Note, das Eigenarten und Besonderheiten aufwies, die Rosemarie schlichtweg als *Americans way of life* einordnete.

Liebliche Häuser, in zuckergussähnlichen Pastellfarben gehalten, mit rasengeschmückten *front-* und *backgarden*, umsäumten das einst – inmitten endlosem Weideland – quadratisch angelegte Siedlungsgebiet. Diese rosa, hellblau, weiß, gelb und lilafarben bemalten Bauwerke mit kleinen Türmchen, Erker oder verglasten Veranden, zierten die parkähnlichen Alleen und breiten Fahrwege. Unzählige Birken in regelmäßigen Abständen begrenzten die Gehwege und Straßen. Der Duft der Blüten im Frühjahr war ein besonderer und das Grün der Blätter zeigte einen einzigartigen Kontrast zu den fröhlichen Farben der Hausfassaden.

Die Bewohner bezeichneten *Maybell* als Refugium. Eine lebenswerte Oase, in der sie paradiesisch lebten, ohne Turbulenzen und Unruhe. Sie alle waren eine verschworene Gemeinschaft, niemand neidete dem anderen, es gab keinen gesellschaftlichen Unterschied, denn sie bezeichneten sich generell als *upperclass people.*
Die Mehrheit der männlichen Bevölkerung arbeitete in den benachbarten größeren Städten, in riesigen Industriebetrieben oder Bürokomplexen. Täglich fuhr am frühen Morgen auf die Minute genau, eine lange Karawane Chevrolets entlang der menschenleeren Avenue zum großen Abstellplatz, neben dem Bahnhof.
Geschäftig entstiegen die Herren, in schlichten dunklen Anzügen bekleidet, die Aktentasche fest im Griff, ihrem Automobil. Sie zogen grüßend den Hut vor dem nächst Ankommenden und gingen, das Schritttempo der anderen angepasst, in dieselbe Zielrichtung. Am Perron stand der *Shuttletrain*, der seine Passagiere von Station zu Station führte.

In den Abendstunden wiederholte sich der Vorgang in umgekehrter Weise.

Die Herren, paarweise, oder in kleinen Grüppchen geordnet, schlenderten plaudernd vom Bahnhof auf ihre wartenden, in der leichten Dämmerung um ein vielfaches noch mehr glänzenden Fahrzeuge zu. Wie auf Kommando erfolgte die Handbewegung zum Hut. Leicht nickend und freundlich lächelnd verabschiedete man sich und fuhr im langsamen Tempo los.
See you tomorrow, same time same station.

Zum absoluten Statussymbol einer Familie gehört das Zweitauto.
Ein Kabriolett zu besitzen, galt für jede Frau als Attribut für *upperclass,* selbst wenn die tägliche Fahrt nur um die Ecke zum Kaufhaus, zum Frisör oder zum Nachmittagsplausch bei der Freundin diente.
Es gab verschiedenste Damenkränzchen und Clubnachmittage, die eifrig gepflegt wurden.
Im Verschönerungsverein diskutierte man gerne über neue Blumenanlagen, die das Städtchen noch attraktiver machen könnten. Auch der neue Tennisclub hatte sich nicht zu beklagen. Die Anzahl der Mitglieder, die hauptsächlich aus Damen bestand, fand beachtlichen Zugang.
Eileen war verständlicherweise bei vielen dieser Veranstaltungen beteiligt.
Als Vorstandsmitglied einer Chorvereinigung war sie eine angesehene Person. Sie organisierte verschiedenste Liederabende, die kontinuierlich da und dort zur Aufführung gelangten.
Nachdem sie von den Freundinnen immer wieder bedrängt wurde, endlich die Frau vorzustellen, die Norman mitbrachte, blieb keine andere Wahl, als ihre Schwiegertochter überall einzuführen.

„Rose, ich denke der kommende Dienstag ist geeignet, dass ich dich in den Ladys Club zu einem Kaffeekränzchen mitnehme."
„Das finde ich großartig, Mum. Wie wird sich dieser Nachmittag gestalten?"

„Kaffee trinken, Kuchen essen, Klatsch und Tratsch. Ein gesellschaftlicher Nachmittag mit ungefähr vierzig Damen. In den Clubräumen befindet sich eine kleine Küche zum Kaffee zubereiten. Eine der Anwesenden kümmert sich darum. Beim letzten Treffen wurde vereinbart, dass Mrs. Smith und ich für das Mitbringen der Backwaren verantwortlich sind."

Rosemarie grübelte ein wenig nach, bevor sie vorschlug:

„Würde es dir etwas ausmachen, wenn ich dir die Arbeit abnehme und die Torten backe?

Sozusagen als Einstand?"

„Das kannst du?" Ellen schaute dabei höchst ungläubig drein.

„Ja natürlich", ereiferte sich die junge Frau.

„Mein Vater besaß in Wien bis Kriegsbeginn eine renommierte Bäckerei. Seine Torten galten als wahre Spezialitäten, für verschiedenste Anlässe, ob Hochzeit, Taufe, Geburtstag oder sonstige Einladungen. Er hatte oft so viele Bestellungen, dass er kaum mit dem Ausliefern nachkam. Da musste ich ihm so manches Mal helfen. Unter seiner Anleitung erlernte ich schon recht bald die kleinen Geheimnisse des Backens.

Ich habe auch schon eine Idee. Wie wär's mit der Kreation *Wiener Schokoladetorte*, frei nach dem Originalrezept des Hauses Sacher?"

„Was ist das Haus Sacher?"

„Das ist eine längere, aber interessante Geschichte. Willst du sie hören?"

Und dann erzählte Rosemarie über die Entstehung des Hotels, mit eingeschlossen dem geheimnisvollen Rezept der Sacher Torte und die skurrilen Eigenschaften der Dame des Hauses, Frau Anna Sacher.

Obwohl Eileen noch ein wenig misstrauisch über die Backkünste ihrer Schwiegertochter urteilte, stimmte sie schlussendlich dem Vorschlag zu.

„Wenn du mir sagst, was du brauchst, besorge ich die Zutaten", erbot sich Eileen. „Du weißt ja noch nicht, wo

sich das Lebensmittelgeschäft befindet und ich fahre mit dem Wagen schnell hin. Ich muss sowieso Besorgungen machen."
Rosemarie überreichte die Liste mit den Zutaten.
„Ich könnte mitkommen, wenn es dir Recht ist. Dann weiß ich fürs nächste Mal den Weg."
„Kannst du Auto fahren?"
„Nein, und ich habe auch noch keinen Führerschein."
„Dann soll sich Norman schnellstens darum kümmern, dass du deine *driver's license* erhältst. Hier ist es üblich, dass man alles mit dem Auto macht", fügte sie mit einem leicht herablassenden Unterton in der Stimme hinzu.
„Ich werde sofort mit meinem Sohn darüber sprechen."

Am nächsten Tag überließ Eileen der jungen Frau die Küche.
„Bin ich froh, dass ich Papas *Ratgeber* hierher mitgenommen habe", konstatierte Rosemarie.
Liebevoll betrachtete sie das dicke, handgeschriebene Buch, das so viele Grundrezepte und wertvolle Tipps enthielt.
Sie blätterte auf die Seite, worin stand *Das Geheimnis der Wiener Sachertorte*.

Nachdem sie alle Zutaten beisammen hatte begann sie in einem vorgewärmten Gefäß Butter und Zucker schaumig zu rühren, fügte nach und nach die anderen Zutaten bei. Sie rührte mit Hingabe so lange, bis sie sicher war, dass die Masse die richtige Koexistenz besaß, und füllte den Teig in die gefettete runde Kuchenform.
In den nächsten Stunden entstanden auf diese Art und Weise sechs Tortenböden, die sie, nach dem Erkalten, mit der berühmten Schokoladeglasur übergoss. Als ob ihr Vater ihre Hand führte, strich sie gekonnt die Glasur glatt.
„Voilà, ich hab's geschafft", frohlockte Rosemarie.
Stolz betrachtete sie die makellos hergestellten Backwerke. Und wie sie so auf die Torten blickte, erschien

plötzlich Vaters Gesicht, der ihr wohlwollend beipflichtete *das hast du gut gemacht, meine Tochter*.
Rosemarie schreckte vom Gedanken auf, als Norman in die Küche stürzte. Er küsste sie auf den Mund.
„Ich habe von Mum gehört, dass du die Küche in Beschlag genommen hast."
Er stieß einen anerkennenden Pfiff aus, als er die fertigen Torten entdeckte.
„Großartig, was du da fabriziert hast. Sind die alle für die Kaffeeladies gedacht?"
„Eigentlich wollte ich eine für unsere Familie belassen. Ich denke, Mum wird sie entbehren können", antwortete sie.
Und das konnte Mum.

Abends saß die Familie beisammen. Sie delektierten sich nach dem Essen an dem köstlichen Dessert und waren voll des Lobes über Rosemaries Talent.
Über das Lob war sie sehr glücklich, vor allem weil sie merkte, dass damit der erste Schritt getan war, das Vertrauen ihrer Schwiegermutter zu gewinnen.

Der nächste Schritt erfolgte peu à peu.

„Du hast viel dazu beigetragen, dass es ein gelungener Nachmittag wurde."
Gut gelaunt und zufrieden sprach Eileen diesen Satz auf der Heimfahrt des Kaffeekränzchens aus. Ihre geheime Sorge, es könnte einiges schief laufen, erfüllte sich nicht.
Die Damen begrüßten freundlich den schon heiß erwarteten Neuzugang. Es war offensichtlich, dass sie Rose beobachteten, wie sie gekleidet war, wie sie sich bewegte und wie sie sprach. Dass sie sich mit einem durchaus verständlichen Englisch unterhielt, brachte ihr von den anwesenden Ladies ein *plus*. Für ein kleines Aufsehen sorgte das sorgfältig ausgewählte Frühlingskostüm, welches, trotz des jugendlichen Schnittes, ein elegantes

Attribut bot. Eine derartige Kreation hatte man bislang in den lokalen Modezeitschriften noch nicht gesehen und so manche Dame dachte im Geheimen darüber nach, sich vielleicht ein ähnliches Stück anfertigen zu lassen.

„Rose, du konntest dich gut in Szene setzen, hast den richtigen Moment gewählt, dich in der Runde vorzustellen und bist dann geschickt übergegangen, deine Torten mit einer amüsanten Erzählung, darzubieten. Es war ein langer Monolog, den du geführt hattest. Ich sah, dass die Damen höchst interessiert und *amused* deine Rede verfolgten."

„Ich habe mich ein wenig vorbereitet, indem ich meine Ansprache zu Hause aufschrieb.

Norman überprüfte gewisse amerikanische Ausdrücke, damit ich keine Fehler mache. Es war mir wichtig, dass ich als deine Schwiegertochter einen guten Eindruck hinterlasse."

„Das hast du", erwiderte Eileen schnell.

Rosemarie war glücklich über diesen Satz. Auch wenn es kurz und oberflächlich klang. Aber sie wusste, dass Eileen, mehr damit ausdrücken wollte, als sie tatsächlich aussprach.

„Rose, komm in mein Bett, ich fühle mich so einsam", scherzte Norman am späteren Abend.

Sie kuschelte sich zu ihm, neckten sich gegenseitig, bis sie merkten, dass ein erregtes Prickeln beide blitzartig überkam. Seit der Ankunft im Hause Edmont, war es das erste Mal, dass sie wieder richtige Lust an Sex verspürte. Deshalb nahm sie inbrünstig Normans Liebkosungen entgegen und erwiderte die Zärtlichkeiten intensiv und voll Leidenschaft.

Ein paar Tage später

Das Abendessen war vorbei, der Tisch abgeräumt und die Familie erwartete mit Spannung, was Norman zu berichten hatte.
„Mum, Dad, Rose", begann er erwartungsvoll.
„Ich habe meine Gedanken bezüglich meiner vorläufig beruflichen Zukunft geordnet. Ich bin zu dem Entschluss gekommen, bis auf weiteres bei der Army zu bleiben. Je mehr Flugerfahrung ich habe, desto größer sind die Chancen für einen späteren Umstieg zu einer privaten Fluglinie.
Im Augenblick bietet sich noch keine Möglichkeit, als Pilot bei der *Trans World Airlines* anzufangen. Ich habe mich beworben, bekam einen abschlägigen Bescheid, jedoch mit dem Hinweis, ich würde auf die Warteliste gesetzt werden.
Nun komme ich noch zu einem anderen Punkt.
Da mein Urlaub bald zu Ende ist, möchte ich unbedingt die Zeit nützen, um mit Rose eine kleine Reise zu unternehmen. Das habe ich versprochen, und das halte ich.
Mum, ich denke du bist einverstanden, dass du mir das Auto borgst?"
Er wusste, dass sie nicht nein sagen konnte, da es im Grunde genommen seines war, dass er ihr, während seines Auslandsaufenthalts zur Verfügung stellte.
Ohne ihre Antwort abwartend, fuhr er fort:
„Wir fahren einfach los. Der Weg ist das Ziel. Anschließend muss ich mich in meinem Camp melden."
Damit beendete Norman sein kurzes Statement.
Vater George dokumentierte – wie konnte es anders sein – mit den Worten: „it is what it is."
Ellen sagte schüchtern:
„Wenn du glaubst, es ist die richtige Entscheidung, können wir dich kaum eines Besseren belehren. Obwohl, ich war der festen Meinung, du würdest hier ansässig werden, vielleicht auch Vaters Geschäft übernehmen, oder..."

Weiter kam sie nicht, denn Normann entgegnete heftig:
„Nein, das kann nicht. Ich habe nichts anderes gelernt, als Soldat zu sein. Ich bin ein leidenschaftlicher Flieger und kann mir nicht vorstellen, in einem Büro zu arbeiten, Lehrer zu werden oder hinter dem Verkaufspult stehen und verzweifelt Ausschau halten, ob endlich ein Kunde kommt.
Welche Meinung hast du, Rose?"
Diese Frage kam so abrupt, dass sie Norman ansah, als habe sie die Frage nicht richtig verstanden.
„Pardon", fragte sie.
„Ich möchte deine Meinung hören, jetzt sofort." Norman schien für einen Moment richtig aufgebracht.
Rosemarie erkannte die allgemeine angespannte Stimmung, deshalb lächelte sie ihm zu, bevor sie langsam zu sprechen begann, wohl bedacht darauf, die richtigen Worte zu wählen.
„Lieber Norman, selbstverständlich ist es deine Entscheidung, welchen Beruf du wählst. Und ich sehe keinen Nachteil, wenn du vorübergehend bei der Air-Force bleibst, bis ein interessantes Angebot auf dich zukommt.
Wir sprachen ja in Wien schon, dass du anstrebst, Pilot einer amerikanischen Air-Line zu werden. Dein Ziel ist, als Flugkapitän Karriere zu machen. Dass hierfür noch nicht die Zeit reif ist, ist eine Tatsache, mit der auch ich mich abfinden muss. Wie du dich erinnerst, sollte ich im selben Atemzug eine Ausbildung als Stewardess machen.
Nun stellt sich die Frage, was du mit mir vorhast. Werde ich dich begleiten können? Du wirst ja sicher eine Dienstwohnung bekommen?"
Norman antwortete etwas zögernd:
„Na, ja, so schnell geht alles nicht. Ich melde mich bei meiner früheren Kommandostelle und werde dem Luftwaffenstützpunkt zugewiesen, welcher der Nächste von meinem Heimatort ist. Ich denke, für den Anfang ist

es für dich angenehmer, du bleibst hier in Maybell. An dienstfreien Tagen komme ich nach Hause. Alles Weitere wird sich wohl von selbst ergeben."
„Mm", entkam es Rosemarie und dieses *Mm* klang nicht gerade glücklich.
Sie hatte sich das Leben mit Norman ein bisschen anders vorgestellt.
„Rose, über die nächsten Schritte wollen wir uns jetzt nicht den Kopf zerbrechen.
Hier im Haus bist du bestens aufgehoben und meine Eltern werden froh sein, dass du als Familienmitglied vorhanden bist. Und jetzt holen wir einfach mal unsere Hochzeitsreise nach. In zwei Tagen geht es los", erklärte er zur Überraschung für alle.

Von ihrem Urlaub zurückgekehrt, begann für Norman der Alltag. Schon einen Tag später verabschiedete er sich von seiner Familie, um seinen Dienst bei der Air-Force anzutreten.

„Wir hatten eine wunderschöne Reise", begann Rosemarie, nach dem Dinner, ihre Unterhaltung mit den Schwiegereltern.
„Wir fuhren entlang der kanadischen Grenze nach Buffalo zu den atemberaubenden Natursehenswürdigkeiten den Niagara-Falls. Während einer Führung wurden wir in Kenntnis gesetzt, dass die Wasserfälle, Überreste einer Eiszeit sind, als vor etwa 50.000 Jahren riesige Gletscher den amerikanischen Kontinent bedeckten.
Durch die fortschreitende Erwärmung schmolzen die Eismassen und ein großes Binnenmeer blieb zurück. Seine Überreste sind die fünf Großen Seen zwischen den USA und Kanada, von denen der Erie-See und der Ontario-See durch den Niagara River miteinander verbunden sind.

In seinem Verlauf zwischen Erie- und Ontario See muss der Niagara River einen Höhenunterschied von 109 m überwinden. Auf halben Weg liegt eine Felsbarriere, über die der Fluss in die Tiefe stürzt – das sind die Niagara Falls, die *donnernden Wasser.*
Es sind zwei Wasserfälle. Der amerikanische ist 328 m breit und stürzt in 2 Stufen 55 m tief, sein südlicher Teil wird Bridal Veil Fall genannt. Der kanadische Horseshoe-Fall, der den Namen seiner Form verdankt, ist 640 m breit und stürzt 54 m tief.
Ein absolutes Erlebnis war die anschließende Fahrt mit dem Schiff *Maid of the Mist*. Wir zogen wasserfeste Ölmäntel und Hüte an und der Kapitän steuerte das Schiff sehr nahe an die Gefälle ran. Inmitten einer hoch aufschäumenden Gischt blieb das Schiff stehen und wir erlebten diese tosenden herabstürzenden Wassermassen.

Nach dieser beeindruckenden Fahrt ging es über Philadelphia nach New York City.
Damit erfüllte mir Norman meinen größten Wunsch, denn ich wollte unbedingt nach New York.
Wir waren so begeistert von den riesigen Wolkenkratzern, den eleganten Geschäften und den vielen Theaters, dass wir den ganzen Tag, zwischen rastlosen Menschenmassen, im Sog der Metropole, durch die Straßen liefen und immer wieder was Neues entdeckten.
Einen ganzen Tag verbrachten wir damit, durch den Central Park zu wandern. Zwischen unseren Spaziergängen rasteten wir, picknickten an einen der riesigen Grünflächen und machten eine kleine Bootsfahrt auf dem See.
An einem Abend überraschte mich Norman mit Tickets für eine Theateraufführung am Broadway. Der Broadway gilt als eine der berühmtesten Straßen der Welt. Er misst eine Länge von 20km. Ich war fassungslos vor Staunen, als wir am Times Square ankamen und nach Einbruch der Dunkelheit, die riesigen hell erleuchteten Werbereklamen vorfanden.

Ein weiteres Highlight war für mich ein Besuch in einem Chinese-Quarter, wo wir mit Stäbchen, ein richtiges chinesisches Essen verzehrten. Das war alles sehr fremdländisch für mich. Ich habe ja noch nie einen Chinesen zu Gesicht bekommen und könnt ihr euch vorstellen, wie aufgeregt ich der ganzen Situation entgegen sah."
„Habt ihr auch die Statue of Liberty und Ellis Island besucht", fragte George. „Vor vielen Jahren bin ich dort als junger Mann angekommen."
„Natürlich, Norman erzählte mir in Wien schon von den Immigranten, die langwierigen und schwierigen Prüfungen und Untersuchungen unterworfen wurden, bevor sie in das Land der unbegrenzten Möglichkeiten einreisen durften, oder in ihre Heimat zurückgeschickt wurden. Die Insel nannten sie Isle of Tears.
Die Tage in New York waren sehr heiß. Deshalb unternahmen wir einen Ausflug mit dem *Subway* nach Coney Island.
Norman erzählte mir, dass ab Ende des 19. Jahrhunderts dieses Coney Island von wohlhabenden amerikanischen Bürgern gerne als Sommerfrische frequentiert wurde. Bereits im Jahre 1846 fuhr ein Raddampfer regelmäßig von Manhattan zu dieser Insel.
Wir spazierten entlang dem Strand und ich stellte zum ersten Mal in meinem Leben meine Beine in den Atlantik. Schon allein den riesigen Ozean vor mir zu erblicken und zu wissen, dass ich mich auf der anderen Seite der Welt befinde, flammte eine gewaltige Gefühlsbewegung in mir hoch, die ich gar nicht beschreiben kann."
Nach dem ausgiebigen Reisebericht wechselte Rosemarie das Thema. Sie fand, es war notwendig darüber zu diskutieren, was sie hier in *Maybell* tun könnte, um die Zeit, die ihr zur Verfügung stand, sinnvoll auszunützen. Ohne viel Übergang fuhr sie fort:
„Nun sind diese Urlaubstage vorbei, Norman ist fort und ihr werdet verstehen, dass ich mich irgendwie nützlich machen möchte. Fürs Erste bemühe ich mich, rasch die

driving licence zu erhalten, und ich benötige ein paar Fahrstunden, um die Prüfung ablegen zu können.
Sollte es euch Recht sein, würde ich ganz gern tagsüber einige Stunden in *Dads* Geschäft arbeiten. Es wäre für mich eine gute Einführung und ich lerne dadurch *step by step* weitere Bewohner der Stadt kennen.
Später, wenn ich mit allem vertraut bin, könnte sich Dad ruhig mal ein paar freie Stunden leisten und mir das Geschäft überlassen. Vorausgesetzt, er hat Vertrauen zu mir. Würdet ihr damit einverstanden sein, oder habt ihr eine andere Idee für mich?“

Tags darauf fuhr George gemeinsam mit Rosemarie zu seinem Laden. Er machte mit ihr einen kleinen Rundgang durch das doch schon etwas veraltete Geschäft, wo sich ein bunter Warenmix in Schrankregalen, Fächern und am Verkaufspult stapelte.
„1920, in der Zeit der Prohibition, die die Herstellung und den Verkauf und Vertrieb sowie den Im- und Export von Alkohol verbot, besaß ich in Maybell bereits das Kaufhaus.
Damals war die Stellung der USA als führende Industriemacht der Erde unangefochten. Die folgenden Goldenen Zwanziger Jahre führten zu einem weiteren wirtschaftlichen Aufschwung und von dieser Zeit an, begann auch die Stadt Maybell zu erblühen. Menschen siedelten sich an und ich hatte das Gespür ihnen das zu bieten, was sie brauchten.
Ich verkaufte einfach alles. Stoffe, Küchenutensilien, Glaswaren, alle Arten von Lebensmittel und verschiedenste Waschprodukte. Ich machte in diesen Jahren ein kleines Vermögen und legte einen Teil davon in Aktien an. Aber Ende der zwanziger Jahre war der Binnenmarkt durch Massenproduktion weitgehend gesättigt, der Kreditmarkt aufgebläht, die Aktienkurse gingen zurück.
Am 24. Oktober 1929 brach dann das wirtschaftliche Kartenhaus zusammen. Am Schwarzen Freitag ging der

Absturz der Aktien an der New Yorker Börse in die Geschichte ein. Leider verlor auch ich einen Großteil meines Geldes. Es war eine böse Zeit und es dauerte viele Jahre, bis eine allgemeine Verbesserung eintrat.

Gleich nach dem Zweiten Weltkrieg entstieg Maybell wie *Phönix aus der Asche.* In rasanter Eile passten sich auch die Mitbürger einem wiederum veränderten Stil an.
Einige neue moderne Geschäfte mit Nahrungs- und Genussmittel tauchten auf, die mich veranlassten, den Lebensmittelsektor völlig aufzulassen. Auch chemische Wasch- und Putzmittel, Seifen und kosmetische Produkte, verkaufe ich jetzt nicht mehr. An der nächsten Ecke wurde vor kurzem ein *drugstore* eröffnet.
Meine Palette ist schon ziemlich zusammengeschrumpft und ich frage mich, wie lange es dauern wird, dass der letzte Kunde mein Geschäft betritt."
Bedrückt, mit gesenktem Kopf, ging George auf und ab, ordnete geistesabwesend das eine oder andere Stück von einem Eck zum anderen und schien nicht wirklich auf eine Antwort zu warten.
Rosemarie war erschüttert über die letzten Sätze ihres Schwiegervaters.

„Dad, wir müssen eine Marktlücke finden, etwas, was Maybell noch nicht hat", entkam es ihr plötzlich. „Lass mir ein wenig Zeit, bis ich mich hier eingewöhnt habe, dann werden wir gemeinsam beraten, was wir tun können."

Es dauerte nicht allzu lange, da wusste Rosemarie, was Maybell benötigte.
Sie hatte ein großartiges Konzept vorbereitet, das sie der Familie vorstellte.

„Was Maybell braucht, ist ein Geschäft, das wir NEW LOOK benennen, denn was wir präsentieren wollen, sind Neuigkeiten.

Die *Frau von heute* muss nicht mehr ihre Bedürfnisse aus Einkaufskatalogen ordern, oder in benachbarte Städte zum Einkaufen fahren. Wir erfüllen ihnen ihre geheimen Wünsche. Wir bieten eine breite Produktpalette an. Grundgarderobe und Accessoires.

Evas Töchter sollen hier ein Wohnzimmer für ihr Wohlgefühl vorfinden, mit guter Beratung, eine gehobene Kollektion zu annehmbaren Preisen. Im Falle die eine oder andere Dame für einen besonderen Anlass etwas Extravagantes sucht, kann das Modell nach meinem Entwurf, von mir hergestellt werden. Einen Stoffmusterkatalog werden wir bereitstellen.

Ein großes Schaufenster über die ganze Geschäftsfläche aus Glas, mit angezogenen Kleiderpuppen, soll von der Straße aus Neugierde erwecken und Kunden anlocken.

Den Verkaufsraum gestalten wir lieblich, mit hübschen Details versehen. Ein Kanapee mit einem kleinen Tisch lädt ein, in Ruhe ein Modejournal zu studieren. Nebenbei können wir Dads Verkaufsschiene *Heimtextilien* laufen lassen. Später wäre zu überlegen, auch Geschenkartikeln mit anzubieten. Hier ist die Idee, modische Akzente zu setzen und hübsche Muster vorzustellen, die nett dekoriert, auffällig präsentiert werden, sodass sie im *Vorbeigehen*, gekauft werden.

Als meinen Beitrag zur Aussteuer, brachte ich etwas Geld von zu Hause mit, das ich für eine Investition gerne bereitstellen würde."

Niemand, nicht mal Norman, wusste bis jetzt davon, dass ein beachtlicher Geldbetrag, versteckt zwischen ihren Kleidungsstücken, in die USA mitreiste.

Es setzte sich aus Toni Müllers Abschiedsgeschenk zusammen und dem Gegenwert des Goldes, das sie seinerzeit aus Cernys Haus entwendete. Das Gold hatte sie zur

richtigen Zeit zu einem guten Kurs in Dollar gewechselt.
Emotionsgeladen, mit roten Flecken am Hals und Dekolletee, beendete sie ihre Darstellung und erwartete mit Spannung die Reaktion ihrer Schwiegereltern.
Beide waren im Moment sprachlos.
Am Ton der Stimme erkannte man die Skepsis von George, der fragte:
„Und du glaubst, dass es ein profitables Projekt wird?"
„Ich habe ein gutes Gefühl", antwortete sie schnell. „Ich habe mir alles gut überlegt. Und wenn man nichts riskiert, kann man auch nichts gewinnen."
„Und Norman wird einverstanden sein, dass du dich für dieses Geschäft so engagierst", warf Eileen zaghaft ein.
„Norman kennt meinen Sinn zum Kreativen und zur Eigenständigkeit", erklärte sie kurz.
„Er wird sicher begeistert sein, dass wir Dads Geschäft ein neues Image verpassen. Wir können nichts verlieren, nur gewinnen."
„Also, wenn du schon so entschlossen die Sache betrachtest, kann ich nur zustimmen. Bist du auch einverstanden, Eileen, dass wir den kleinen Lottogewinn, den ich unlängst machte, dazulegen?"
Zu Rosemarie gewandt, fuhr er fort: „Eigentlich wollten wir den Betrag für die alten Tage aufheben, aber ich denke, ihn zu investieren, ist die kaufmännisch richtigere Version. Je weniger Kredit wir uns von der Bank borgen, desto schneller machen wir Gewinn", resümierte George als erfahrener Kaufmann, schlussendlich.

In den kommenden Wochen blieb Edmonts Kaufhaus wegen Renovierung geschlossen.
George machte seine Inventur, schrieb verjährte, nicht umsetzbare Positionen als Verlustposten ab und stellte seinen Lagerbestand mit den wenigen, durchaus noch marktgerechten Waren, neu zusammen.
Er überwachte sorgfältig die Handwerker, die von früh

bis spät beschäftigt waren, und verfolgte voll Stolz, wie sein trister Laden mit jedem Tag ein nobleres Aussehen erlangte. Währenddessen bemühte sich Rosemarie, rasch um die Erlangung ihrer *driving license.*
In nächster Folge ließ George verschiedenste Vertreter großer Handelsfirmen mit Katalogen und Muster kommen. Rosemarie und Eileen suchten gemeinsam eine schwungvolle Grundgarderobe zusammen, worin sie sich einen profitablen Absatz erhofften. Die ersten Kaufverträge mit Liefer- und Zahlungskondition vermerkt, wechselten den Besitzer.

Zufrieden blickte Rosemarie auf das vollbrachte Werk.
Die Handwerker hatten gute Arbeit geleistet. Das Interieur, zur Verschönerung des Geschäftes, war fristgemäß eingetroffen. Spiegeln, in goldverschnörkelten Rahmen und hübsche Beleuchtungskörper sollten dazu dienen, Damen bei der Anprobe eines neuen Kleidungsstücks, ins rechte Licht zu setzen. Die Kollektionen kamen pünktlich an und füllten ein breit gefächertes Warenlager.

Eileen schrieb den ganzen Tag Kuverts für die hübsch gedruckten Einladungen. Damit fuhr sie zum Postamt und gab die Schriftstücke persönlich am Schalter auf, damit die Bewohner rechtzeitig über das große Eröffnungsevent informiert wurden.

„Wir sind ein tolles Team und haben gemeinsam großartiges geschaffen“, jubelte Rosemarie und küsste ihre Schwiegereltern herzhaft auf die Wangen.
„Wir danken dir für dein Engagement, deinen Ideenreichtum und deine gesunde Einstellung, Situationen richtig anzupacken. Du bist eine wahre Perfektionistin.“
Voll Anerkennung wurde sie von beiden Elternteilen umarmt und beglückwünscht.

„Jetzt müssen wir nur noch kleine Schinkenkipferl und Käsestangerl herstellen und uns Gedanken über die Cocktails machen, denn das Büffet kann nicht groß genug sein. Ich erwarte mir einen ziemlichen Ansturm. Schon alleine die Neugierde, welche Art von *news* wir präsentieren, wird die Leute zu uns führen", meinte Rosemarie und zusammen mit ihrer Schwiegermutter, fabrizierten sie den ganzen Tag Berge von Bäckereien.
Norman kam Freitag nach Hause. Er erschien gerade in dem Moment in der Küche, wo das letzte fertige Kipferl zum Aufbewahren in einen riesigen Karton verschwand. Die Geschäftseröffnung am nächsten Tag versprach eine große Herausforderung, deshalb begaben sich die beiden Jungen sehr bald in ihre eigenen vier Wände, um am Abend allein sein zu können.

Vier Wochen vorher war Rosemarie zu Normans Camp gereist, um ein Wochenende mit ihm zu verbringen. Erwartungsvoll besuchte sie damals seine Dienstwohnung. Dabei konnte sie ihre Enttäuschung über das winzige Heim und der spartanischen Einrichtung nur mit Mühe verbergen. Im innersten Herzen war sie froh, dass Norman ihr nicht den Vorschlag gemacht hatte, sie als seine Frau zu seinem Stützpunkt zu begleiten. Diese militärische Enklave würde sie auf die Dauer nicht aushalten, das wusste sie.

„Gibt es irgendwelche Neuigkeiten", fragte Rosemarie und streichelte ihren Mann liebevoll am Rücken entlang. Aufgrund der heißen Zimmertemperatur hatten sie sich ihrer Kleider entledigt und lagen völlig nackt auf ihrem Bett.
„Nun, fürs Erste bleibt alles beim Alten. In einem halben Jahr werde ich zu einem strategisch wichtigen Gebiet abkommandiert, voraussichtlich im kalifornischen Raum", erklärte Norman.
„Die Düsenjäger, M 162, die wir von Deutschland als Kriegsbeute übernommen haben, werden zukünftig bei

uns weiter entwickelt und in die Luftwaffe integriert. Aus neuesten Erkenntnissen hervorgehend, geraten die alten motorbetriebenen Jagdflugzeuge ins out."
„Interessant", antwortete sie und assoziierte im Stillen sofort Kalifornien mit Hollywoods Glitzerwelt.
„Nimmst du mich dann mit?"

„Glaubst du, zwischen Flughäfen, Wüsten, Camps und Jagdflieger, deine Glückseligkeit zu finden? Bist du hier nicht glücklich? Du hast mir doch erst vor kurzem unmissverständlich erklärt, wie dankbar du bist, hier zu leben und in deinem eigenen Wirkungskreis agieren zu können. Meine Eltern sprechen ja in höchsten Tönen über dich, deiner Tatkraft und Ideen." Normans Stimme klang richtig bissig.

Rosemarie veränderte die liegende Position, setzte sich auf, sah Norman mit ernstem Gesicht an und fragte:
„Du bist aber nicht eifersüchtig, dass ich ein gutes Verhältnis zu deinen Eltern aufgebaut habe und hier, mit dem Einverständnis deines Vaters, einen Tätigkeitsbereich fand, der sicherlich auch finanzielle Vorteile bringen wird."
„Warum sollte ich eifersüchtig sein. Habe ich einen Grund dazu", erwiderte Norman provokant.
„Natürlich hast du keinen Grund. Du hattest nie einen Grund. Auch in Wien nicht und trotzdem warst du eifersüchtig. Du solltest stolz sein, dass ich Geld mitverdiene, was später zu unser beider Nutzen sein wird. Oder willst du ewig unter Mums Obhut hier leben? Haben wir nicht Vorstellungen von einem eigenen Heim, irgendwo, ein schönes Haus mit Garten zu besitzen, wo unsere Kinder herumtollen?"
Rosemarie antwortete etwas lauter und schärfer. Ihre Nerven waren doch etwas überfordert und die sich im Anzug befindliche monatliche Periode, schwenkte ihre Stimmung in einen weiter steigenden gereizten Zustand.

Anstelle ein paar aufmunternder Worte eines liebenden Ehemanns tat Norman genau das, was sie noch mehr kränkte und Tränen in die Augen trieb. Er drehte sich mit dem Rücken zu ihr, nahm sich ein Buch und tat so, als ob ihm das Ganze nichts mehr anging.
Rosemarie war richtig aufgebracht. Er benahm sich wie ein Schulbub.
„Im Übrigen, mein Lieber, unlängst traf ich Betty."
„Betty?"
„Ja Betty, deine alte und vielleicht noch immer bestehende Liebe.
Sie forderte mich mit zuckersüßer Stimme auf, mit ihr Kaffee zu trinken. Sie wollte die *Frau* näher kennen lernen, die ihr Norman wegnimmt, gab sie mir deutlich zu verstehen."
Rosemaries Ton wurde richtig schrill.
„Ich habe Betty schon eine Ewigkeit nicht gesehen."
„Das ist eine Lüge. Du hast sie, nachdem wir in Maybell ankamen, getroffen und den ganzen Nachmittag mit ihr verbracht. Sie erzählte mir, ihr beide wart am Fluss schwimmen. Anschließend seid ihr unter einer riesigen Weide gesessen, es gab Picknick und ihr habt euch stundenlang wunderbar unterhalten. Am nächsten Tag besuchtest du sie in ihrem Haus und brachtest ihr ein altes Buch zurück."
„Das hat dir Betty erzählt?"
„Genau das und noch mehr. Sie hat mir sogar zu verstehen gegeben, dass du sie niemals wirst vergessen können. Sie war deine einzige und wahre Liebe. Ich möchte nicht wissen, was sich an diesem Nachmittag abgespielt hat."
„Blödsinn", erwiderte Norman. „Du wirst doch erhaben genug sein, über so eine Jugendschwärmerei hinwegsehen zu können."

Norman drehte sich um. Aber zu spät. Rosemarie hatte sich bereits mit dem Rücken zu ihm hingelegt, die Decke über ihren Körper gestülpt und war für den Rest des Abends nicht mehr ansprechbar.

Die Monate vergingen wie Wochen und die Wochen wie Tage.

Die Bewohnerinnen von Maybell beurteilten einstimmig NEW LOOK als wirkliche Bereicherung.
Seit der aufseherregenden Neueröffnung wurde das Geschäft geradezu bestürmt und stand, im Wettstreit zwischen dem Interesse an der Teilnahme von Klubnachmittagen oder Kaffeekränzchen, verständlicherweise auf der Gewinnseite.
Als neu entdeckten Zeitvertreib avanciert, führten sie nur allzu gerne ein interessantes Gespräch mit Rosemarie und sie waren kompromissbereit, wenn sie ihnen modebewusste Ratschläge erteilte. Zu gerne probierten sie dies und jenes, um schlussendlich, alles zusammen zu erstehen und später, lächelnd, mit zufriedenem Gesichtsausdruck, beschwingt aus dem Geschäft spazierten.

Im März 1949 erreichte Rosemarie ein Schreiben von Norman, das den Beginn eines neuen Status einleitete.

Rose, my sweetheart,
Ich weiß, ich habe dich in den letzten Wochen vernachlässigt. Dein letzter Brief klang etwas vorwurfsvoll. Ich verstehe dich. Auch für mich ist es nicht immer einfach zu wissen, wie weit wir einander entfernt sind und die Nächte, die ich einsam in meinem Bett verbringe, bringen mich ebenso auf skurrilste Gedanken.

Ich habe nicht vergessen, dass wir inzwischen 1 ½ Jahre verheiratet und du beinahe ein Jahr hier in Amerika lebst. Deshalb komme ich auch gleich zum Punkt der Sache und teile dir meine Überraschung mit.

Ich wurde zum Oberleutnant befördert und ins „Edwards Air Force Base“ abkommandiert. Dieses Gebiet liegt zirka 100 km nördlich von Los Angeles.
Bevor ich den neuen Stützpunkt beziehe, nehme ich Urlaub, um mit dir zwei schöne Wochen in Kalifornien zu verbringen.
Ist das nicht eine große Neuigkeit für dich? Endlich werden wir wieder Gelegenheit haben, füreinander da zu sein und tun, was uns gefällt, ohne die Familie im Schlepptau zu haben. Wir können tagelang im Bett verbringen, feiern, wie es uns beliebt, oder Ausflüge unternehmen, ohne dass Mum ihr Machtwort fällt und bemerkt, zum Lunch müsst ihr aber wieder zurück sein.

Die Zeit wird mir zu knapp, nach Maybell zu kommen, um dich abzuholen, daher bitte ich dich, allein nach Los Angeles zu fliegen.
Da ich meine genaue Ankunftszeit nicht vorhersagen kann, treffen wir uns im „Hotel Regent Beverly Wilshire“. Das Zimmer ist für uns vorbestellt. Du lässt dich einfach vom Flughafen, mit einem Taxidriver hinbringen. Jedermann kennt dieses berühmte Haus. Es finden immer wieder Partys von Filmgesellschaften, aber auch Kongresse, statt.
Beiliegend findest du eine Liste mit allen Abflug- und Ankunftsdaten sowie die ausgestellten Tickets.
Ich hoffe, dich mit dieser Information nicht in Panik gestürzt zu haben, aber du hast ja noch Zeit, um zu Hause alles zu regeln. Und ich bin sicher, meine Familie wird, wenn auch schweren Herzens, dich gerne einmal entbehren.
Wie du mir mitgeteilt hast, hat sich Mum rasch in ihren neuen Wirkungskreis eingelebt und unterstützt dich im Geschäft. Das finde ich toll, welche Wandlung, durch deinen Einfluss, in ihr vorging. Vom stillen Mäuschen, das nur Kaffeekränzchen und Gesangvereine koordinierte, zur modebewussten Verkaufslady.

Dass sich Dad damit so schnell abfinden konnte, nicht mehr so viel im Geschäft gebraucht zu werden, hätte ich mir nicht vorstellen können. Welch ein Glück, das man ihn bei der letzten Ratsitzung zum Vizebürgermeister wählte. Pflichtbewusst, wie er ist, wird er seine Amtsstunden im Rathaus nicht als Arbeit, sondern eher als Ehre ansehen.
Gar nicht überrascht war ich über deine Botschaft, dass meine Eltern, am Saint Julian See ein Grundstück kauften.
Dad wollte immer schon an diesem romantischen Ort ein Stück Land erwerben. Ich war als Kind öfters mit ihm beim Fischen und da sagte er mir immer wieder, Norman, irgendwann, wird dieser Platz hier uns gehören.
Nun ist sein Traum doch in Erfüllung gegangen. Ich freue mich, dass er bereits ein Wohnmobil aufstellen ließ und es gar nicht erwarten kann, ein Wochenende in Gesellschaft lustiger Nachbarn, beim Boot fahren und Fischen, verbringen zu können. Wie ich Mum kenne, wird sie ihn nicht zu oft begleiten. Die derben Späße der Camper rings um, die sich abends in fröhlicher Runde bei Bier am Lagerfeuer treffen, sind nicht gerade ihre Gesellschaft.

Ich bin sehr froh, dass dich Betty mit albernem Gerede nunmehr in Ruhe lässt und ihr beide Frieden geschlossen habt.
Du musst wissen, ich war noch sehr jung und dumm, als ich mich von ihr verführen ließ. Damals war ich mächtig stolz darauf, mit einem älteren Girl zu gehen, noch dazu mit einem solchen Aussehen und der Figur.
Leider entwickelte sich unsere Freundschaft für mich zu einer gefährlichen Liebschaft. Sie wurde immer mehr zur Klette, machte mir eine Szene oder intrigierte, sobald ich mich mit einer Tanzpartnerin etwas

näher unterhielt. Es war ihr Sexappeal, der uns nach jeder Zwistigkeit wiederum zusammen führte. Dementsprechend war ich froh, als ich von meinem Einsatz in Österreich hörte. Ich sagte ihr klipp und klar, dass es endlich aus wäre zwischen uns beiden und sie sollte keine weiteren Gedanken mehr an mich verlieren.
Dass sie mich voriges Jahr, gleich nach unserer Ankunft, aufspürte, um mit mir ein Picknick zu veranstalten, war für mich nicht so erwähnenswert. Darum erzählte ich dir auch nichts davon.
Jetzt berichtest du mir, dass sie den Apotheker Mr. Hamilton an Land gezogen hat, und die beiden heiraten werden. Da bin ich richtig froh, dass die gute, alte Betty endlich einen Mann abbekommt. Und sie lässt sich tatsächlich das Hochzeitskleid von dir designen und nähen? Obwohl ihr beide so auf Kriegsfuß standet? Das finde ich großmütig von dir, dass du den Auftrag annimmst. Aber ich kenn dich ja, Geschäft ist Geschäft und hat nichts mit privaten Gefühlen zu tun. Außerdem erlangst du mit jedem Stück, das du selbst entwirfst, mehr Berühmtheit in Maybell.
Es wird nicht lange dauern, und du wirst einen Salon mit Näherinnen eröffnen.

Ich denke, das Wichtigste mitgeteilt zu haben. Selbstverständlich melde ich mich aber vor deinem Abflug nach L.A. nochmals bei dir.
Inzwischen umarme und küsse ich dich.

Dein Norman

Die Maschine umkreiste die riesige Stadt, bevor sie zur Landung ansetzte.

Rosemarie war froh, wieder Boden unter den Füßen zu spüren. Der lange Flug mit einigen Turbulenzen hatte ihr zu schaffen gemacht.

Mit dem Gepäck in der Hand winkte sie nach einem Taxidriver und ließ sich zum Hotel führen.
An der Rezeption nahm sie ihren Schlüssel in Empfang und eine kleine Mitteilung von Norman, worin er sein Kommen erst für den nächsten Vormittag ankündigte.
Für einen Moment war sie enttäuscht. Unentschlossen stand sie da und schaute durch die Halle des Regent Beverly Wilshire.
In großen schweren Ledersitzgarnituren saßen Herren Zeitung lesend und Zigarren rauchend. Ein Fotograf voll adjustiert, schritt suchend durch den Raum, Reisende mit Koffer oder Handgepäck kamen und gingen durch die schwere Glasschwingtür des Hotels.
Rosemarie überließ dem Pagen ihren Koffer und setzte langsam ihren Weg in Richtung Fahrstuhl.
Der Lift öffnete und ein junger Mann war im Begriffe, aus dem Aufzug zu treten. Unwillkürlich blickte Rosemarie auf ihn.
Das war doch ... nein, das konnte nicht sein...
„Patrick“, sprach sie ihn fragend, ungläubig an.
Der Angesprochene starrte auf Rosemarie, mit einem Blick, nicht recht wissend, wo er die junge Frau einordnen sollte. Dann plötzlich fragte er verblüfft:
„Das gibt es nicht, du bist doch ... Marie, meine große Jugendliebe, die mir mit ihren blonden Zöpfen und strahlend blauen Augen gehörig den Kopf verdrehte.“
Da standen sie beide, hielten sich an der Hand, ihre Augen verschlangen sich ineinander und fragten gleichzeitig: „Was machst du hier?“
Worauf Patrick antwortete: „Hier fand ein internationaler medizinischer Kongress statt.“
Rosemarie verlautete im selben Atemzug: „Ich mache Urlaub hier und bin soeben angekommen.“
Stürmisch umarmten sich die Freunde, die sich vor zehn Jahren in Wien unter tragischen Umständen, von einem Tag zum anderen, trennen mussten.
Rosemarie war plötzlich froh, dass Norman erst morgen eintreffen würde.

Welch ein sonderbarer Zufall, dass sie gerade in diesem Hotel und gerade in dieser Stunde Patrick wieder sah.
Ob es eine Fügung des Schicksals ist, fragte sie sich, während sie ihre Garderobe aus dem Koffer in den Kasten des Hotelzimmers ordnete.
Im Augenblick war sie zu verwirrt, um herauszufinden, welche Gefühle das Wiedersehen mit Patrick bei ihr weckte.

Er hatte sich im Aussehen nicht allzu verändert, außer, dass er für seine 29 Jahre ausgesprochen männlich wirkte. Seine schwarzen Haare verzeichneten schon ein paar hauchzarte Silbersträhnen, wie sie im ersten Moment erkannte. Er strahlte ein ruhiges, sachliches und trotzdem äußerst apartes Charisma aus und sie war neugierig, wie der Abend verlaufen würde. Ob die alte Vertrautheit wiederkehrte?

Rasch ging sie unter die Dusche und öffnete den Kleiderschrank.
Das nutriafarbene Samtkleid würde die richtige Auswahl sein, um anschließend mit Patrick einen Cocktail in der Hotelbar zu trinken. Es war ein Stück aus ihrer eigenen Kreation, das sie kürzlich für NEW LOOK nähte. Es wirkte sehr hübsch mit dem runden Halsausschnitt, der angeschnittenen Schulterpartie und der engen Korsage, dass ab der Taille, weit, in ungebügelten Falten, raffte.
Die braunen Riemchen Schuhe, die sandfarbenen Handschuhe aus Atlasseide, die zarte Perlenkette und der nutriafarbene Samtbeutel, ergaben die richtigen Accessoires.
Der Blick in den Spiegel zeigte, dass sie mit ihrem Aussehen zufrieden sein konnte. Sie träufelte einige Tropfen Parfum an die Schläfen und verließ rasch das Hotelzimmer.

Sie wollte Patrick nicht zu lange warten lassen. Jede Minute, die sie mit ihm verbringen konnte, war kostbar.

„Du siehst fantastisch aus. Ich bin richtig stolz, mit dir hier sitzen zu können."
Patrick schaute sie bewundernd an. Er konnte es noch gar nicht fassen, Rosemarie neben sich zu wissen.
Er fragte gar nicht, *ob* und *wie lange* sie Zeit habe, sondern fuhr fort:
„Ich sage sämtliche Verabredungen für abends ab. Du musst unbedingt mit mir dinieren. Danach könnten wir einen harmonischen Abend beim Tanzen verbringen."
Sein beherrschtes Gesicht bekam für kurze Zeit einen Anflug von Romantik.
Rosemarie lächelte, gab aber sogleich eine erklärende Antwort:
„Mein Mann kommt Morgen angereist. Somit sind wir tatsächlich in der glücklichen Lage, die nächsten Stunden zusammen zu sein. Er ist noch bei der *Air Force* im Dienst. Wir machen die nächsten zwei Wochen Urlaub in Kalifornien.
Und wie lange bleibst du hier?"
„Ich fliege morgen nach New York zurück. Es gab heute den letzten Vortrag.
New York ist mein neues Domizil geworden, nachdem ich Brasilien verließ."
Und er fing dort zu erzählen an, wo er in seinem Brief an Rosemarie im Herbst 1947 geendet hatte.
Auf die Frage, ob er schon verheiratet sei, antwortete Patrick rasch:
„Ich bin nicht verheiratet. Rebecca und ich haben eine wunderbare Partnerschaft. Wir arbeiten auch gemeinsam im Lincolm Hospital, leben aber in getrennten Appartements.
Wenn uns nach Zweisamkeit ist, besucht der eine den anderen. So ist man ein stets gern gesehener Gast, der gehen kann, wenn er will.
Ehe ist für mich nichts. Ich muss frei sein.
Denise, meine letzte Freundin setzte mich ständig unter Strom. Bei ihr konnte ich mich nicht entfalten. Sie wollte, dass ich nur nach ihrer Pfeife tanze. Deshalb musste

ich ein Ende setzen. Aber das schrieb ich dir ja ausführlich“, bemerkte Patrick.
Rosemarie nickte.
„Und fühlst du dich nicht manchmal allein?“
„Nein, meine Arbeit im Hospital fordert mich den ganzen Tag. Und ich habe Rebecca, die für mich da ist, wenn sich eine Krise anbahnt. Und dramatische Situationen kommen in unserem Beruf leider oft genug vor.“
Das anschließende Dinner im eleganten Hotelrestaurant war beendet und das Paar beschloss, in die Bar zu wechseln, wo nunmehr dezente Musik spielte.
Patrick nahm Rosemarie in seine Arme und leicht aneinander geschmiegt, tanzten sie einen Tanz nach dem anderen.
Ein aufregendes Prickeln durchströmte Rosemarie, als Patrick einen zarten Kuss auf ihren Mund drückte.
„Würdest du zustimmen, dass wir noch etwas in meinem Zimmer trinken. Es sind mir hier zu viele Leute. Die Stimmung ist zu laut geworden“, flüsterte er heiser in ihr Ohr.
In Rosemaries Sinn tanzten Dutzend Teufelchen ihren Liebesreigen.
Während Patrick sie unter Liebkosungen entkleidete, versetzte sie sich in ihre Jugendjahre. Damals war sie noch zu jung für die sexuelle Liebe mit Patrick. Aber im Geheimen ließ sie ihrer hemmungslosen Einbildung freien Lauf und stürzte sich fantasievoll in die schönsten Liebesakte.
Das Schicksal hatte es gewollt, dass sie einander wieder fanden. Ohne Bedenken und nicht an das Morgen denkend, gab sie sich dem Rausch des Liebesabenteuers hin, so als müsste sie nachholen, was sie in ihrer Mädchenzeit versäumte.

Stunden nach Mitternacht, erwachte Rosemarie. Für einen Augenblick wusste sie nicht, wo sie sich befand. Durch das leise Atmen von Patrick wurde sie rasch in die Realität geholt.

Von einer plötzlichen Unruhe befallen, stand sie auf, kleidete sich an und schrieb auf einen Notizzettel die wenigen Worte:

Lieber Patrick, ich finde es vernünftiger, ohne Abschied von dir zu gehen. Ich fürchte, wir wissen beide nicht, welche Worte angebracht sind - lebe wohl oder auf Wiedersehen.

Als junges Mädchen träumte ich, durch dich zur Frau zu werden. Das war mir damals nicht vergönnt. Aber es muss Bestimmung gewesen sein, dass wir uns zehn Jahre später durch einen Zufall wiedersahen, und betrachten wir es als glückliche Fügung, dass es uns beiden gegönnt wurde, für ein paar Stunden den Himmel auf Erden zu erleben.

Marie

In den darauf folgenden Wochen befand sich Rosemarie in einem seelisch krankhaften Zustand, den sie nur mit äußerster Anstrengung, ihren Kundinnen gegenüber verbarg.
Glücklicherweise florierte das Geschäft, der Umsatz erhöhte sich mit jedem Monat und ihre Eigenkreationen fanden bei den Damen reges Interesse.
Trotzdem war sie nicht glücklich. Sie litt unter der Abwesenheit von Norman und gleichzeitig litt sie an einer nicht definierbaren Sehnsucht nach Patrick.
Immer wieder tauchte er in ihrer Erinnerung auf.
Es machte sie ganz verrückt. Einmal rief sie im *Lincolm Hospital* in New York an und verlangte ihn zu sprechen. Es dauerte lange, bis eine Verbindung zu ihm gelang und als er sich am Telefon meldete, legte sie auf.

Im Nachhinein ärgerte sie sich über ihr kindliches Verhalten. Aber was hätte sie ihm sagen sollen?
Dass sie Verlangen spürte mit ihm zu sprechen? Sie hatte nach der schicksalhaften Liebesnacht nur die wenigen Zeilen für ihn hinterlassen aber keine Erwähnung, dass sie ihn wieder sehen wollte oder eine Andeutung gemacht, dass sie mit ihm in Kontakt zu bleiben wünschte.
Zu der seelischen Pein verspürte sie seit kurzem ein ständiges Ziehen in ihrem Unterleib. Ihre monatliche Periode blieb aus, dafür kamen immer wieder leichte Zwischenblutungen, die ihre Nervosität nur noch verstärkte.
Sie musste über ihren Zustand Gewissheit haben. Also begab sie sich zu einem Gynäkologen, der sie genau untersuchte und sie fragte, wann sie ihre letzte richtige Menstruation hatte. Völlig entgeistert starrte sie den Arzt an. Ruhig wiederholte er seine Frage.
Rosemarie holte das Notizbuch aus der Tasche und nannte das Datum.
Der Arzt rechnete kurz nach und meinte: „Gratulation, ganz eindeutig, eine junge Schwangerschaft. Schonen, keine heißen Bäder und alles mit Ruhe. In zwei Wochen kommen Sie wieder zur Untersuchung."
Während der Fahrt zurück nach Maybell weinte sie ununterbrochen. Völlig aufgelöst kam sie zu Hause an und klärte ihre Schwiegereltern über den Zustand auf.
Die trostvollen Worte und die Freude, die sie Rosemarie angedeihen ließen, beruhigten ein wenig ihren aufgewühlten Zustand.
Noch in der nächsten Stunde ließ sie ein Telegram an Norman verschicken. **Bitte komme, erwarte ein Baby – Rose –**

Am Abend begab sie sich bald zur Ruhe.
Sie holte ihr Tagebuch hervor und las die letzten Seiten des Textes durch, den sie in Deutsch stenografiert verfasst hatte, und der mit den Worten begann:

Eingerahmt von Wüsten, Bergen und dem Pazifischen Ozean, offenbart sich Los Angeles als endlose Stadt.

Bewusst überflog sie die Aufzeichnungen über Patrick und blätterte rasch weiter.

....ich erlebte den Glitzer und Glamour in Hollywood und wir verbrachten harmonische Tage an der Küste. Wir atmeten die frische Prise des Pazifiks ein, bummelten in Santa Monica am hölzernen Pier entlang, tranken Kaffee und beobachteten das fröhliche Treiben der dort heimisch gewordenen Möwen.
Für einige Tage fuhren wir mit dem Mietauto sogar nach Las Vegas und anschließend ins Death Valley.
Norman war sehr lieb zu mir. Er las mir jeden Wunsch von den Augen ab.
Ich bemühte mich, zärtlich zu ihm zu sein. Wir liebten uns jeden Morgen, bevor wir aufstanden und in den Nächten. In seinen Armen vergaß ich....

Zärtlich streichelte Rosemarie ihr Bäuchlein, sobald sie Zwiesprache mit dem Embryo hielt. Sie war sich sicher, dass es alles verstand und alles mitfühlte:
„Hallo, mein Kind. Ich bin deine Mutter. Geboren in Österreich, weit weg von unserem jetzigen Zuhause, im Jahre 1926.
Wie ich aussehe? Ich habe blonde, schulterlange Haare und blaugraue Augen. Die Leute sagen, ich habe ein schönes Gesicht und eine sehr herzliche Art mit Menschen umzugehen. Ich bin 1.68 m groß und hatte bis jetzt eine schlanke Figur. Aber jetzt werde ich schon ein wenig molliger.
Meine Schwiegermutter, deine künftige Oma, meint,

ich muss für zwei essen. Also esse ich für dich und für mich.
Du willst wissen, warum ich nicht mehr in Österreich bin?
Also, es begann damit...."
Und Rosemarie erzählte ihrem Ungeborenen, das an der Nabelschnur mit ihr verbunden, von einer schützenden Blase in ihrem Bauchraum umhüllt, ihre ganze Lebensgeschichte.
Neben glückseligen Wochen kamen auch Zeiten, in denen sie sich sehr unwohl fühlte. Verärgert über ihren schwangeren Zustand, war sie launisch und fühlte sich unverstanden. Es dauerte eine Weile, bis Rosemarie von dieser Phase befreit war und mit der Situation ins Klare kam.
Als eine Art von Entschuldigung, sprach Sie auf das Ungeborene ein:
„Ich will eine gute Mutter werden, ein Kamerad, der immer Verständnis für dich hat.
Verzeih mir, wenn ich zwischendurch zu weinen beginne, wenn mich böse Gedanken beflügeln. Ich bin manchmal ein schrecklicher Egoist, frage mich über den Sinn einer Mutterschaft, wo ich doch bisher die Annehmlichkeit eines lockeren Daseins erlebte.
Weißt du, es ist alles neu für mich und ich muss mich erst daran gewöhnen, nicht nur für mich, sondern in Zukunft auch für dich Verantwortung zu tragen."

Die Zeit der Schwangerschaft bekam nunmehr für Rosemarie einen besonderen Stellenwert über dessen Ereignisse sie auch immer wieder Berichte in das Tagebuch verfasste.

- Ich habe Angst mit einem dicken Bauch herumzulaufen und fürchte, dass Norman diesen Zustand, wo ich träge und müde bin, nicht akzeptiert.
Norman verbringt fast jedes Wochenende in Maybell, um mir zur Verfügung zu stehen, wenn ich ihn brau-

che. Aber er benimmt sich nicht wie ein werdender Vater, der mich zärtlich umsorgt und Pläne macht, für ein Leben zu Dritt. Stattdessen verbringt er die Abende mit Freunden, kommt viel zu spät und leicht beschwipst ins Schlafzimmer. In der Annahme, dass ich schon schlafe, wirft er sich ins Bett und fällt von einer Minute in die nächste in einen tiefen Schlaf. Es ist, als ob er sich fürchtet, mich anzufassen. Ich bin verunsichert, weil ich nicht weiß, was mit ihm los ist.
Kürzlich hatten wir einen schrecklichen Krach. Er neckte mich über mein Aussehen. Ich fing zu weinen an und beschimpfte ihn, dass er ganz verstört aus dem Zimmer lief.

- Ich habe eine schlechte Verdauung, muss ständig Wasser lassen, bin im Gesicht voll Pickeln und kann mich mit dem Bauch nicht ansehen.
Neulich habe ich meine alten Kleider mit Wehmut eingepackt und diese gegen Umstandsmode ausgetauscht. Aber es gibt ein Morgen und dann werde ich bessere Laune haben und keinen Neid den Frauen gegenüber aufbringen, die schlank und rank das Geschäft betreten und sich über die neueste Mode instruieren lassen.

- Ein ganzer Korb voll Wolle steht vor mir. Mein neuestes Hobby ist, für meinen kleinen Liebling, Babygarnituren zu stricken.

- Ich bin im Moment in einer sehr glücklichen Phase. Es geht mir gut. Ich liebe meinen runden Bauch. Schwanger zu sein ist ein fantastisches Ereignis.

- Alle Bekannten freuen sich mit mir über meine Schwangerschaft.

- Ich spüre, wenn das Kleine im Bauch krabbelt. Zuerst war es nur ein zartes Streicheln, ein leichtes Klopfen. Aber mit der Zeit werden die Bewegungen immer kräftiger.

Unlängst lag ich im Bett und Norman hielt seine Hand auf den Bauch. Er war ganz gerührt, miterleben zu dürfen, wie das Kleine in meinem Bauch sein Vorhandensein bekundet.

- Mum unterrichtet mich, wie man mit einem Säugling umgeht. In welchen Zeitabständen das Baby gefüttert und gewickelt werden soll. Für mich ist alles aufregend und ich habe Angst etwas falsch zu machen.
- Wenn sie mich ansieht, meint sie, es wird ein Bub.
Ich habe mir noch immer keinen Gedanken gemacht, was es werden soll. Hauptsache es kommt gesund auf die Welt.
- Am Dachboden fanden wir die Wiege, in der schon Norman als Baby lag. Sie wird überzogen und für den neuen Erdenbürger vorbereitet.

Norman verlängerte den Weihnachtsurlaub um weitere zwei Wochen. Er wollte Rosemarie vor und nach der Geburt beistehen.
Am 3. Jänner des Jahres 1950 war es so weit.
Nachdem Norman und Rosemarie das Haus verließen und losfuhren, empfand Rosemarie, als ob sie eine Reise antreten und als völlig neuer Mensch wieder zurückkehren würde. Norman begleitete sie über die Stiegen des Krankenhauses.
„Du kannst mir jetzt nicht helfen, ich muss die kommenden Stunden allein durchstehen“, gab sie ihrem Mann zu verstehen.
„Ich liebe dich und bin in Gedanken bei euch“, antwortete Norman bewegt, küsste sie ein letztes Mal und übergab sie einer Schwester, die Rosemarie in einen kleinen Raum neben den großen Kreißsaal unterbrachte.
Emotionslos instruierte die Schwester:
„Sie bekommen jetzt einen Darmeinlauf. Wenn Sie entleert sind, das wird ungefähr eine Stunde dauern, kön-

nen Sie duschen, das Spitalhemd anziehen und sich ins Bett legen."
„Und was geschieht weiter mit mir", fragte Rosemarie.
„Abwarten junge Frau", bekam sie zur Antwort.
Die große Uhr an der Wand zeigte 11.30 h.
Um 13.30 Uhr kam ein Arzt und nach einer kurzen Untersuchung bekam Rosemarie eine Weheninfusion injiziert. So schweigsam der Arzt kam, so schweigsam ging er wieder aus dem Zimmer.
Das Ticktack der Wanduhr, begleitete das tropf, tropf, tropf der Flüssigkeit, die gleichmäßig in den Körper eindrang.
Die Geräusche bereiteten Unruhe im Seelenzustand der Schwangeren. Ihre Hände griffen auf den prallen, harten Bauch. Ein plötzlicher Anfall von Angst überkam sie, nachdem sie keine gewohnte Bewegung verspürte. Um sich abzureagieren, nahm sie den Groschenroman und wollte weiter lesen, legte ihn aber genervt wieder auf die Seite. Im großen Kreißsaal wurde eine Geburt vorbereitet und sie hörte das Stöhnen und Schreien der werdenden Mutter.

17.45 Uhr
Wiederum trat der Arzt ins Zimmer und untersuchte Rosemarie. Diesmal wurde der Blasensprung vorbereitet. Ein schmerzhafter Eingriff, ein kurzes Stechen und das Wasser lief.
Von da an verspürte sie erstmalig die Wehen, die Rosemarie gefasst entgegen nahm, weil sie sich bewusst war, welche Anstrengung es auch ihrem, noch Ungeborenen, kostete, das Licht der Welt zu erblicken. Trotzdem war sie froh, dazwischen in einen sekundenähnlichen Schlaf zu verfallen.

Donnerstag 2.03 Uhr morgens.
Nach weiteren endlosen 15 Minuten eilte die Ärztin herbei. Gemeinsam versuchten sie die Austreibung zu fördern. Aber es ging nicht. Kaum presste Rosemarie,

war die Wehe vorbei. Tapfer versuchte sie, die nächste Presswehe auszunützen, es ging nicht. Panische Angst ergriff sie. Sie fürchtete, es nicht mehr zu schaffen.
Rosemarie nahm es kaum wahr, als die Hebamme energisch sagte:
„Gleich haben wir das Kind, pressen Sie!"
Die Ärztin drückte mit voller Kraft auf den Bauch und im selben Atemzug machte die Hebamme einen Schnitt im Scheidenbereich. Ein wahnsinniger Schmerz überkam Rosemarie. Als ob eine Explosion in ihrem Körper stattgefunden hatte, drängte sich plötzlich alles heraus.
Die Augen fest zugepresst, hörte sie den lebensnotwendigen Schrei.
Dann öffnete sie die Augen und sah zum ersten Mal das Kind – ihren Sohn.
Wenige Minuten später legte die Hebamme das Neugeborene, in einem Frotteetuch gewickelt, auf das Dekolletee der erschöpften Mutter.
Überglücklich vernahm sie die Worte:
„Ein gesunder Bub, 49 cm groß, 3.24 kg schwer."
Rosemarie blickte andächtig auf den Kleinen, der nun ganz ruhig bei ihr lag und mit einem klugen Gesichtsausdruck und offenen Augen um sich blickte. So, als ob er ihr sagen wollte, **keine Bange, alles in Ordnung. Ich schaffe es, auf dieser Welt zu existieren.**
Mit Tränen vor Freude flüsterte sie zu dem kleinen Geschöpf:
„Mein Sohn, Gott hat uns dich geschenkt. Mögest du ein schönes Leben haben, abseits von allen Grausamkeiten. Mögest du aber auch genug Lebenskraft und Lebenswille haben, die Härte des Daseins hinzunehmen, dass du immer wieder Stärke aufbringst, dich aufzurichten und einen geraden Weg weiter zu gehen.
Gott beschütze dich auf allen Wegen.
Ich bin stolz und glücklich, dich auf die Welt gesetzt zu haben."

Unsagbar schöne Wochen verbreiteten sich im Hause Edmont durch die Existenz des neuen Erdenbürgers.

Eileen unterstützte ihre Schwiegertochter bei den anfallenden Arbeiten.
Für das Geschäft nahm man zusätzlich eine junge talentierte Verkaufskraft auf. Somit konnte sich Rosemarie optimal auf ihr Baby konzentrieren und erlebte mit jedem Tag neue freudige Momente mit dem kleinen Säugling.
Acht Wochen nach seiner Geburt wurde er vom protestantischen Pfarrer auf den Namen *Dennis Edmont* in der Stadtkirche Maybell feierlich getauft.

Rosemaries Leben strahlte Zufriedenheit aus. Das Glück der Familie schien vollkommen, bis zu dem Datum, das die Zukunft der gesamten freien Welt durch eine neue, freche Provokation aufs Spiel setzte.

Samstag 24. Juni 1950 traf in Washington ein dringendes Telegramm des Amerikanischen Botschafters aus Südkorea ein, das aufgrund der Zeitverschiebung bereits mit 25. Juni datierte.
Alle Anzeichen sprechen dafür, *dass es sich um eine Großoffensive gegen die Republik Korea handelt,* berichtete der Botschafter aus Seoul.

Tatsächlich eröffneten am 25. Juni 1950 um 4 Uhr Früh die Nordkoreaner mit Haubitzen und Mörsern entlang des 38. Breitegrades das Feuer. Danach traten auf etwa 200 Kilometer Front zwischen dem Gelben und dem Japanischen Meer sieben Infanteriedivisionen und eine Panzerbrigade mit 150 sowjetischen T-34 Panzern, unterstützt von Jagdflugzeugen, zum Angriff an. Man schätzte etwa 120.000 Mann.

Der diensthabende Beamte in State Departement leitete die Nachricht an US-Außenminister Dean Acheson weiter, der ein Wochenende auf seiner Farm in Maryland verbrachte.
Pflichtgetreu vermittelte der US-Außenminister sofort die Botschaft an US Präsident Harry S. Truman mit folgenden Worten:
Mister Präsident, ich habe sehr ernste Nachrichten. Die Nordkoreaner sind in Südkorea eingefallen.
Wir werden nicht umhin kommen, eine Sondersitzung des UN-Sicherheitsrates zu beantragen.

Mister Präsident verkürzte das Wochenende im Kreise seiner Familie und flog in der „Independence" nach Washington zurück. Blitzartig erfolgte eine erste Krisensitzung.
Der Überfall Nordkoreas auf den Süden des Landes wurde von den Teilnehmern der Konferenz als Stellvertreterkrieg und Beginn einer von der Sowjetunion gesteuerten globalen kommunistischen Offensive interpretiert. Zum ersten Mal nach dem Zweiten Weltkrieg schritt der internationale Kommunismus offen und unverhüllt zu Waffengewalt und Invasion.
Sechs Tage nach Beginn des kommunistischen Überfalls waren amerikanische Luftwaffe, Marine und Bodentruppen in Korea in Einsatz.
Präsident Truman wollte keinen Krieg, aber nun war er da, die Kommunisten hatten ihn provoziert.
Auch Norman Edmont wollte keinen Krieg. Doch er war Soldat, ein leidenschaftlicher Jagdflieger und fachlich mit den neuesten Flugzeugtypen bestens instruiert.
Somit stellte es eine Selbstverständlichkeit dar, dass er, wie viele Amerikanische Männer, zu den Streitkräften gehörte, die einbezogen wurden.
Norman versicherte in seinen Briefen immer wieder, er glaube an einen baldigen Waffenstillstand und er würde in wenigen Monaten wieder zu Hause sein.
Aber es wurde Weihnachten, bis er endlich einmal einen ersten Urlaub bekam.

Glücklich, seine Familie gesund vorzufinden, verbrachte er erholsame Tage, weit weg von den Kriegswirren im Fernen Osten.
Normans ganze Aufmerksamkeit gehörte neben Rosemarie, seinem kleinen Sohn. Staunend registrierte der junge Vater dessen Heranwachsen. Er konnte den Kleinen nicht genug kosen und war zu Tränen gerührt, wenn ihn Dennis freudig jauchzend anlächelte und gleichzeitig mit den kleinen Fingern seine Haare durchwühlte.

Harmonisch bereiteten sich die Bewohner von Maybell auf die *heilige Zeit* vor. Die ganze Stadt wurde weihnachtlich geschmückt. Von überall klangen Weihnachtslieder. Besonders Danny Kaye's *White Christmas* klang aus allen Häusern. In kindlicher Hoffnung erwartete man die Nacht zum 25. Dezember, wo Santa Claus durch Schornsteine rutschte und Familien mit Geschenken bescherte.
Niemand sprach in dieser Zeit über den Kalten Krieg. Der Bevölkerung war bewusst, dass es ein länger anhaltender Kampf werden würde, der in einen Dritten Weltkrieg ausarten könnte. Man ging in die Kirche, hörte sich besinnliche Predigten des Pastors über den Frieden für alle Menschen an, betete und hoffte auf ein glückliches Ende.
Als Norman wieder einrücken musste, gab es viele Tränen. Besonders bei Rosemarie, obwohl sie sich so sehr bemühte, tapfer der Situation entgegen zu sehen. Aber Norman war das fehlende Bindeglied und während seiner Abwesenheit kämpfte die junge Frau mit einer seelischen Niedergeschlagenheit, die beinahe in eine Depression ausartete.

Rosemaries Leben stand in der darauf folgenden Zeit unter keinen guten Stern.
In Maybell galt sie als glückliche, angesehene Geschäftsfrau und man schätzte ihre freundliche zuvor-

kommende Art. Man hielt sie für stark und die enorme Energie, die sie ausströmte, galt für so manche als ein nachahmbares Vorbild. Die Wirklichkeit sah aber ganz anders aus.
Rosemarie war voll Zweifel mit sich selbst, selbstkritisch und unzufrieden.
Wiederum flüchtete sie in ihre Arbeit, um den Zustand von Angstattacken und Herzrasen, die plötzlich auftraten, zu übergehen. Je mehr sie sich den Kundinnen mit Charme widmete und kreative Schöpfungskraft aus ihrem Geist heraus presste, desto ausgelaugter und missmutiger erschien sie zu Hause bei den Schwiegereltern. Sie fühlte sich plötzlich hier nicht mehr wohl, weil sie merkte, dass ihr Einfluss als Mutter, bei Dennis dahin schmolz. Eileen verdrängte sie von dieser wichtigen Stellung, nahm den Kleinen völlig in Besitz und verwöhnte ihn zusehends.
Gleichzeitig kam Dennis auch in eine Phase des Aufwachsens, wo er schon recht gut verstand, wie er seine Großmutter um den Finger wickeln konnte. Für ihn existierte nur seine *Granny*, mit der er leichtes Spiel hatte. Denn sie war ständig um ihn, und mit ihm beschäftigt.
Verständlicherweise entstanden daraus Konflikte. Aber Rosemarie schaffte es nicht, ihrer Schwiegermutter mit einsichtsvollen Aussagen entgegen zu treten.
„Du kannst froh sein, dass ich mich so um dein Kind kümmere. Er ist bei mir bestens aufgehoben. Du merkst ja, wie fröhlich und unbekümmert er sich verhält. Um ehrlich zu sein, deine Nervosität, die du an den Tag legst, tut dem Kind nicht gut“, mahnte ihre Schwiegermutter.
„Ich bin nicht nervös“, rechtfertigte sich Rosemarie. „Ich versuche mir best möglichst die Stunden einzuteilen, damit ich mich auch meinem Sohn entsprechend widmen kann. Aber bedauerlicherweise hast du deine eigenen Regeln geschaffen. Sobald ich mittags aus dem Geschäft eintreffe, finde ich einen Zettel vor, worauf steht: *Ich habe den Kleinen bereits versorgt. Wir beide machen unseren Mittagschlaf.* Mir bleibt also nichts

anders übrig, als alleine, oder manchmal mit Dad, zu essen. Ich brauche aber meinen Sohn, um den ich mich, während der Freizeit, kümmern möchte."
„Das Kind braucht seine Ordnung. Er hat sich jetzt daran gewöhnt, mit mir die Schlafstunde einzuhalten, nachdem er alleine nicht in seinem Bettchen bleiben will. Und das sollten wir so beibehalten", rechtfertigte sich Eileen.
„Kannst du mit dem Essen nicht eine Viertelstunde warten, bis ich komme, damit ich bei ihm bin? Das wird seinen Rhythmus nicht so aus dem Takt bringen. Ich werde einfach das Geschäft früher schließen", konterte Rosemarie.
„Du bist ja völlig aufgelöst, wenn du ankommst, und weißt gar nicht, was ich für ihn mit Liebe gekocht habe. Glaubst du, dass das die richtige Methode ist?
Erinnere dich, wie du letztlich hysterisch aufgeschrien hast, als Dennis den Löffel nahm, in den Spinat tauchte und durch die Gegend spritzte. Du hast ihm auf den Finger geklopft und geschimpft, dass er zu weinen begann. Wenn ich ihn nicht in die Arme genommen und tröstend auf ihn eingeredet hätte, wäre er überhaupt nicht zu beruhigen gewesen. Wie kann man denn nur ein Kind schlagen", verwies Eileen.
„Ich habe ihn nicht geschlagen, sondern einen kleinen Klaps auf den Finger gegeben und ihn mit ernsten Worten ermahnt, dass er solche Aktionen nicht tun darf, nachdem er anschließend, völlig außer Rand und Band, mir den restlichen Spinat ins Gesicht kleckste", konterte Rosemarie.
„Er ist ja noch so ein kleines unschuldiges Kerlchen, man muss Geduld haben", verteidigte Eileen ihren Enkel.
„Man muss ihn aber auch erziehen und ihn verständlich machen, dass er gewisse Dinge nicht tun darf. Das muss er lernen zu verstehen", ereiferte sich Rosemarie.
„Dann wird es wohl das Beste sein, du nimmst wieder eine Verkaufskraft auf und kümmerst dich selbst um den Buben, wenn dir meine Erziehungsmethode nicht

gefällt", trotzte Eileen und fügte weinerlich hinzu: „Vergesst ihr alle, dass für mich die Familie immer absolute Priorität hatte?"

„Ich bin ja froh, dass du mir hilfst, aber du solltest dich mit mir ein wenig koordinieren, dann haben wir beide was davon.

Eine Verkaufskraft können wir uns im Moment nicht leisten", fügte Rosemarie so nebenbei dazu und beendete damit die Diskussion.

Es wäre noch manches zu erörtern gewesen, aber Rosemarie hatte keine Nerven dafür. Es half auch nichts, sie musste still sein und akzeptieren.

Alles hatte seinen Preis.

Sie war froh, dass Eileen auf den Satz *das können wir uns im Moment nicht leisten,* nicht näher darauf einging.

Rosemarie war begierig darauf, so schnell als möglich den Restkredit für den Modesalon abzubezahlen. Eine vielleicht schwer vollziehbare Idee hegte schon seit längerer Zeit in ihrem Sinn. Wenn Norman vom Krieg zurückkam, wollte sie ihn vor die Tatsache stellen, mit ihr und Dennis in eine andere Stadt zu ziehen. Sie konnte überall neu beginnen. Doch vorher musste sie das Geld, das hier investiert wurde, frei bekommen um das Geschäft profitabel zu verkaufen.

Ihre Schwiegereltern bezogen monatlich eine Apanage, sozusagen eine zinsenfreie Rückzahlungsrate für den Betrag, den Dad seinerzeit für den Umbau des Geschäftes mit investierte. Da das Geschäft ihm gehörte, müsste der größere Verkaufsanteil zu seinem Gunsten gehen. Ihr Schwiegervater wollte als Ladenbesitzer nichts mehr zu tun haben, das wusste sie.

Als einer der ältesten Bewohner von Maybell wurde ihm das Amt als Bürgermeisterstellvertreter übertragen. Diese Stellung befriedigte ihn vollends. Er verdiente genug, um mit Eileen ein zufriedenes Leben führen zu können.

Wann immer es seine Zeit erlaubte, fuhr er auf sein Grundstück und verbrachte zufriedene Tage im Wohnmobil. Es war für ihn sein kleines Paradies. Wenn er nicht mit seinen Kollegen beim Fischen war, spazierte er gerne entlang des Sees, erkundete die Flora und ließ die Seele baumeln.

Eileens Lust, sich im Geschäft zu betätigen, flaute ab, seitdem sie Dennis um sich hatte.
Aus Hilfsbereitschaft trat sie ein bis zweimal pro Woche als Vertretung auf. Meist dann, wenn dringende Näharbeiten den Vorrang hatten.
Diese Stunden waren Balsam für Rosemaries Seele. Während sie im Schlafzimmer an der Nähmaschine saß oder ein Kleid zuschnitt, konnte sie ihren Kleinen beobachten, wie er mit seinen Bauklötzen spielte. Manchmal unterbrach sie ihre Arbeit, nahm ihn zu sich und liebkoste ihn. Der schönste Augenblick für sie war wohl, als er endlich *Mama* sagte und sie fröhlich anlächelte.

Von Zeit zu Zeit kam Norman aus dem Kriegsgebiet auf einen kurzen Urlaub.
Seine Familie erlebte ihn müde, ernst und wortkarg. Man glaubte, ein Fremder würde den Raum betreten. Sobald er aber Dennis in seinen Armen hielt, veränderte sich das starre Verhalten und sein Gesicht zeigte das Glücksgefühl, das ihm durchfuhr. Jede nur verfügbare Stunde gehörte seinem Sohn. Die beiden spielten, aßen zusammen, Norman ging mit ihm spazieren, er badete den Kleinen und brachte ihn ins Bett. Rosemarie hatte hierbei vollstes Verständnis. Sie gönnte ihm die harmonische Atmosphäre. Es war schwer genug, nach wenigen Tagen wieder Abschied nehmen zu müssen und nicht zu wissen, ob und wann es ein Wiedersehen geben würde.
Sobald Norman weg war, weinte sie bittere Tränen. Sie fürchtete, dass Normans Liebe zu ihr, durch diese schrecklichen Kriegswirren, in Mitleidenschaft gezogen

wurde. Sie spürte eine gewisse Gefühllosigkeit, wenn sie alleine waren.
Ihre Bemühungen, ihn mit Sex und Zärtlichkeit zu erregen und emotional aufzubauen, schlugen fehl. *Er sei zu bequem, oder zu müde,* wie er sich bedauernd ausdrückte.
Sie überlegte, ob ihr Mann vielleicht eine Liaison mit einer Asiatin hatte, die den amerikanischen Soldaten rücksichtsvoll zugeführt wurden, um sie, während der Waffenruhe, bei guter Laune zu halten.
Die Zeit, die er zu Hause verbrachte, war zu kurz, um mit ihm eine Aussprache zu halten. Der Abschied kam wiederum schnell und ohne viele Worte.
Es blieb ihr nichts anders übrig, als mit ihrem Schmerz allein zu bleiben, zu warten und zu hoffen.

Herbst 1952

Rosemarie orderte hauptsächlich ihre Kollektionen bei *Apple & Company*. Im ersten Jahr funktionierte der Einkauf bestens. Der Vertreter kam rechtzeitig vor jeder Saison und die Anlieferungen erfolgten zeitgerecht.
Sehr zu Rosemaries Ärger registrierte sie in letzter Zeit Mängel verschiedenster Art.
Kleider wurden in falscher Größe oder anderen Farben, als geordert, ausgeliefert. Es gab manchmal sichtbar schlampige Ausführungen in der Erzeugung und Nachlieferungen erfolgten mit Verspätung.
Andererseits versuchte die Textilfabrik, entgegen der Zusage am Beginn ihrer Zusammenarbeit, ihre Klientin auf höhere Abnahmemengen pro Modell zu drängen. Aber das wollte Rosemarie nicht.

Ihr Salon NEW LOOK sollte nicht als Konfektionsladen dastehen. Von Anfang an war ihr Ziel, eine clever ausgesuchte Ware mit genau durchdachten Größen, ihren Kundinnen zu beschaffen. Deshalb machte sie sich auch die Mühe, mit mehreren Lieferanten eine Geschäftsverbindung einzugehen, um ein vielfältiges Sortiment präsentieren zu können. Und sie hatte mit dieser Strategie viel Erfolg.
Maybell war nun eben eine herausragende Kleinstadt unter den Kleinstädten. Und die Damen, die Rosemarie als biedere brave Hausfrauen kennen lernte, entpuppten sich, seitdem sie das Geschäft besaß, zu geschmackvoll, gut gekleidete Ladies.
Da der Korrespondenzwechsel keine erzielbaren Früchte trug, überlegte Rosemarie, eine Reise nach New York einzuplanen, um bei einem Gespräch im Werk, diverse Missstände persönlich auszudiskutieren. Es war selbstverständlich, dass ein derartiges Unterfangen gemeinsam mit den Schwiegereltern besprochen wurde.
Ihre Kundinnen wussten, dass sie die Geschäftszeiten, aus familiären Gründen strikte einhalten musste und sie akzeptierten dies auch. Deshalb konnte Rosemarie pünktlich schließen und minutiös zu Hause sein. Sie hatte bei Eileen durchgesetzt, abends ihre Mutterpflichten wahrzunehmen. Den üblichen Brauch, ihren kleinen Liebling zu baden, das Essen zu geben und dann, wenn auch unter seinem Protest, ins Bett zu bringen, wollte sie unter keinen Umständen vermissen.
Sie nahm täglich das Bilderbuch, um daraus Dennis eine kleine Geschichte vorzulesen. Dabei steckte sie eine Hand zwischen zwei Gitterstäbe des Bettes, damit ihr Sohn sein kleines Händchen in die ihre geben konnte. Erst als sie seine ruhigen Atemzüge vernahm, löste sie sich von ihm und schlich aus dem Zimmer.

„Mum, Dad, ich habe euch bereits von den aufgetretenen Schwierigkeiten mit *Apple & Company* erzählt. Vorausgesetzt, Mum ist so lieb und übernimmt

während der Tage meiner Abwesenheit, die Obhut für Dennis, erwäge ich nunmehr, nach New York zu reisen und die Differenzen durch ein persönliches Gespräch im Betrieb von *Apple* auszudiskutieren.
Und wenn ich schon in New York bin, würde ich die Gelegenheit wahrnehmen, die Modemesse zu besuchen, die ab nächster Woche im Admiralpalast, an der Eastside vom Central Park, in Manhattan stattfindet.
Es wäre von Vorteil, neue Textilfirmen kennen zu lernen, die vielleicht auch bessere Konditionen bieten.
Findet ihr das für eine gute Idee? Für das Geschäft könnten wir Miss Daisy anstellen. Sie ist vertrauenswürdig und fachlich gut instruiert."
„Das solltest du unbedingt unternehmen. Um Dennis brauchst du dir keine Sorgen machen. Bei mir ist er bestens aufgehoben. Das weißt du", beeilte sich Eileen zu antworten.
„Eigentlich wollte ich dich fragen Mum, ob du nicht mitkommen willst. Du warst ja noch nie in New York. Hast du keine Lust dazu? Wir könnten für Dennis ein Kindermädchen arrangieren und ich bin sicher, dass Dad den Haushalt für ein paar Tage bestens bewerkstelligen kann."
Neugierig erwartete sie die Reaktion ihrer Schwiegermutter.
„Schrecklich, das würde ich nie machen", entrüstete sich Eileen.
Dad meldete sich zu Wort.
„Das ist gar keine so schlechte Idee, altes Mädchen. Vergiss einmal deine hausfraulich, peniblen Gedanken und mach dich auf den Weg nach New York. Ich komme hier mit meinem Enkelsohn ganz gut alleine zurecht. Von mir aus kann jemand für ein paar Stunden zur Unterstützung eingestellt werden. Mit Kinderkost bin ich nicht so vertraut. Damit könnt ihr beiden Glucken sicher sein, dass hier alles nach dem Rechten geht."
Seine Stimme klang diesmal in keiner Weise egalisiert, sondern tönte in gewissen Maßen als Aufforderung.

„Nein, nein, New York ist nichts für mich.“ Eileen schaute ganz verschreckt drein.
„Und ob es für dich was ist. Außerdem fühle ich mich sicherer, wenn du dabei bist. Also bitte komme mit mir.“
Dabei sah Rosemarie ihre Schwiegermutter so treuherzig an, dass diese, wie durch einen plötzlichen Sinneswechsel, sagte:
„Na, gut, ich fahre mit. Aber wenn hier etwas schief geht, möchte ich nicht schuld sein.“
„Es geht nichts schief, Mum. Dennis ist bestens aufgehoben, in einem Nest von Liebe und Sorgfalt umgeben. Wir werden Nanny Anne für die Tage unserer Abwesenheit einstellen und Daisy als Verkaufskraft.
Ich plane, nächste Woche donnerstagabends, den Bus zu nehmen. Wir sind Freitagvormittag in New York, beziehen ein Hotel in der Innenstadt, und ich fahre nach Mittag, zu *Apple's*.
Die Firma befindet sich in der Bronx. Ich werde noch schriftlich meinen Termin avisieren. Samstag und Sonntag habe ich Zeit, die Messe zu besuchen. Sonntagabend geht es mit dem Bus zurück nach Hause.“
„Eine anstrengende Tour hast du dir da vorgenommen. Hoffentlich läuft alles so, wie du dir es vorstellst“, meinte Mum. Plötzlich kam ihr Zögern wieder zurück.
„Keine Bange, Mum. Ich kann im Bus ganz gut schlafen. Die Verhandlung bei Apple wird nicht so streng sein. Es ist aber mal notwendig, die Geschäftsleitung kennen zu lernen. Währenddessen hast du zwei und einen halben Tag Zeit, New York zu erkunden.“
Dabei streichelte Rosemarie übers Eileens Kopf, weil sie bemerkte, dass das Gesicht ihrer Schwiegermutter schon wieder einen verängstigten Ausdruck machte.
„Hoffentlich verirre ich mich nicht“, sagte sie beinahe verzweifelt.
Nun mischte sich ihr Mann in das Gespräch ein.
Freundlich antwortete er: „Das glaube ich nicht. Es gibt genug Taxis, die dich sicher ins Hotel bringen. Wichtig ist nur, dass du die Adresse der Unterkunft bei dir hast.

Dann kann nichts schief gehen. Ich werde ja richtig stolz auf meine Frau sein, wenn sie alleine durch Manhattans Straßen wandelt. Und was glaubst du, was du deinen Damen beim Kaffeekränzchen alles zu erzählen hast. Die werden erst staunen."
Er schaute sie dabei ganz aufmunternd an, dass sie leicht errötete und zu lächeln begann.

Sie logierten in demselben Hotel, in dem Rosemarie und Norman schon während ihres Aufenthaltes in Manhattan wohnten. Es war zentral gelegen und nahe dem Busbahnhof, von wo aus die Überlandbusse, zerstreut in alle Destinationen, ihre Reise antraten.
Beide Frauen hatten tatsächlich während der Fahrt genügend Schlaf finden können. Sie fühlten sich kein wenig müde, nur leicht angespannt, im Bezug auf das Kommende. Aber diesen Zustand wollten sie einander nicht preisgeben.
Eileen verkündete, sie würde den Nachmittag nützen, die Fifth Avenue entlang zu spazieren und für den nächsten Tag ließ sie sich, auf Anraten ihrer Schwiegertochter, eine geführte Sightseeing-Tour zusammenstellen.
Rosemarie hatte sich in die Badewanne gelegt, ein wohltuendes Schaumbad genossen und später ein kleines Mittagessen für sich und Mum bestellt.
Danach zog sie ihr elegantes, graues Nachmittagskostüm an, setzte ihr Hütchen auf, nahm die Aktenmappe mit den nötigen Unterlagen sowie die zu den Schuhen passende Tasche mit den Handschuhen.
Ein herbeigerufenes Taxi beförderte sie anschließend in das Werk von *Apple & Company.*
Zufrieden saß Rosemarie Stunden später im Chevrolet ihres Lieferanten. Der Chauffeur war beauftragt worden, sie in ihr Hotel nach Manhattan zurückzuführen.
Während der Fahrt ließ sie Revue passieren.

Wohlwollend registrierte Mister Brown aus der Geschäftsleitung, ihren stets korrekten Kontoausgleich und

die Einhaltung der Zahlungsbedingungen, unter Ausnützung des Skontonachlasses. Gleichzeitig bedauerte er die aufgetretene Unordnung von Seiten seines Hauses und versicherte, die geschäftliche Zusammenarbeit wieder zur Zufriedenheit anzustreben. Schlussendlich einigte man sich entgegenkommenderweise, die geringe Stückanzahl pro Modell, weiterhin aufrecht zu halten.
Danach wurde sie kurz durch die Fabrikation geführt, damit sie sich als Kundin ein Bild über die Größe des Unternehmens machen konnte.
Wieder zurückgekehrt in das gediegene Besucherzimmer, nippte sie am Martini und erzählte über ihre erfolgreiche Tätigkeit in Wien, die kurz nach dem Krieg begonnen hatte.
Mister Brown hörte aufmerksam zu und eröffnete ihr eine Neuigkeit:
„Wir planen ein weiteres Erzeugungsprogramm aufzunehmen, bestehend aus Cocktail und Abendmode. Die Kollektion soll ab der nächstjährigen Wintersaison stehen.
Nachdem Sie eine erfahrene und erfolgsgewohnte Lady in der Mode sind, würde mein Haus sich glücklich schätzen, Sie als Designerin für dieses Programm, anzuwerben.
Würden Sie interessiert sein, Ihre Ideen zu involvieren? Sie können davon ausgehen, dass Ihre Kreativität und Effizienz entsprechend honoriert wird.“ Mister Brown sah sie bedeutungsvoll an und schenkte ihr einen weiteren Martini ein.
Er glaubte wirklich, sie würde sofort zusagen. Aber da hatte er sich getäuscht. Obwohl sie innerlich über diese Chance, die man ihr geben wollte, freudig erregt war, antwortete sie in noblesser Zurückhaltung:
„Ich danke für ihr Vertrauen. Dies wäre sicher eine große Herausforderung. Aber neben meiner Wirkkraft als erfolgreiche Geschäftsfrau auch Mode zu entwerfen, muss wohl überlegt werden. Um keine voreiligen Schlüsse zu ziehen, warte ich gerne auf Ihr diesbezügliches schriftli-

ches Angebot, das ich prüfen und Ihnen mit meiner Antwort zurücksenden werde.“

Rosemarie blickte aus dem Fenster. Sie hatte keine Ahnung, wo sie sich befand. Interessiert verfolgte sie den Verkehr auf den Straßen. In dieser riesigen Stadt würde sie sich mit dem Auto nie zu Recht finden, konstatierte sie und blickte rein zufällig auf eine Hinweistafel an der Kreuzung, die auf die Zufahrt zum *Lincolm Hospital* hinwies. Wie von einer Tarantel gestochen, zuckte dieser Name durch ihren Körper. Denn mit dem *Lincolm Hospital* kam ihr Patrick wieder in Erinnerung.
„Fahren Sie mich bitte zum Eingang des *Lincolm Hospitals*“, beorderte sie den dunkelhäutigen Driver.
„Okay, Madame“, antwortete der Chauffeur ergeben.

Schnellen Schrittes ging Rosemarie zur Rezeption. Atemlos vor Aufregung, fragte sie eine der dort anwesenden Empfangsdamen nach Dr. Patrick Thomsen.
„Sagen Sie einfach Misses Marie Reiter ist hier.“
Die etwas ältliche Lady erfüllte den Auftrag, telefonierte und teilte Rosemarie nach einer kurzen Weile mit: „Herr Doktor erwartet Sie in seinem Besprechungszimmer. Gehen Sie den Gang entlang, rechts, Zimmer 85.“
„Entschuldige, dass ich dir nicht entgegen kam, aber ich hatte gerade ein Gespräch auf der anderen Leitung, begrüßte er seine Jugendfreundin, als diese in den Raum trat.
Freudig erregt sah er sie an und sagte: „Mein Gott Marie, ist das eine Freude für mich, dich endlich wieder zu sehen. Ich kann es gar nicht glauben.
Dein Abschiedsbrief damals hatte mich sehr traurig gestimmt. So wie du plötzlich vor mir standest, du erschienst wie ein Komet am Himmel, warst du wieder verschwunden.
Aber du bist mir seitdem nicht mehr aus dem Sinn gegangen. Immer wieder musste ich an dich denken. Es

war mir ja nicht möglich, irgendwie mit dir in Kontakt zu treten. Ich wusste ja nicht einmal deinen neuen Familiennamen."

Rosemarie ließ ihn nicht weiter sprechen. Sie umarmte und küsste ihn voll Andacht.

Danach klärte sie Patrick kurz auf, aus welchem Grund sie in New York verweilte.

„Gibst du mir eine Chance, dich nochmals zu sehen? Zum Beispiel morgen 9 Uhr früh auf ein Frühstück in meiner Wohnung, bevor du auf die Messe fährst? Es ist mir wichtig mit dir in einer vertraulichen Umgebung wenigstens eine Stunde beisammen zu sein. Sag bitte ja", flüsterte er, bevor er sie küsste.

Dr. Thomsen, bitte auf Station B 3. Etage, Zimmer 312, schallte es aus dem Zimmermikrofon, das sich oberhalb der Eingangstür befand.

Er schaute bedauernd auf Rosemarie und zuckte die Achsel.

„Ich habe heute noch Dienst bis 21 Uhr", erklärte er.

„Ich schicke ein Taxi morgen Früh 8.30 Uhr zu deinem Hotel, das dich abholt und dich zu mir bringt. Ich werde mit Sehnsucht auf dich warten."

„Ja ich komme", antwortete sie glücklich und ging aus der Tür, entlang dem Gang, zum Ausgang und sah mit Wohlwollen, dass der Chevrolet noch immer dort stand und der Chauffeur geduldig auf sie wartete.

„Möchten Sie jetzt zu Ihrem Hotel geführt werden, Madame?"

„Ja, das möchte ich."

Rosemarie besuchte Patrick Samstagvormittag und fuhr quer durch die Stadt, um ihn am Nachmittag, nach dem Messebesuch, nochmals zu sehen.

Sonntagvormittag wartete Patrick mit seinem Auto vor Rosemaries Hotel. Die beiden fuhren direkt auf die Messe und absolvierten gemeinsam im Eiltempo, die noch ausstehenden Kojen, liefen Hand in Hand zum Parkplatz, und Patrick kurvte am schnellsten Weg in seine Wohnung.

Telefonisch orderte er ein chinesisches Menü, das Minuten später geliefert und von beiden rasch und mit herzhaftem Appetit gegessen wurde.
„Komm in meine Arme Darling“, forderte Patrick sie später auf.
Obwohl sie wussten, dass die Zeit drängte, wurde es nochmals eine unsagbar schöne Liebesstunde und es fiel Ihnen schwer, sich voneinander zu trennen.
„Ich weiß, ich habe kein Recht auf dich. Trotzdem sollst du wissen, dass ich dein Freund bleibe und immer für dich da sein werde. Du bist meine große Liebe, das ist mir klar geworden, nachdem ich dich in Los Angeles wieder traf.“

Wohlbehalten saßen die beiden Frauen im Bus, der sie im gemütlichen Tempo wieder nach Maybell zurückbringen sollte.

Es schien so, als ob Rosemarie eifrig zuhörte, was Eileen in ausführlichster Weise über ihr „Abenteuer“ New York von sich gab.
In Wirklichkeit waren ihre Gedanken bei Patrick. Er wirkte selbst im Arztmantel elegant, stellte sie im ersten Moment des Wiedersehens fest.
In den wenigen Stunden ihres Beisammenseins hatte sie sich wieder in ihn neu verliebt. Sie kam sich wie ein Teenager vor, dachte keine Minute daran, dass sie eine verheiratete Frau und Mutter eines 21 Monate alten Kindes sei.
Eine riesige Welle aus Erotik und doch mit so viel Zärtlichkeit umhüllt, durchströmte ihren ganzen Körper und ließ sie voll Wohllust erschauern.
Mit geschlossenen Augen resümierte sie, dass so vieles nicht besprochen wurde, weil einfach keine Zeit dafür vorhanden war.
Über ihre Familie erzählte sie kein Wort und auch er vermied es, von seiner Beziehung zu sprechen.

Ob es noch immer Rebecca war, mit der er seine Liaison aufrecht hielt, überlegte sie mit einem kurzen Anflug von Eifersucht.
So ein gut aussehender junger Arzt im Krankenhaus musste ja wie ein Hecht im Karpfenteich auf Krankenschwester und Ärztinnen wirken. Dabei dachte sie an sein Bereitschaftszimmer und sah das schmale Bett vor sich. Kein Wunder, dass er erwähnte, das Wiedersehen mit ihr sei wie eine frische Brise, in seinem arbeitsreichen, hektischen und manchmal sehr isolierten Leben.
Sie hätte ihm wenigsten von ihrem Kind erzählen sollen und ärgerte sich über ihre Nonchalance, mit der sie, eines Liebhabers wegen, ihr Kind überging.
„Das verstehe ich vollkommen Mum", gab sie höflicherweise zum richtigen Zeitpunkt als Antwort.
„Und wie lief es bei dir? Du Arme hast ja sehr intensive Arbeitstage hinter dir. Man merkt dir die Anstrengung an. Hoffentlich hast du dich nicht zu sehr übernommen."
„Nein, nein, es hätte nicht erfolgreicher sein können", antworte Rosemarie versonnen.
Sie berichtete lang und breit ihrer Schwiegermutter über die erfolgreiche Verhandlung mit dem Geschäftsführer von *Apple & Company* und erzählte äußerst fantasievoll, verbunden mit kleinen interessanten Details, die Beratungsgespräche auf der Messe, die sie mit Textilhändler, Stofflieferanten und Händler für verschiedene Accessoires, führte.
„Du bist ja äußerst tüchtig, eine vollkommene Geschäftsfrau", bekam sie von ihrer Schwiegermutter gönnerisch zu hören.
„Aber jetzt geht es wieder nach Hause und da steht für uns beide als höchste Priorität Dennis."
Die Wörter *uns beide* betonte sie besonders stark, was Eileen wohlwollend zur Kenntnis nahm und bekräftigt zustimmte.

Das Leben in Maybell verlief weiterhin ruhig und harmonisch.

Rosemaries Gesundheitszustand verbesserte sich schlagartig. Depressionen und Angstzustände waren verschwunden. Sie fühlte sich befreit von den inneren Blockaden, die ihre sensiblen Nerven strapazierten. Viel trug dazu bei, dass sie nunmehr mit Patrick die Verbindung aufrecht hielt. Auch wenn sie nicht füreinander bestimmt waren, tat es ihr unendlich gut zu wissen, sie könne jederzeit auf ihn als Freund zählen. Und sie vertraute dieser Freundschaft vollkommen.

Sie schrieb ihm einen langen Brief, indem sie sich ausnahmslos offenbarte und auch von Intimitäten nicht zurück schreckte. Sie unterrichtete ihn über ihren seelisch, krankhaften Zustand nach dem Urlaub in Los Angeles und die nicht definierbare Sehnsucht nach ihm. Sie schilderte die Zeit ihrer Schwangerschaft und den großen Einschnitt in ihrem Leben als glückliche Mutter.
Offen und ehrlich gestand sie ihm ihre Liebe, und wie wohl sie sich fühlte, seit der letzten intimen Begegnung mit ihm.
Gleichzeitig gab sie zu, dass sie sich niemals von Norman trennen würde, weil sie selbstverständlich auch zu ihm eine große Liebe empfand, die sich in den Jahren nicht geändert hatte.
Sie beschrieb in wenigen Worten, das tägliche Bangen um ihren Ehemann, der tausende Kilometer von ihr entfernt, für Amerika im Kriegseinsatz stand.
Es dauerte nicht zu lange, da kam ein Anruf von Patrick, als Reaktion ihres langen Briefes. Er rief sie an zu einem Zeitpunkt, wo er hoffte, dass sie eventuell alleine im Geschäft sein könnte. Und glücklicherweise war wirklich niemand im Salon, kein Familienmitglied und keine Kundin.
Sie unterhielten sich sehr lange, sprachen viel Belangloses, aber zum Schluss versicherte Patrick ihr wiederum,

dass er Verständnis für ihre Lage hätte, aber sie sollte nicht vergessen, dass er immer für sie als Freund bereit sei zu helfen, wenn es nötig wäre.
Und wenn dir mal die Decke auf den Kopf fällt, nimmst du Bus oder Flugzeug und kommst nach New York. Es kann auch mal ein romantisches Wochenende sein, forderte er sie so nebenbei auf, bevor sie sich verabschiedeten.
Über eines wunderte sich Rosemarie, vergaß es aber wieder im nächsten Augenblick.
Patrick erwähnte in keiner Weise ihren Sohn, obwohl sie doch einiges über ihn schrieb.
Warum unterließ er dies? Eigentlich hatte sie so nebenbei geschrieben, dass Dennis in dem Zeitraum, wo sie sich in Kalifornien auf Urlaub befand, *gezeugt* wurde. Das überging er völlig. Glaubte er sie zu verletzen, wenn er eine Anmerkung machte, die darauf hinlief, dass auch er der Vater sein könnte?
Sie dachte nie daran, Dennis als Patricks Kind zu sehen. Mit dieser Intensivität, mit der Norman und sie sich während der Urlaubswochen in Kalifornien liebten, konnte nur Norman der Vater sein.

Das Angebot von Apple & Company, als Designerin für Cocktail- und Abendmode, tätig zu sein, lehnte sie nach langer Überlegung ab. Im Grunde genommen könnte sie jederzeit als selbständige Designerin mit einem eigenen Label agieren. Aber im Moment war sie zufrieden mit ihrem Geschäft, das neben Arbeit, auch Erfolg und ein sehr gutes finanzielles Auskommen brachte.
Nach dem Messebesuch in New York hatte sie anschließend mit allen wichtig erscheinenden Firmen, die sie dort nur im *Vorübergehen* auskundschafte, Verbindung aufgenommen, und zwecks Erweiterung von interessanten Neuheiten, einige neue geschäftliche Kontakte geknüpft.
Im Frühling fuhren Rosemarie, Eileen und Dennis bei schönem Wetter zum *Saint Julian See.* Dad war meist schon 1-2 Tage früher dort, heizte das mit Propangas zu

wärmende Mobilhome ein, fischte Fische aus dem See und erwartete seine Lieben.
Rosemarie liebte diesen Naturpark. Besonders im Frühling, wenn es ringsum duftete. Da spazierte sie gerne durch diese romantische Waldlandschaft von Akazien, Holler, wilden Kirschen, Ahorn, Birken Fichten und wilden Rosen. Sie dachte dabei an ihren Mann und wünschte, dass er endlich zu Hause wäre.
Dennis hatte große Freude, wenn er im Boot mitfahren durfte. So quirlig der Kleine sonst war, saß er mucksmäuschenstill zwischen den Beinen seiner Mum und schaute aufmerksam Großvater zu, wie dieser durch die Gegend ruderte.
Dennis wurde von den Bewohnern in Maybell als kleiner Star angesehen. Einstimmig beurteilten sie ihn als ein ausgesprochen hübsches, intelligentes Kind, das zweisprachig aufwuchs, aber in seiner Lebhaftigkeit, Mutter und Großmutter ganz schön auf Trab hielt.
Wann ist der Krieg endlich zu Ende und du kommst nach Hause, damit du deinen Sohn bändigen kannst, schrieb Rosemarie verzweifelt ihrem Mann, nachdem der Kleine wieder einmal die ganze Wohnung auf den Kopf gestellt hatte.

Der Koreakrieg, der drei Jahre lang die Welt bewegte, endete am 27. Juli 1953.

Unter den beinahe drei Millionen Amerikaner, die ihren Dienst in Korea machten, zählte Major Norman Edmont zu den Glücklichen, der zusammen mit Offizierskollegen und Kameraden seiner Truppe, gesund abrüstete und in die Vereinigten Staaten zurückkehren konnte.
In welchen Städten auch immer die Soldaten in Schiffen oder Flugzeugen nach und nach aus dem Kriegsgebiet

eintrafen, wurde ihnen zu Ehren bei der Ankunft ein großes Fest mit Musik und Parade zelebriert.
Endlich war Norman wieder im Kreise seiner Familie und ließ sich in Maybell als tapferer Held von Freunden und Bekannten feiern.
Die furchtbaren Erlebnisse, die er hautnah miterlebte, hatten ihn geprägt und reifer gemacht. Er selbst geriet immer wieder unter Beschuss, wo er zweimal zu einer Notlandung gezwungen war. Er überlebte und kam glimpflich mit mehr oder weniger leichten Verletzungen davon.
Aus zusammenfassenden Berichterstattungen erfuhr man, dass 3 ½ Millionen Koreaner und eine Million Chinesen bei Gefechten ihr Leben verloren. Selbst Amerika hatte viele seiner Landsmänner zu beklagen. Während dieser Zeit wurden 37.000 Soldaten getötet und 100.000 Männer verwundet.

„Die Jahre, wo ich mich bei der Army verpflichtet hatte, sind vorbei und somit beende ich meine militärische Laufbahn", verkündete Norman seiner Ehefrau.
„Ich möchte unter keinen Umständen für einen weiteren Krieg eingezogen werden.
Meine Vorstellung ist, für einige Zeit ungezwungen, ohne Befehle zu leben. Wir werden uns im sonnigen Kalifornien, voraussichtlich in Santa Monica, einen Bungalow mit Garten zulegen und das Leben genießen. Ob ich einen Job im privaten Luftverkehr annehme, hängt noch in den Sternen.
Bezüglich der Finanzen brauchst du dir keine Sorgen machen. Der Pensionsanspruch für mich ist durch die Army gesichert und natürlich seid ihr beide bei mir mitversichert."
Rosemarie wusste im Moment nicht, ob sie lachen oder weinen sollte. Dieses Bekenntnis war mehr als überraschend. Sie selbst hegte einmal den geheimen Wunsch aus Maybell wegzuziehen und irgendwo neu anzufangen.

Jetzt, wo ihr Norman seinen Plan übermittelte, kam ihr alles zu schnell vor.
In letzter Zeit hatte sie sich hier ja wieder richtig wohl gefühlt und sich keinerlei Gedanken gemacht, wie die Zukunft aussehen sollte, wenn Norman aus dem Krieg zurückkommt.
Sie zeigte Freude, damit er nicht enttäuscht war, ging aber nicht näher auf sein Gespräch ein. Wusste sie doch, dass Norman noch unter den Eindrücken des Krieges stand und nur eines wollte: *Die verlorene Zeit so rasch und intensiv als möglich nachzuholen.*
Sie erzählte ihrem Ehemann, dass sie das Geschäft innerhalb von drei Jahren schuldenfrei machte, außerdem gute Gewinne erzielte und es jederzeit zum Verkauf anbieten könnte.
„Wenn wir von hier wegziehen, muss das Geschäft veräußert sein. Ich möchte alles unter Dach und Fach haben, damit ich korrekt und sorglos einer neuen Zukunft entgegen sehen kann. Wann gedenkst du nach Kalifornien zu ziehen“, fragte sie unverzüglich.
„Wahrscheinlich im November. Ich werde schriftlich einem Realitätenhändler meine Wünsche bekannt geben, und wenn genügend Angebote, im Umkreis Santa Monica eingelangt sind, fliegen wir hin, um die Objekte zu begutachten.“

Norman erkannte Rosemaries aufflackerndes Heimweh, sobald das Thema Österreich angesprochen wurde.
Deshalb unterbreitete er ihr spontan den Vorschlag, in den Sommermonaten 1954 nach Österreich zu fliegen.
„Das wäre wunderbar.“ Rosemarie klatschte voll Freude in die Hände.
„Zuerst besuchen wir das Land Salzburg mit seinen Kostbarkeiten. Die Berge habe ich ja selbst noch nicht kennen gelernt. Der Sommer auf einer Alm muss wun-

derschön sein“, schwärmte sie. Sie dachte an ihre Romanze mit Paul im Sommer 1947 in Salzburg, den gemeinsamen Ausflug nach Bad Ischl, die Seilbahnfahrt auf die Katrin und an die herrlich duftenden Almwiesen. Sie lächelte ein wenig beschämt, weil sie bemerkte, dass die Hitze im Gesicht aufstieg.
„Was heißt Alm“, unterbrach Norman ihre koketten Gedanken.
„Übersetzt würde ich sagen *alpine pasture.* Sie wollte aber keine nähere Erklärung abgeben, sondern fuhr fort:
„Nach Zell am See sollten wir auch fahren und von dort nach Kaprun. Stell dir vor, die Limbergsperre in der Kraftwerksgruppe Kaprun, mit 120 Metern Höhe Staumauern, wurde im Jahre 1951 fertig gestellt und gilt als Symbol der neuen Zeit.
Es wird wohl die Möglichkeit geben, dass wir uns ein Auto mieten können, denn alles mit dem Zug zu bewältigen, wäre für Dennis zu strapaziös“, kam es gleich darauf sorgenvoll über ihre Lippen.
Ihre Gedanken strömten wieder auf Paul zurück. Ob er mit seinem Freund noch das Reisebüro in der Stadt Salzburg führte?
Voll Enthusiasmus fuhr sie fort:
„Dann fahren wir mit dem Zug nach Wien, wohnen im Hotel Sacher und besuchen alle unsere alten Freunde und Bekannte.“
„Ja, das machen wir. Es sind vielleicht auch ein paar Kameraden von damals in Langenlebarn, Tulln und Wien, die ich aufsuchen werde. Und in Wien gehe ich alleine in die Bars, wo ich immer *versank,* wenn du für mich keine Zeit hattest“, neckte er sie.
„Und wir gehen, nur so zum Spaß, in das Stundenhotel, wo wir uns das erste Mal liebten“, konterte Rosemarie lachend.
„Ich glaube, wir werden Wien nicht wieder erkennen. Die unmittelbare Nachkriegszeit ist seit 1950 zu Ende und der Wiederaufbaubau geht flott voran.

Ich erfuhr, dass der Stephansdom sein neues Dach, bestehend aus 250.000 Stück Glasurziegeln, bekam und ein Festzug begleitete die in St. Florian aus den Kriegstrümmern neu gegossene Pummerin nach Wien. Am 26. April 1952 hielt sie ihren feierlichen Einzug in den Dom", fügte sie hinzu.
Ich kann dir, wenn du willst, Zeitungsausschnitte zeigen, wo zum Beispiel darauf steht.
Erinnern wir uns an die Jahre nach dem Krieg und vergleichen wir den Mangel von damals mit der Fülle von heute.
Was hier die Konsumgüterindustrie hervorgebracht hat, darf wirklich das österreichische Wunder genannt werden. Gleichzeitig führt die Illustrierte verschiedenste Güter an, die für das bevorstehende Weihnachtsfest gekauft werden können. *Gloriette*-Hemden, *Hoover*-Waschmaschinen, *Kodak*-Kameras und so vieles mehr.
Das alles ist der schönste Erfolg unserer österreichischen Privatindustrie.
Diesen Aufschwung verdankt die heimische Industrie aber auch ein wenig dem ehemaligen US-Außenminister George Marshall, der nunmehr den Friedensnobelpreis erhält", fügte Rosemarie erschöpft vom schnellen Reden, bei.
„Von wem weiß du denn das alles ", wollte Norman wissen.
„Natürlich von Erna. Über sich selbst hat sie nicht mehr viel zu berichten, aber sie schickt mir immer wieder Reportagen aus der *Großen Österreichillustrierten* oder Auszüge aus der Zeitschrift *Das Blatt der Hausfrau*, damit ich am Laufenden bin.
Somit weiß ich genau, dass ein Lippenstift *Max Facto*r 35 österreichische Schilling kostet und eine Dose Skin Beauty Creme 36 österreichische Schilling.
Diese Informationen interessieren mich schon sehr. Damit kann ich Vergleiche stellen mit den hiesigen Preisen.
Übrigens Erna schrieb, aber das ist schon länger her, dass sie den Wäschereibetrieb aufgeben wird. Die Kon-

kurrenz mit elektrischen Waschmaschinen wird immer größer.
Dazu schickte sie mir ein Zeitungsblatt mit folgendem Werbetext:
Wer spricht noch vom Waschtag, wenn die Aufgabe der Hausfrau nur mehr darin besteht, die Wäsche in die Maschine zu werfen, das Kabel an die Leitung anzuschließen, und dann die reine Wäsche zum Trocknen aufzuhängen? Die elektrische Waschmaschine kennt keine ausgelaugten Hände.

Die Anzahl der berufstätigen Frauen steigt langsam an und so werden Einbauküchen und zeitsparende Haushaltsgeräte, wie Elektrogeräte, immer öfters als Kompensationsmittel für die berufstätige Frau angeboten. Sie gelten als moderne Heinzelmännchen.
Elektro-Bregenz hatte sofort reagiert und ist einer der Pioniere, der mit ERP Hilfe einen neuen Kühlschrank, dessen Kosten verhältnismäßig niedrig sind, produziert.
Um aber bei Erna zu bleiben, ich bin froh, dass sie mit ihrer Arbeit aufhört. Obwohl ich mir vorstellen kann, dass es ihr nicht leicht fallen wird. Sie hat ja ihr ganzes Leben immer gearbeitet. Aber es geht ihr gesundheitlich nicht so gut, ließ sie mich wissen. Sie hat Wasser in den Beinen und die Gicht macht ihr zu schaffen.
Im Zusammenhang mit der Schließung des Betriebes plant sie, den unteren Teil des Hauses zu vermieten, damit sie finanziell abgesichert ist."
„Sie ist wirklich eine großartige Frau, ich habe sie sehr gemocht. Und ich denke auch, dass es ihr gut tun wird, in den Ruhestand zu treten", antwortete Norman.
„Unlängst schrieb sie mir, dass sie trotz Schmerzen in den Beinen, regelmäßig die Wiener Frühjahrs und Herbstmesse besucht, um am aktuellen Stand zu sein. Mit der Konjunktur in Österreich geht es konstant bergauf. Dabei kommt sie immer wieder ins Staunen, wie groß das Angebot an Neuigkeiten ist, das den Besuchern auf der Messe gezeigt wird. Die Bemühungen des ös-

terreichischen Wirtschaftslebens, mit den anderen Nationen Schritt zu halten und die Fortschritte, die dabei festzustellen sind, beweisen die Richtigkeit der österreichischen Wirtschaftspolitik, mit der sie jetzt, Anfang der fünfziger Jahre vorangehen. Es ist für Erna als Österreicherin wichtig zu erkennen, dass die Wiener Messe internationale Bedeutung bekommt. Und das Vertrauen des Auslands zu Österreich, wird in der bedeutsamen Vermehrung der Aussteller aus dem Ausland offenbar, nämlich, bereits zur Messe im Herbst 1950, sind aus 13 Nationen 443 Aussteller gekommen."

„Unglaublich, wie schnell dem Leben Veränderungen ausgesetzt sind. Wenn ich mich an diese kaputte Stadt erinnere, der ich im Jahre 1945 erstmals begegnete", meinte Norman besinnlich.

Es war für die junge Familie gar nicht so leicht, Eileen und George verständlich zu machen, dass sie beabsichtigten, nach Kalifornien zu ziehen.
Norman musste eine Notlüge gebrauchen, damit seine Eltern ein Einsehen hatten.
Er erzählte, aus Informationen staatlicher Quellen, die als top secret zu betrachten seien, zu wissen, dass in naher Zukunft neue, modernste Flugzeugtypen für die Pan American Air-Line zur Verfügung stehen, die vom größten Flughafen, in Los Angeles aus, in Betrieb gehen. Daher wäre es vorteilhaft, in unmittelbarer Nähe sein Domizil aufzustellen. Für weitere Ausführungen war er nicht bereit.
Damit mussten sich die Eltern zufrieden geben. Aber Norman versprach seiner Mutter ein Wiedersehen zu allen wichtigen Feiertagen, wie Weihnachten und Ostern und den diversen Geburtstagen.
Die Auswahl der infrage stehenden Immobilien hörte sich viel versprechend an. Norman flog zusammen mit

Rosemarie nach Los Angeles, um die Besichtigungen und Überprüfungen durchzuführen.
Sie fanden ein kleines Anwesen mit Garten und Swimmingpool, an dem sie Gefallen fanden und sich vorstellen konnten, dieses als künftige Heimat anzuerkennen. Somit stand einem Abschluss nichts mehr im Wege.
Einen Käufer für das Geschäft NEW LOOK zu finden, gestaltete sich schwierig.
Folglich blieb den Edmonts im Moment nichts anders übrig, als einen vertrauensvollen Mieter zu finden, damit der Betrieb im Sinne von Rosemarie, weiterhin florierte. Eileen, die sich kaum damit abfinden konnte, ihre Kinder, vor allem aber Dennis, nicht mehr in ihrer unmittelbaren Nähe zu wissen, erklärte sich bereit, als Interimslösung, die Geschäftsmodalitäten von NEW LOOK zu überwachen und im Verkauf dann und wann mitzuhelfen. *Sonst sterbe ich vor Langeweile,* meinte sie weinerlich.
Bevor der große Umzug stattfand, wollte Rosemarie nach New York fliegen, um die wichtigsten Lieferanten darauf aufmerksam machen, dass das Geschäft, aus privaten Gründen, vermietet wurde. Der Firmenname würde weiterhin aufrecht bleiben Trotz dieser Änderung erwarte sie die gewohnte Loyalität *ihrer Geschäftsfreunde.*
Rosemarie überlegte lange, ob sie, zum gegebenen Anlass, ein Treffen mit Patrick in Erwägung ziehen sollte. War sie bereit, ihren Freund nach einem Jahr Trennung, wieder zu sehen, ohne die Grenzen der Intimität zu überschreiten?
Würden sie beide stark genug sein, ihre Freundschaft auf platonischer Weise fortzuführen? Ein nettes Essen, ein vertrautes Gespräch und nicht mehr?
Vollkommen enthaltsam und keusch?
Rosemarie empfand große erotische Gefühle für Patrick. Sie mochte seine sinnliche Art, wie er sie liebte und sie war glücklich, dass er ihr beteuerte, seitdem sie wieder in sein Leben getreten war, wüsste er, was wahre Liebe sei.

Nach langer Überlegung kam sie zum Entschluss, nach New York zu fliegen, ihr Hotel zu beziehen und sich in erster Line auf ihr geschäftliches Vorhaben zu konzentrieren.
Alles andere würde sich wohl von selbst entpuppen.
Aber Rosemarie war Rosemarie, und Rosemarie lehnte von jeher Halbheiten ab. Deshalb rief sie am Tag vor dem Abflug, das *Lincolm Hospital* an und verlangte Herrn Dr. Thomsen zu sprechen.
„Herr Doktor Thomsen beginnt morgen Früh seinen Dienst“, antworte die Lady beim Empfang mit honigsüßer Stimme.
Etwas enttäuscht, aber nicht entmutigt, bat sie die Lady, Herr Doktor Thomsen möchte morgen Früh, die Rezeption des Hotel Atlantis in New York anrufen. Eine Nachricht für ihn würde dort aufliegen. Der Ordnung halber gab sie die Telefonnummer des Hotels durch, um Patrick keine Umstände zu machen.
Danach telefonierte Rosemarie mit dem Hotel Atlantis in New York.
Den anwesenden Rezeptionist unterrichtete sie, dass ein gewisser Herr Doktor Thomsen am nächsten Tag anrufen würde. Man müsste ihm unbedingt davon in Kenntnis setzen, dass Missis Marie Edmont aus Maybell, um die Mittagszeit im Hotel Atlantis eintrifft.
Sie hatte getan, was sie konnte. Alles andere überließ sie dem Zufall.
Fröhlich gestimmt ließ Rosemarie sich am nächsten Tag, zeitlich am Morgen von Norman in die nächste Stadt zum Flughafen bringen, damit sie rechtzeitig die Maschine nach New York erreichte.

In New York angekommen, fuhr sie per Taxi sogleich ins Hotel Atlantis.
Sie war neugierig, ob sie von Patrick eine Nachricht vorfand.
Während sie den Schlüssel entgegen nahm, fragte sie:

„Hat sich Herr Doktor Thomsen gemeldet?“
„Nein Madame, Herr Doktor Thomsen hat sich nicht gemeldet“, antwortete der Angestellte an der Rezeption, ordnungsgemäß.
Natürlich war sie über die Antwort unzufrieden, auch wenn sie es nicht zugeben wollte und ihr Gesichtsausdruck zeigte sich etwas unglücklich.
Sie ging in ihr Zimmer, machte sich frisch um wenig später einem Taxi zu winken, das sie zu *Appel & Company* führte.
Anschließend wollte sie noch *Barclay* aufsuchen. Es würde ein arbeitsamer Nachmittag werden und bedeutete eine Rückkehr ins Hotel sicherlich nicht vor Abend.
Es musste wohl ein Wink des Schicksals gewesen sein, dass Rosemarie während der Fahrt wiederum eine deutliche Hinweistafel zum *Lincolm Hospital* registrierte. Sie beorderte blitzschnell den Driver, vor dem Eingang des Krankenhauses anzuhalten. An der Aufnahmestelle angekommen, erkundigte sie sich nach Doktor Thomsen.
„Herr Doktor Thomsen ist soeben zu einem Meeting gefahren und kommt heute nicht mehr ins Hospital zurück“, lautete die Antwort. Nach der honigsüßen Stimme nach musste es dieselbe Lady gewesen sein, mit der sie am Vortag telefonierte.
Rosemaries Stimmung sank auf den Nullpunkt. Wahrscheinlich hatte Patrick ihre Nachricht gar nicht richtig zur Kenntnis genommen, wenn er sie überhaupt übermittelt bekam, sinnierte sie und eilte, in demselben Tempo, mit dem sie das Hospital betrat, aus dem Hospital hinaus.
Es wird schon seinen Sinn haben, dass keine Verabredung stattfindet, redete sie sich ein.
Ist auch besser so. Wer weiß, ob sie sich unter Kontrolle gehalten hätte. Wahrscheinlich hätte die Begegnung wiederum im Bett geendet. Und das wollte sie ja nicht.
Jetzt, wo Patrick vom Krieg zurück war, müsste sie ihren Status als treue Ehefrau aufrecht halten und es sollte eigentlich im Herz für einen Geliebten kein Platz mehr

sein, belehrte sie sich impulsiv. Andererseits hatte sie großes Verlangen ihn wieder zu sehen. Schon während des Fluges konnte sie keine Minute lang ihre Sehnsucht nach ihm, wegradieren.

Müde erreichte sie Abends das Hotel und ließ sich den Zimmerschlüssel aushändigen.
Der Mann an der Rezeption überreichte ihn wortlos, zusammen mit einem kleinen Kuvert, auf dem stand:
message for Missis Edmont.
Das Kuvert beinhaltete einen kurzen Inhalt:
Bin bis abends unabkömmlich, aufgrund eines Meetings im *Plaza Hotel.*
Ich bitte dich deshalb ins *Plaza* zu kommen.
Ich habe im Restaurant *four season* für 20 Uhr einen Tisch für uns reserviert.
Ich freue mich sehr, dich zu sehen.
Dr. P. Thomsen

Das Verlangen ihn doch zu begegnen, war auf einmal verschwunden, ihre Gefühle gekippt. Eine verkrampfte Ruhelosigkeit beherrschte ihren Körper, sobald sie sich im Hotelzimmer befand.
Rosemarie schaute auf die Uhr und erschrak.
Inzwischen war es 19.00 Uhr geworden.
Ich komme sowieso zu spät konstatierte sie lustlos. Um diese Zeit, von hier dem ganzen Broadway entlang, bis zum Central-Park, wo sich das *Plaza* befand, würde es eine Ewigkeit dauern.
Mit dem Verzug von einer halben Stunde erreichte sie das berühmteste Hotel in New York. Der livrierte Boy an der Lobby erklärte ihr den Weg zum Restaurant. Rosemarie hastete durch die elegante Halle, wäre beinahe mit den hohen Stöckeln ihrer Schuhe umgekippt und betrat endlich das feudale *four season.*
„Herr Doktor Thomsen hat einen Tisch reserviert“, erklärte sie atemlos der Dame, die für die Tischreservierung zuständig war. „Ich habe mich leider verspätet.“

„Herr Doktor Thomsen musste um 20.15 Uhr das Restaurant verlassen. Er lässt sich entschuldigen, aber es kam ein Notruf aus dem Krankenhaus. Jeder zur Verfügung stehende Arzt wird gebraucht. Ein schwerer Unfall mit vielen Schwerverletzten veranlasste ihn deshalb, sofort ins Hospital zu fahren.
Der Champagner ist noch auf dem Tisch. Er ist kaltgestellt und Herr Doktor bittet sie zu dinieren, was Ihnen beliebt. Sie sind sein Gast. Es tut ihm unendlich leid, aber" …
„Ist schon gut", unterbrach Rosemarie. „Die Pflicht geht selbstverständlich vor."
Rosemarie trank das erste Glas Champagner in einem Zug aus. Danach war ihr wohler. Genussvoll trank sie das zweite Glas, während dem sie die reichhaltige Speisekarte durchstudierte und alles, was ihr besonders delikat erschien, orderte.

Nächsten Tag, am frühen Morgen, wurde sie durch einen Telefonanruf geweckt.
„Es tut mir unendlich leid, dass der gestrige Abend total daneben gegangen ist. Ich wollte ein besonderes Fest daraus machen, dich nach einem Jahr wieder zu sehen."
Patricks Stimme klang übermüdet und traurig.
„Leider geht es halt manchmal nicht so, wie man es sich vorstellt. Bist du noch im Krankenhaus?"
„Nein, in einer der Telefonzellen in der Halle deines Hotels. Ich kam direkt vom Hospital hierher. Ich muss dich sehen, Darling. Ich schleiche mich an der Rezeption vorbei, zum Aufzug in den dritten Stock. Deine Zimmernummer habe ich gestern schon erfahren. Alles weitere in wenigen Minuten." Und schon hatte er aufgelegt.
Rosemarie kam gar nicht viel zum Denken. Automatisch ging sie ins Badezimmer und putzte sich die Zähne. Zu mehr kam sie nicht, denn Patrick klopfte bereits an die Tür.
Es war ein kapriziöser Anblick. Sie im Nachthemd mit zerzaustem Haar, er, wie immer tadellos gekleidet, rasiert und frisch duftend.

„Komm schnell rein, dass dich niemand sieht." Mit einer leidenschaftlichen Umarmung begrüßten sie einander. Danach berichtete er:
„Es war ein schreckliches Szenario. Ein Zugunglück, mit hunderten Verletzten, wobei zwei Personen in der Nacht notoperiert werden mussten. Bis wir alle Verwundeten bestmöglich versorgt hatten, war es schon nach Mitternacht. Ich fuhr verständlicherweise nicht nach Hause, hielt mich in Bereitschaft und schlief die restlichen paar Stunden im Hospital in meinem Aufenthaltsraum, der an manchen verrückten Tagen leider auch meine zweite Wohnung ist. Zumindest habe ich dort ein Bett, die Dusche und einen Kasten, in dem Reservekleidung deponiert ist."
„Ich möchte mich duschen", erklärte Rosemarie etwas schüchtern.
„Sag mir, wenn du fertig bist, damit ich dich abtrocknen kann", antwortete Patrick.
Sie verschwand ins Badezimmer, während dem er sich seiner Kleidung entledigte.
Wenige Minuten später trug Patrick seine Geliebte, im Frottiertuch gewickelt, aus dem Badezimmer und legte sie auf das schmale Bett. Aus Platzgründen kniete er am Boden daneben und liebkoste sie am ganzen Körper, bis hin zu ihrem Schambereich. Als er merkte, dass sie knapp am Höhepunkt war, stand er rasch auf, legte sich auf sie und drang voll Liebe in sie ein.
Nach einem gemeinsamen Frühstück im Hotel führte Patrick seine Geliebte zu der zuletzt zu besuchenden Lieferfirma und wartete geduldig im Auto, bis sie wieder zurückkam.
Aus Zeitgründen sah sich Rosemarie nur kurz die fertige Kollektion an, um qualitäts- und designmäßig im Bilde zu sein und ließ sich für den neuen Mieter einen Musterkatalog geben.
Patrick ließ es sich nicht nehmen, sie anschließend noch zum Flughafen zu bringen.

Es war beiden nicht zum Sprechen zu Mute. Die kurze Zeit ihres Beisammenseins sollte nur ihnen gehören. Da hatte niemand anderer Platz. Deshalb vermied Rosemarie auch vehement, über ihre Familie zu berichten.
Sie wusste, dass es Patrick weh tat zu hören, wenn sie über ihre *heile Welt* erzählte. Auch wenn er es nicht zugab, aber Rosemarie spürte, dass er nicht wirklich glücklich war.
Stattdessen bekam Patrick alle Neuigkeiten zu hören, die sie aus Österreich wusste.
Und sie sprach mit einem solchen Enthusiasmus darüber, dass Patrick plötzlich wie aus der Pistole geschossen, von sich gab:
„Ich werde auch irgendwann nach Wien reisen. Vor der Abreise im Jahre 1939 wurde unser Haus an eine Schweizer Gesellschaft übertragen. Ich habe mich all die Jahre nicht gekümmert darum, was da eigentlich geschehen ist."
„Ich war einmal mit einer Freundin in diesem Bezirk und kam bei dem Haus vorbei. Es liegt in der englischen Besatzungszone, und soviel ich sah, war es unbeschädigt und wurde zu einem Kinderheim für Waisen umgetitelt."
Patrick fand diese Aussage sehr interessant und erwiderte darauf: „Irgendwann wird man mir, als Erbe dieses Anwesen zurückgeben müssen. Alle nötigen Papiere habe ich ja noch aufbewahrt. Aber es kann natürlich noch sehr lange dauern." Dabei seufzte er ein wenig.

Sie hatten den Flughafen erreicht.
Sie umarmten und küssten sich.
„Ich liebe dich."
„Ich liebe dich auch."
Danach ging ein jeder seinen Weg, ohne sich nach dem anderen nochmals umzudrehen.

Wind der Hoffnung

Das Jahr 1954

Mitte Jänner

Rosemarie räkelte sich im Liegestuhl. Ihr Blick schweifte über den kleinen Garten. Die blühenden Malvenbüsche, die als Abgrenzung zum nachbarlichen Grundstück dienten, standen in voller Blüte und ergaben ein hübsches buntes Bild, kombiniert mit dem türkisblau verfliesten Swimmingpool.

Sie seufzte zufrieden. Was hatte sie doch für ein herrliches Leben.

Ohne Verzögerung wurde der Umzug im November realisiert. Das Weihnachtsfest verbrachten sie bereits unter der warmen kalifornischen Sonne.

Normans Eltern, George und Eileen, ließen es sich nicht nehmen, die Feiertage unbedingt mit der Familie zu verbringen und reisten kurz entschlossen nach Santa Monica.

Sie blieben insgesamt drei Wochen und zeigten sich äußerst zufrieden über den neu erlangten Status ihrer Kinder.

Währenddessen die Eltern Dennis und das Haus in Santa Monica hüteten, flogen Rosemarie und Norman nach dem Fest für einige Tage nach San Francisco. Sie trafen sich mit einem ehemaligen Kriegskameraden aus Korea und deren Frau.

Den Beginn des Jahres 1954 feierten sie am *Fishermans-Werft*.

Alle Menschen erwarteten voll Begeisterung das riesige Feuerwerk, das über die Bucht erstrahlte. Hunderte beleuchtete und geschmückte Motorboote aus Sausalito kommend, fuhren zu einem Korso vor San Francisco. Glück und Freude breiteten sich aus, Männer und Frauen jeden Alters, tanzten und sangen zur Musik von Glen Miller. Es herrschte überall eine nationale Zusammengehörigkeit und Rosemarie war stolz, dies alles erleben zu dürfen.

Ende Jänner

Einmal inmitten einer sehr intimen Situation, sprach Rosemarie mit ihrem Mann über die Möglichkeit einer weiteren Schwangerschaft. Sie wollte darauf hinweisen, dass ein zweites Kind die Krönung ihres glücklichen Ehelebens wäre.

Aber Norman wurde darauf richtig wütend. Vorbei war die kuschelige Atmosphäre, als er ihr, lauter als notwendig, die Sätze entgegenschleuderte:
„Ich weiß nicht, was in euch Frauen vorgeht. Kaum sind sie aus der einen Schwangerschaft heraußen, drängen sie schon wieder auf die nächste. Glaubt ihr, dass ihr so großartig ausseht, mit einem dicken Bauch und riesigen Brüsten in der Gegend herumzulaufen? Die Launen, die man als Ehemann in den neun Monaten von der Gefährtin ertragen muss und das ständige darauf hinweisen, dass das oder jenes dem Ungeborenen schaden könnte, sind qualvoller, als in den Krieg zu ziehen. Auf das kann ich wirklich verzichten."
„Ich finde, dass es für Dennis besser wäre, mit einem Bruder oder einer Schwester groß zu werden", entgegnete sie sanft. Sie war enttäuscht über den unangenehmen Ausgang.
„Wozu? Dennis hat alles, was er braucht.
Ich bin glücklich und danke Gott für meinen Sohn. Ich möchte ihm alles Schöne geben, eine erstklassige Aus-

bildung bieten, damit er später einer fundierten Zukunft entgegen sieht. Ich denke, das ist doch die weitaus sinnvollere Lösung, als ein Kind nach dem anderen auf die Welt zu setzen“, antwortete er bissig.
Rosemarie war zu verletzt, um weiter zu sprechen. Sie erschauerte innerlich.
Immer wieder registrierte sie, dass Norman ein ziemliches Raubein sein konnte, wenn ihm etwas gegen den Strich ging. Dies tat ihr weh. Seit der Rückkehr aus dem Korea-Krieg war sein Betragen manchmal nicht zum aushalten. Er behandelte seine Ehefrau, als ob er einen Kameraden um sich hatte. Es kam leider schon sehr oft vor, dass er aus der Rolle fiel. Er war auch nicht bereit, darüber in Ruhe mit ihr zu diskutieren. Er wollte einfach nicht einsehen, wie er sich daneben benahm, und fand es nicht nötig, auch nur ein Wort der Entschuldigung über seine Lippen zu bringen.
Unglücklicherweise gab es niemand, bei dem sie ihr Herz ausschütten konnte.
Wem sollte sie sich anvertrauen? Es wäre ihr peinlich, Missis Denvers, die liebe, gute Nachbarin, die sie sehr gerne hatte, ins Vertrauen zu ziehen. Bei Normans Eltern stieß sie auf völlig taube Ohren. Eileen vergötterte ihren Sohn und würde sofort Partei für ihn ergreifen und George wich einem Gespräch aus, sobald er merkte, es könnte ein unliebsames Terrain betreten.
Richtige Freundinnen hatte sie keine und bei ihren österreichischen Freunden würde sie sich schämen, auch nur die kleinste unerfreuliche Meldung aus ihrer, ach so schönen, heilen Welt anzudeuten.
Sie dachte an Patrick. Wie würde er sich verhalten, wenn dieses Thema zur Sprache kam? Seine besinnliche Art fiel ihr ein, die schöne Sprache, die elegante Art sich auszudrücken.
Wie wäre das Leben verlaufen, wenn alles anders gekommen wäre? Kein Krieg, keine Flucht. Sie wären über die Jugend hinaus Freunde geblieben und später hätte Patrick, als renommierter Arzt und Frauenschwarm in

Wien, sie gebeten, seine Ehefrau und zukünftige Mutter seiner Kinder zu werden.
In diesem Traumgebilde versetzt, vergaß Rosemarie, was Patrick antwortete, als sie ihn seinerzeit im Hotel in Los Angeles fragte, ob er schon verheiratet sei. *Ehe ist für mich nichts. Ich muss frei sein...*

In der folgenden Nacht verlangte Norman nach Zärtlichkeit.
Aber Rosemarie war noch zu gekränkt. Kühl wehrte sie sich gegen die Liebkosungen ihres Ehepartners und sagte völlig emotionslos: „Heute nicht, schon alleine deshalb nicht, weil die Gefahr bestehen könnte, dass ich schwanger werde." Sie stieg aus dem Bett und ging demonstrativ ins Wohnzimmer. Dort nahm sie aus der Bar Whisky mit Eis und ging mit dem vollen Glas auf die Terrasse.
Der Mond schien hell und breitete ein ruhiges Licht aus. Sie nahm in einen Gartensessel Platz und stellte das Glas ab, nachdem sie einen kräftigen Schluck daraus getrunken hatte.
„Es war ganz gut, dass ich mich Norman verweigerte", sagte sie halblaut. „Vielleicht kommt er endlich einmal darauf, dass mir seine Manieren nicht zusagen und er wird erwachsen genug, sich auch mit den Problemen seiner Frau auseinanderzusetzen. Bis jetzt brauchte er das nicht. Ich zeigte ihm nie, wenn mich was bedrückte, und habe alles alleine ausgetragen", schmollte sie vor sich hin.
Die kleinen Meinungsverschiedenheiten während des Tages hatten keine Bedeutung mehr, sobald sie abends zusammen im Bett lagen. Er konnte sie immer wieder zur Liebe überreden und diese Nächte wurden impulsiv und intensiv.

Rosemarie bekam das Gefühl nicht los, er wollte in der Liebe und im Sex nachholen, was ihnen beiden durch drei Jahre Krieg verloren ging. Er kam auf die verrücktesten Ideen, die sie als Ehefrau akzeptieren musste. Und das tat sie ja auch. Sie liebte ihn und fand die Liebe mit ihm wunderschön.

Seit neuem war er ganz versessen auf Dessous in Nylon und Spitze und sie musste sich in dieser reizvollen Wäsche vor ihm präsentieren. Das gehörte als Ritual zum Liebesspiel.

Manchmal kam es vor, dass er sich mit ehemaligen Kollegen der *Air Force*, in Los Angeles traf. Seine Rückkehr dauerte mit einigen Stunden Verspätung. Wenn er endlich zu Hause ankam, übergab er ihr ein kleines Päckchen, schaute sie treuherzig an und sagte: „Dies ist das neueste Modell aus Hollywood. Bitte zieh es gleich an, ich bin wahnsinnig scharf auf dich."

Trotzdem war Rosemarie mit der momentanen Lage nicht ganz zufrieden. Lag es vielleicht daran, dass sie Norman als *Pensionist* den ganzen Tag um sich hatte und er ihr zeitweise auf die Nerven ging?

Zugegeben, Norman befasste sich sehr viel mit seinem Sohn. Er unternahm alles Mögliche, um das Kind zu unterhalten. Innerhalb kürzester Zeit hatte Dennis durch seinen Vater schwimmen gelernt. Die beiden führten stundenlang grell bemalt, mit Federschmuck am Kopf, die wildesten Indianerspiele im Garten auf, oder betätigten die große Spielzeugeisenbahn, die im Zimmer von Dennis aufgestellt war. Kürzlich besuchten die Beiden in den Bergen, oberhalb von Santa Monica, ein Pferdegestüt.

Von da an war der Traum von Dennis, auf einem Pony zu reiten. Norman, selbst von Kind auf interessiert, Reiten zu lernen, erfüllte sich und seinem Sohn den Wunsch und Vater und Sohn vollzogen seitdem ihren Reitunterricht.

Vielleicht litt sie doch innerlich daran, weil sie bemerkte, dass nach Großmutter Eileen, nunmehr der Vater als erste Bezugsperson für Dennis galt?

Konnte es sein, dass sie eifersüchtig war und deshalb nochmals ein Kind zeugen wollte, um ihre Stellung und

Stärke zu beweisen, dass dieses kleine Wesen nunmehr ihr alleine gehörte?

Februar

Der Briefträger meldete seine Ankunft mit einem üblichen Guten Morgen Gruß.
Rosemarie nahm den an Norman gerichteten Brief entgegen und registrierte mit Überraschung den Absender „Städtisches Waisenhaus-Seoul“.
Nachdenklich ging sie in das kleine Zimmer, das sich Norman als Büro eingerichtet hatte, und legte den Brief auf den Schreibtisch.
Seit Normans Rückkehr aus dem Krieg war es sein Wunsch, wieder alle finanziellen Angelegenheiten selbst zu übernehmen. Rosemarie bekam ein großzügiges Haushaltsgeld zum Einkaufen und für ihren persönlichen Bedarf, aber um alles weitere brauchte sie sich nicht kümmern. Dieses Arrangement war ihr recht und Norman wurde dadurch als Familienoberhaupt mit seinen Rechten und Pflichten gestärkt.
Sie blickte auf die Uhr. Norman würde sicher nicht vor 12 Uhr vom Tennis spielen zurückkommen. Bis jetzt hatte sie noch nie das Bedürfnis, aber plötzlich, in dieser Minute, kam ihr der eigenartige Wunsch, einen Blick in den Ordner “allgemeine Zahlungen“ zu werfen.
Sie überflog die einzelnen Überweisungen.
Ein höherer Dollarbetrag machte sie stutzig. Es war ein Zahlungsauftrag für die Bank, eine Auslandsüberweisung durchzuführen. Der Empfänger lautete Städtisches Waisenhaus Seoul, zu Gunsten *Nozomi Jischichi,* geboren 5.12.1952.
Irgendwie versetzte sie dieses Blatt Papier in leichte Erregung. „Nur nicht mit unnötigen Gedanken herum spekulieren. Ich werde Norman darauf ansprechen und ehrlich, wie er ist, wird er mir die nötige Aufklärung geben“, beruhigte sie sich.

„Ich habe einen Brief aus Seoul an dich adressiert, in dein Büro gegeben“, erklärte Rosemarie so nebenbei. „Er kommt von einem Waisenhaus. Hast du vielleicht einen Benefizbeitrag geleistet“, sprach sie ihm direkt darauf an. Es sollte gleichgültig klingen, trotzdem war ein winziger Ton Hysterie mit eingebettet.

„Das ist eine Nachfolge aus dem Koreakrieg. Interessiert dich das wirklich“, fragte er in einem Ton, der darauf schließen ließ, dass er nicht sehr gewillt war, viel von sich zu geben.

„Es wäre zumindest gut, davon zu wissen“, gab sie leicht gereizt zur Antwort.

Widerwillig fing Norman an:

„Um die Soldaten zwischen den Gefechten und Ruhepausen bei Laune zu halten, wurde für genügend Abwechslung gesorgt. Ich will jetzt gar nicht auf unsere Stars eingehen, die die ehrenvolle Aufgabe übernahmen, nach Korea zu fliegen und mit ihren Darbietungen für Unterhaltung zu sorgen. Da haben sich unsere Landsleute wirklich bemüht, etwas zu bieten. Aber Männer brauchen noch etwas anderes, nämlich Frauen, denn sie halten es nicht aus, monatelang ohne Sex zu sein. Da drehen sie durch. Überhaupt wenn sie jung sind. So ist es nun mal. Männer haben da eine andere Psyche.

Und um diese Befriedigung zu stillen, gab es überall Etablissements und Mädchen in Hülle und Fülle. Unter dem Motto – Am Tage wird getötet, am Abend gehurt und gesoffen – konnte man wählen, nach was man begehrte.

Diese armen jungen Mädchen sahen in dem amerikanischen Mann den Helfer und Befreier und waren gefügig in der Hoffnung, später mitgenommen zu werden, in das Land der Freiheit.

Als der Krieg zu Ende war und die ersten Soldaten ihre Rückkehr per Schiff in die Heimat antraten, spielten sich überall ergreifende Abschiedszenen ab.

Frauen, manche unter ihnen fast noch Kinder, standen am Kai und konnten bis zum Schluss nicht glauben, dass

der Geliebte ohne sie die Reise antrat. Sie schrien und bettelten, mitgenommen zu werden, zeigten auf ihre vollen Bäuche oder hielten den Säugling am Arm, um den Männern klarzumachen, was sie ihnen antaten."
Rosemarie, die nicht unbewusst während der Kriegsjahre den Verdacht hegte, dass Norman Sex mit anderen Frauen hatte, wusste, was jetzt auf sie zukommen würde. Trotzdem stellte sie die Frage:
„Und wie war das in deinem Fall?"
„Ähnlich, wie ich es dir schilderte", antwortete er ohne sie dabei anzusehen.
„Wie ähnlich?"
„Ich möchte nicht darüber sprechen, Rose. Es würde dir wehtun."
„Doch, sprich mit mir darüber. Ich bin deine Ehefrau. Das erklärt mir vielleicht auch dein komisches Verhalten."
Widerwillig begann Norman. Man merkte es ihm an, dass er, während des Erzählens, immer wieder nach passenden Worten suchte.
„Meine Liaison mit Kim dauerte über zwei Jahre. Ich war nicht verliebt, aber ich brauchte sie. Da war ich keine Ausnahme. Einerseits bezeichnete ich sie als meine Mätresse, andererseits betrachtete ich sie als Engel. In den Nächten mit ihr vergaß ich, wie viel Menschen ich am Tage abgeschossen hatte. Sie befreite mich von Albträumen und der Angst vor dem Tod, den ich täglich vor mir sah.
Nur die Liebe zu meinem Sohn und natürlich auch die Liebe zu dir, veranlasste mich, spät, aber doch, einen Trennungsstrich zu ziehen, der leider fatale Folgen hatte. Warum Kim schwanger wurde, weiß ich nicht. Ich merkte lange Zeit nichts davon, weil sie unglaublich zart war. Ich sagte ihr, ich könnte sie nie mitnehmen in die Staaten, weil ich eine Familie hätte, die ich liebte und für die ich meine Verantwortung trug.
Ich bat sie inbrünstig, das Kind wegnehmen zu lassen, aber das wollte sie nicht.

Immer wieder kam sie und ich ließ mich von ihr verführen. Sie übte einen eigenen Zauber aus, dem ich nicht widerstehen konnte.

Von einem Tag auf den anderen verschwand sie. Ich war enttäuscht, aber irgendwann überwand ich mein Verlangen nach Kim. Zurück blieb das schlechte Gewissen ihr gegenüber aber gleichzeitig die Wut, warum sie unbedingt darauf bestand, ein Kind, ohne Aussicht auf eine glückliche Zukunft, auf die Welt setzen zu wollen.

Zum Kriegsende, knapp vor meinem Abflug nach Hause, erhielt ich eine erschütternde Information.
Das Kind von Kim, ein Mädchen, mit dem Namen Nozomi, wurde am 5.12.1952 geboren und im städtischen Waisenhaus in Seoul abgegeben.
Kim brachte man, unter dem Hinweis auf verbrecherische Taten, in das Gefängnis.
Ich mobilisierte alle meine Beziehungen, aber man gab mir wenig Chance, sie aus dem Kerker zu holen. Es gelang mir, wenigstens eine Besuchserlaubnis zu erlangen. Unbeschreibliche Szenen spielten sich in den Zellen ab. Unter all den weinenden und fluchenden Frauen, fand ich Kim, geschändet und gefoltert, die dem Tode nah, hinter den Gittern halb liegend, mich schmerzverzerrt anblickte. Ich fragte sie, was passiert sei, aber darauf gab sie mir keine Antwort. Es erschien mir, als ob sie nur noch auf mich gewartet hatte, um diese wenigen Sätze auszusprechen: *Ich habe deiner Tochter den Namen Nozomi gegeben. Nozomi bedeutet Hoffnung. Gib ihr die Hoffnung auf ein schönes Leben.*
Dann sackte sie zusammen und verstarb in der nächsten Minute."
Norman hielt inne. Rosemarie sah ihren Mann an, doch er erwiderte ihren Blick nicht. Sie bemerkte, wie aufgewühlt er war.

„Du wolltest die Wahrheit hören, ich habe sie dir erzählt.
Ich bedaure, dass es zu dieser Situation überhaupt gekommen ist und ich muss mich bei dir entschuldigen, dass ich zwei Jahre eine Nebenfrau hatte. Ich wollte es dir nie sagen, weil ich wusste, dich sehr damit zu verletzten. Aber was geschehen ist, ist geschehen. Tatsache ist, dass ich der Leiterin des Waisenhauses meine Zusicherung gegeben habe, für die Kosten des Kindes aufzukommen und mich bemühe, in Amerika ein Ehepaar zu finden, die das Mädchen adoptieren möchten."
„Und willst du dieses Kind nicht zu uns nehmen", fragte Rosemarie.
„Nein, das kommt nicht infrage", war seine strikte Antwort.

Am Abend dachte sie lange Zeit über das Geständnis nach.
Dass Norman während des Krieges fremdging, musste sie akzeptieren, aber dass aus dieser Liaison eine Tragödie wurde, machte ihr schwer zu schaffen. Zu wissen, dass ihr Mann ein Kind gezeugt hatte, das nunmehr Tausende Kilometer entfernt, in einem von Kommunisten besetzten Land, in ein Waisenhaus untergebracht ist, nur mit den geringsten Mitteln ausgestattet, und ohne elterliche Liebe aufwachsen muss, war für sie ein furchtbarer Aspekt. Sie nahm sich vor, später nochmals mit Norman ein ernstes Wort darüber zu sprechen.
Gleichzeitig verspürte sie eine Eifersucht, die ihr aber nicht zustand. Wie konnte sie es wagen, gekränkt zu sein, wo sie selbst während der Jahre, in dem sie verheiratet war, dreimal Ehebruch begann?
Noch dazu unter ganz anderen Umständen. Umstände, die sie jetzt plötzlich widerwärtig fand. Sie kam sich unaufrichtig vor. Wie oft hatte sie Patrick versichert, dass sie ihn liebe. Aber liebte sie ihn wirklich?
Waren da nicht andere Faktoren, die sie trieben, das

Spiel der Liebe, facetten- und fantasiereich, auszutragen?
Die Bestätigung zu bekommen, begehrt, geliebt zu werden?
Worte zu hören, die jeder Frau schmeichelten, Streicheleinheiten mit viel mehr Wonne zu verspüren, weil die Sensoren anders reagierten?
Die versteckten Liebesstunden, die prickelten und reizten, anstelle täglicher Liebesrituale im eigenen Ehebett?
Sie wusste, dass Norman immer aufrichtig zu ihr war und das schätzte sie an ihn. Doch sie vermisste die Ehrlichkeit, die *sie* ihrem Gatten zukommen lassen sollte. Da gab es einiges, was er gar nicht wusste. Es waren Geheimnisse, an die sie selbst nicht mehr erinnert werden wollte. Sie fand die Konfrontation mit der eigenen Person als unangenehm und hoffte, dass diese Geschichten irgendwann in ihrem Leben ganz aus ihrem Gedächtnis verschwinden könnten.

Frühjahr

„Wir werden unsere Österreich Reise, die wir für den Spätsommer planten, auf unbestimmte Zeit verschieben Darling“, meinte Rosemarie Wochen später.
„Und wieso kommst du plötzlich auf diese Idee“, antwortete Norman ohne seinen Blick von der Zeitung zu nehmen, die er in den Händen hielt.
„Weil ich unter anderen Umständen bin.“
Sie sagte es sehr leise und beobachtete ihren Ehemann dabei, wie er reagieren würde.
Norman sah von der Zeitung auf. Er machte einen Gesichtsausdruck, als ob er das Gesagte in seinem Gehirn erst richtig überarbeiten müsse.
„Du bist schwanger“, fragte er ungläubig.
„Ja, ich bin darüber selbst sehr überrascht und kann mir nicht denken, wie das passieren konnte“, fügte sie kühl hinzu.

Norman wurde plötzlich richtig ernst.
„Das ist für mich ein großer Schock. Du weißt, wie ich dazu stehe. Diese Nachricht muss ich erst verdauen, entschuldige“, und verschwand ins Haus.
Zurück blieb seine Frau, die sofort in Tränen ausbrach.
Rosemarie wartete einige Tage, ein paar liebe Worte von ihrem Ehemann zu hören. Sie befand sich in einem äußerst erregten inneren Zustand und wusste einfach nicht, wie sie richtig reagieren sollte. Schließlich war es ja nicht ihre Schuld, dass sie schwanger wurde. Norman gab sich zugeknöpft, kam erst spät nachts ins Schlafzimmer, wo sie bereits schlief und war tagsüber die meiste Zeit mit Freunden am Tennisplatz.

Eines Abends, sie saßen im Wohnzimmer beim Fernsehen, fing er von selbst zu sprechen an:
„Rose, ich nehme zu Kenntnis, dass du schwanger bist. Ich hätte mit zwar vorgestellt, dass es genügt, zu Dritt eine glückliche Familie zu sein, aber it is what it is.
Ich werde mich schon noch gewöhnen, an ein weiteres Kind.“
Er drückte ihr einen Kuss auf die Wange, nahm einen Schluck Bier und widmete sich wiederum dem Fernsehfilm.

Rosemarie unternahm mit ihrem Sohn den morgendlichen Spazierweg entlang des Strandes.
Die sauerstoffreiche Luft tat ihnen beiden gut.
Immer wieder musste sie stehen bleiben, weil Dennis die Muscheln in allen Größen und Farben, die der Pazifik angeschwemmt hatte, einsammelte.
Ein kleiner Hund kam auf sie beide zu.
„Mami, schau doch, wie der Kleine sich freut, uns gefunden zu haben. Schau, wie er hoch springt, uns beschnuppert und ganz süß mit seinem Schwänzchen wedelt.“

„Du bist doch ganz ein Lieber, Schöner", sprach Dennis auf das Tier ein.
Rosemarie lächelte. Von Schönheit konnte da keine Rede sein. Sein Fell war völlig zersaust und das Tier war so dünn, als hätte er schon lange nicht mehr zum Essen bekommen.
„Dennis, komm, wir gehen zum Auto zurück."
Sie nahm ihm bei der Hand und schritt zügig voran. Ihr Sohn drehte sich immer wieder um.
„Schau Mami, wie uns der Hund nachgeht. Er hat bestimmt keine Familie. Ich muss ihn mitnehmen, damit er ein Zuhause hat. Bitte, bitte erlaube es mir, meine liebste, beste Mami", bettelte er in allen Tönen.
Es war ein rührender Anblick.
Ihr Sohn stand da und sah erwartungsvoll auf sie, daneben der Hund, der einen fragenden Blick zwischen Dennis und sie warf.
Rosemarie überlegte.
Ein Haustier für ihren kleinen Wildfang wäre gar keine schlechte Idee. Vielleicht würde er dadurch auch lernen, ein wenig Verantwortung für *seinen kleinen Kameraden* zu übernehmen.
Rosemarie hockte sich zu dem Hund, der – sich seines guten Benehmens bewusst – ihr sofort die Pfote auf die Hand drückte und mit einem treuen Blick ansah.
„Wenn du geschrubbt und gekämmt bist, wirst du sicherlich ein schönes Hündchen sein.
Und wie werden wir dich nennen. Vielleicht Strolchi?"
Dennis jauchzte, umarmte zuerst seine Mutter, danach den Hund und führte abschließend vor Freude einen kleinen Indianertanz auf. Der Hund folgte ihm mit wedelndem Schwanz. Rosemarie hatte vor Rührung Tränen in den Augen.

Beim Nachhausefahren instruierte Rosemarie den kleinen Hundebesitzer, was alles auf ihn zukommen würde.

„Zuerst muss Strolchi ein Bad bekommen, um ihn von Schmutz zu befreien.
Er braucht frisches Wasser zu trinken und etwas gekochtes Fleisch, das wir ihm mit Reis vermischt, auf einen Teller geben. Wenn er hungrig ist, wird er das genussvoll verzehren.
Noch heute Nachmittag fahren wir zum Tierarzt, der Strolchi untersuchen muss. Seine Zähne, seine Ohren und die Augen und sein Blut müssen kontrolliert werden.
Manche junge Tiere haben auch Würmer im Stuhl, also werden ein paar prophylaktische Tabletten sicher von Vorteil sein. Der Arzt wird dir auch erklären, was so ein junger Hund essen darf und soll.
Danach fahren wir in ein Geschäft, wo wir ein hübsches Hundehalsband und Schüsseln fürs Futter bekommen. Ein Korb, mit einer Decke ausstaffiert, wird sein Schlafplatz werden.
Schließlich soll dein kleiner Kamerad gesund und munter bei uns aufwachsen."

Die amerikanische Luftfahrtgesellschaft PAN AM hatte an Norman ein Schreiben gerichtet und erwartete ihn zu einem persönlichen Gespräch im Hauptsitz in Los Angeles.
„Rose möchtest du nach L.A. mitkommen? Wir trennen uns beim PAN AM Gebäude, ich absolviere meine Besprechung und du fährst mit dem Taxi nach Hollywood, läufst den *Sunset strip* ab und lässt dich ein wenig von den feinen Modesalons inspirieren. Später treffen wir uns im CHEZ FREDERIC zu einem feinen Lunch.
Unsere Nachbarin, Missis Denvers, wird nichts dagegen haben, wenn wir sie bitten, Dennis über den Tag in Aufsicht zu nehmen."
„Das würde ich gerne machen", antwortete sie rasch ohne sich weitere Gedanken zu machen, dass sie heu-

te schon den ganzen Tag ziemliche Bauchschmerzen hatte. Norman gegenüber erwähnte sie nichts davon. Vielleicht waren es harmlose Blähungen, deren Auswirkungen jedoch manchmal mehr als unangenehm sein konnten.
Sie überlegte sofort, was sie schickes anziehen sollte. FREDERIC war eines der teuersten und beliebtesten Lokale in Hollywood und es kam immer wieder vor, bekannte Leinwandgrößen anzutreffen. Da wollte sie punkto Garderobe natürlich nicht nachstehen.
„Wann möchtest du losfahren?"

„Nicht zu spät. Du weißt, der Verkehr ist manchmal unberechenbar. Ich würde vorschlagen
9 Uhr Vormittag?"
„Geht in Ordnung. Dann gehe ich mal hinüber zu Missis Denvers und bitte sie um Hilfe."
Die Schmerzen hörten auch in der Nacht nicht auf. Sie nahm sich ein schmerzstillendes Pulver und hoffte inständig, bis am nächsten Tag fit zu sein. Sie wollte Norman nicht enttäuschen und sie selbst hatte Lust, wieder einmal Großstadtluft zu genießen, planlos durch die berühmte Straße zu schlendern und sich im CHEZ FREDERIC kulinarisch verwöhnen zu lassen.
Am darauf folgenden Morgen konnte sie nicht aufstehen. Das Bett war voll Blut und die Bauchschmerzen blieben konstant.
Missis Denvers wurde gerufen. Sie nahm sich gleich Dennis an. Die Rettung war innerhalb weniger Minuten vor Ort.
„Bitte sei vernünftig und halte deinen Termin bei der *Pan Am* ein. Die Leute werden dir sicher einen guten Job im privaten Luftverkehr anbieten wollen. Für einen Pensionisten bist du wirklich noch zu jung. Das hast du ja selbst gesagt. Also ergreife die Chance. Du brauchst dir um mich keine Sorgen machen", redete sie auf ihren Mann ein, der ganz verstört neben ihr stand und partout mit ins Krankenhaus fahren wollte. „Ich bin gut aufgehoben und

du kannst mich ja Nachmittag besuchen kommen. Es wird alles nicht so schlimm sein“, beruhigte sie ihn noch, drückte ihm die Hand und ließ sich von den Sanitätern auf der Bahre hinaustragen.

Als Norman gegen Abend das Krankenzimmer von Rosemarie betrat, wirkte er sehr ernst. Kurz davor gab es ein Gespräch mit dem behandelnden Arzt, der ihm schonend mitteilte, dass seine Frau das Kind verloren hatte.

Wir mussten einen operativen Eingriff machen. Ein paar Tage wird sie zur Nachbehandlung hier bleiben. Ihre Frau leidet jetzt unter einer starken physischen und psychischen Belastung, von dieser sie sich erst langsam erholen wird. Für die nächsten Wochen ist strikte Ruhe notwendig. Anstrengungen und geschlechtlicher Verkehr sind zu vermeiden.

Er griff zu Rosemaries Hand, die sie ihm aber wieder entzog. Sie ließ die Augen geschlossen und zeigte keine Reaktion. Nur ein trauriger Zug hatte sich um ihren Mund verbreitet.

Norman redete leise: „Rose, es tut mir unendlich leid, dass das passierte. Ich habe mich unmöglich benommen und dich sehr verletzt, weil ich mich so gegen ein weiteres Kind wehrte. Ich werde *mir* ewig die Schuld geben, dass *du* das Kind verloren hast. Gott hätte mich alleine dafür bestrafen sollen, aber nicht dich Sweetheart.“

„Es wäre ein Mädchen geworden“, flüsterte Rosemarie, noch immer mit geschlossenen Augen.

„Rose, ich werde wieder ein anderer Mensch werden, ich verspreche es dir. Hab Vertrauen zu mir. Wir werden auch ein weiteres Baby planen, sobald es vom gesundheitlichen Zustand für dich möglich ist. Der Arzt sagte mir, es besteht keine Gefahr für eine nochmalige Schwangerschaft. Nur jetzt musst du dich für ein paar Wochen schonen.“

Rosemarie gab dazu kein Kommentar.

„Was ist aus deiner Besprechung geworden", fragt sie ihren Mann mit müder Stimme.
„Ich wurde aufgenommen. Vorerst im Dienstgrad als Co-Pilot. Aber das ist verständlich.
„Im Herbst werden Einschulungen für neue *Boeing Langstreckenmaschinen* gemacht. Mein neuerliches Bewerbungsschreiben hat man wohlwollend zur Kenntnis genommen. *Männer, mit solchen Flugerfahrungen, wie Sie haben, werden bei uns mit offenen Händen aufgenommen*, gab man mir zu verstehen."
„Wie schön für dich", erwiderte Rosemarie und zwang sich zu einem kleinen Lächeln.
„Bitte gehe jetzt, ich bin müde", gab sie ihm gleichzeitig zu verstehen. Gib Dennis einen dicken Kuss von mir. Vielleicht kannst du morgen kommen und ihn mitnehmen. Er fehlt mir."

Gehorsam stand Norman vom Besuchersessel auf, drückte Rosemarie einen Kuss auf den Mund und sagte beim Verabschieden: „Ich liebe dich." Obwohl er von Rose, aufgrund ihres Zustands, nicht dieselben Worte erwartete, bedrückte es ihn doch ein wenig, wie apathisch sie sein Fortgehen aufnahm.

Das Jahr 1954 brachte auch in Maybell Änderungen mit sich.

Einige Investoren konnten die Stadtverwaltung für die Errichtung eines großen Einkaufscenters interessieren, um die örtliche Infrastruktur zu heben. Es sollte am Stadtrand, zusammen mit einem großen Parkplatz entstehen, da man den Innenstadtcharakter nicht zerstören wollte.
Die Architekten hatten gute Arbeit geleistet. Das Projekt war korrekt geplant, nützlich auslastbar, um wirtschaft-

lich profitable Renditen zu erwarten. Der Bau sollte rasch vorangehen, um die Inbetriebnahme in knapp zwei Jahren anzustreben.
Das Center beinhaltete verschiedenste Departments, mit Rolltreppen und Lifte auf mehrere Stockwerke verteilt, für den Verkauf von Bekleidung, Heimtextilien, Parfümerien, Schmuck, Interieur und dergleichen.
Für das Tiefparterre dachten die Planer an die Entstehung eines riesigen Supermarktes, wo man neben üblichen Lebensmitteln, alle Arten von Delikatessen, frische Früchte und Gemüse angeboten bekam.
Seitdem Rosemarie nicht mehr im Ort ansässig war und sich persönlich um ihren Salon NEW LOOK kümmerte, ging der Umsatz retour und das Kaufinteresse schwand. Die Vermieterin verzichtete die Frühjahrsmode zu ordern, da George Edmont glücklicherweise zwischenzeitlich einen Käufer für das komplette Haus, fand. Zu guter Letzt arrangierte die Geschäftsfrau einen Totalabverkauf, wobei beinahe alle noch vorhandenen Waren zu rentablen Preisen angebracht werden konnten. Restbestände wurden an eine neu eröffnete Boutique zum Selbstkostenpreis veräußert. Somit war das Konto Einkauf-Verkauf ausgeglichen und die Geschäftsbeziehung aufgelöst.

Nach einer Woche Krankenhausaufenthalt kehrte Rosemarie nach Hause, mit dem festen Vorsatz, keine bösen Gedanken durchdringen zu lassen. Sie wollte nicht wieder in einen gemütskranken Zustand tappen, den sie schon mal erlebte. Deshalb nahm sie vorübergehend leichte Antidepressiva, die ihr halfen, über ihre Schwermütigkeit hinwegzukommen.
Norman benahm sich ihr gegenüber sehr rücksichtsvoll. Er ging mit ihr um, als sei sie eine zerbrechliche Gliederpuppe. In den Nächten war nicht *er* der Fordernde,

sondern wartete, bis *sie* ihm ein Zeichen des Begehrens zeigte.
Er kümmerte sich um den Haushalt, ging einkaufen und kochte für die kleine Familie, wofür er sich eigens ein Kochbuch besorgte. „Anleitung für Anfänger".

Mitte Juni, zu Dads Geburtstag, plante Norman mit seiner Familie nach Maybell zu fliegen.
Dennis bestand, unbedingt seinen kleinen Freund Strolchi mitzunehmen, den er seinen Großeltern zeigen musste.
Der Flug ging via Chikago, wo sie zwei Tage Zwischenaufenthalt machten.

Missis Danvers hatte Rosemarie kürzlich, während diese auf Besuch bei ihr verweilte, einiges über diese Stadt am Michigan-See erzählt.
Sie merkte sich viele Einzelheiten und während der Fahrt durch die Stadt, kam ihr so manches wieder in Erinnerung.
Dementsprechend kenntnisreich gab sie ihr Wissen an Norman weiter und redete ununterbrochen auf ihn ein: „Findest du nicht, dass diese phantastischen Wolkenkratzer ein Wunder an Architektur darstellen und schöner sind als in New York?
Besonders toll sind die Häuser mit den klassizistischen Fassaden, die noch aus der Zeit der Weltausstellung aus dem Jahre 1893 stammen.
Wusstest du, dass man Chicago als die Stadt der Schlachthöfe ansah? Tiertransporte aus verschiedensten Bundesstaaten kamen hierher und wurden verarbeitet.
Der Michigansee mit seinen ca. 60.000 km2 ist so groß, dass ich zuerst glaubte, er sei ein Meer.
Es wäre auch schön hier zu leben. Die tollen Hochhäuser, die vielen Parks und die unzähligen Vororte mit ihren Einfamilienhäusern, gefallen mir sehr gut.

Ein Nachteil ist nur, dass diese Stadt den Winden ausgesetzt ist und im Winter wird sie von beißender Kälte heimgesucht. Da haben wir doch gut getan, Kalifornien auszuwählen."

In Maybell angekommen, gab es große Freude allerseits, einander wieder zu sehen. Eileen herzte ihren Enkelsohn und erwähnte immer wieder, wie sehr er gewachsen sei, seitdem sie sich das letzte Mal von ihm verabschiedete.
Norman traf sich sofort mit einigen Klassenkameraden, die neugierig auf seine Berichterstattung warteten, wie das Leben im sonnigen Westen verlief.
Rosemarie wurde von Betty Hamilton, der sie seinerzeit das Hochzeitskleid nähte, zu einem „Lady Picknick" in ihren Garten eingeladen. *Es werden noch andere junge Damen der Stadt, die alle gerne in deinem Salon einkauften, kommen*, berichtete ihr Normans einstige Jugendfreundin und nunmehrige Ehefrau des Apothekers Dr. Hamilton.
Da konnte Rosemarie nicht absagen. Sie freute sich, ihren einstigen weiblichen Bekanntenkreis zu treffen und war begierig, ein bisschen Tratsch über die ehrenwerte Gesellschaft in Maybell zu hören.
In Santa Monica lebte sie ziemlich isoliert. Die Ladies in der Nachbarschaft gaben sich ihr gegenüber versnobt und zurückhaltend und bis jetzt hatte sie noch keine Gelegenheit, in verschiedenen Clubs Aufnahme zu finden.
Ihre einzig wirklich weibliche Bezugsperson war die Nachbarin Missis Denvers. Sie bot sich bereits beim Einzug in das Haus an, hilfsbereit zur Seite zu stehen, wenn es nötig war. So fanden sie gleich zu Beginn sehr viel Sympathie füreinander.
Die schon in die Jahre gekommene Dame war eine gepflegte und blendende Erscheinung und Rosemarie freute sich jedes Mal, Gast in ihrer vornehmen Villa zu sein.

Sie konnte ohne weiteres Dennis und den kleinen Hund mitbringen, und währenddessen ihr Sohn im Garten oder im Swimmingpool herumtollte, saßen die beiden Damen bei gekühltem Tee und Missis Denvers erzählte Geschichten aus ihrem ereignisreichen Leben.

George und Eileen wünschten, übers Wochenende gemeinsam mit den Kindern zum *Saint Julian See* zu fahren. Sie wollten die Tage lieber in der Natur verbringen, als im kleinen Haus in Maybell. Noch dazu, wo in dieser Straße unglücklicherweise Straßenbauarbeiten vorgenommen wurden, was bedeutete, dass sie den ganzen Tag mit furchtbarem Straßenlärm konfrontiert waren.
Rosemarie entgegnete dazu: „Ich habe bereits zugesagt, Freitagnachmittag zu Bettys Party zu kommen. Fahrt schon mal vor. In Dads Auto ist Platz genug für euch.
Ich nehme Mums Auto und komme Samstagvormittag nach."
Mum flüsterte sie ins Ohr: „Ich werde Freitag noch zwei Torten für Dads Geburtstag backen.
Natürlich seine heiß geliebte Sachertorte und eine gute Obsttorte. Bist du damit einverstanden?"
Zum Zeichen des Einverständnisses drückte Mum dankbar ihrer Schwiegertochter die Hand und lächelte ihr freundlich zu.

Gut gelaunt setzte Rosemarie Samstagvormittag ihre Fahrt zum *Saint Julian See* an.
Das gestrige Gartenpicknick, das unter dem Motto „think pink" stand, war eine wirklich gelungene Party. Sie hatte schon lange nicht mehr so viel gelacht und sich völlig losgelöst gefühlt.
Während der Wagen gemütlich dahinrollte, erinnerte sich Rosemarie, wie provokant sich Betty benahm, bald darauf, nachdem sie in Maybell ansässig wurde. Und

wie der Umstand sie zum Positiven formte. Durch die Ehe mit Apotheker Doktor Hamilton wurde sie sich ihren Rang bewusst, und aus der dümmlichen Blondine eine selbstbewusste Frau.
Betty hatte sich große Mühe gegeben, ihre gepflegte Anlage in eine stimmungsvolle Atmosphäre zu versetzen. Die Tischtücher leuchteten im schönsten rosa. Die Sessel wurden mit dem Stoff in derselben Farbe überzogen und mit Maschen und Bänder verziert. Als Tischdekoration wählte Betty rosarote Rosen.
In unmittelbarer Nähe war der mit einer rosa-weiß gestreiften Markise überdeckte Büffetwagen aufgebaut, der allerlei Genüssliches bot. Ein in pinkfarben gekleidetes Serviermädchen war ständig bemüht, frische Cocktails herumzureichen.
Insgesamt zählten sie zwanzig Ladies. Die Gastgeberin ließ es sich nicht nehmen, einen Toast auf Rosemarie anzubringen, der mit einstimmigen Applaus endete. Somit blieb Rosemarie nichts anders übrig, als eine rasch improvisierte Dankesrede anzusetzen, bevor die Gastgeberin das Büffet als eröffnet erklärte.
Während aus dem Grammophon flotte Rock 'n' Roll Rhythmen ertönten, wurde getratscht und gescherzt und selbst Stunden später, ging der quickligen Damenrunde der Gesprächsstoff nicht aus.

Am Eingang des Naturparks *Saint Julian See* angekommen, stieg Rosemarie beschwingt aus dem Auto. Sie ging zum Pförtnerhaus, um sich im großen Buch als Gast einzutragen.
Ein Polizeiauto stand dort. Die Wachebeamten unterhielten sich mit dem ortsansässigen Ranger, Mister Blum.
„Missis Edmont!“
Der Ranger rief den Namen völlig erschreckt aus und sah sie dabei an, als ob er einen Geist vor sich erblickte.
Ohne darauf zu achten, sprach sie ihn freundlich an:

„Hi, Mister Blum, schön Sie wieder zu sehen. Ist ja schon eine Weile her. Meine Familie ist bereits gestern angekommen. Aber das wissen Sie ja längst."
Sie lächelte und dachte sich insgeheim, ein Stück Sachertorte für ihn abzuzweigen.
Mister Blum und die beiden Männer in Uniform warfen einander eigenartige Blicke zu. Die Wachebeamten erwiderten todernst den Gruß der jungen Frau.
Der Ranger räusperte sich, wollte zum Sprechen ansetzen, tat es dann doch nicht. Regungslos stand er da und schaute vor sich hin.
Rosemarie wurde es sonderbar zu Mute. Fragend blickte sie von einem zum anderen. Ihr erster Gedanke war, dass die Tollwut im Revier ausgebrochen war.
„Ist was passiert", fragte sie dann doch die Herrenrunde.
„Ja, etwas ganz furchtbares."
„Sind vielleicht Bären im Revier aufgetaucht?"
Alle Drei schüttelten den Kopf.
Dann fasste einer der beiden Polizisten seinen Mut zusammen und sagte:
„Missis Edmont, wir müssen Ihnen eine traurige Mitteilung machen."
Er schniefte, blickte zu seinen jungen Kollegen in der Hoffnung von ihm unterstützt zu werden, wenn er dieser lieben jungen Frau die entsetzliche Meldung unterbreiten musste.
„Mein Gott, Mann, so reden Sie doch. Ist was mit meinem Kind geschehen", entfuhr es Rosemarie.
„Es hat heute Früh einen entsetzlichen Gasunfall im Mobilheim der Edmonts gegeben. Es ist anzunehmen, dass es durch ein defektes Gerät zur Explosion kam. Sachverständige werden die Ursache noch einer genauen Prüfung unterziehen."
Der Polizist hielt inne.
„Mein Gott, wie furchtbar. Ist jemand zu Schaden gekommen? Ist jemand verletzt worden", fragte Rosemarie, noch nicht ahnend, was wirklich geschehen war.

„Es ergab einen furchtbaren Knall, danach entwickelte sich ein Großfeuer, das ein Nachbar sichtete. Er sendete SOS an die Feuerwehr, Polizei und Rettung.
Mister Blum und zwei in nächster Nähe befindliche Nachbarn kamen zur Unfallstelle, um erste Hilfe zu leisten. Sie versuchten mit allen Mitteln den Brandherd zu bekämpfen."
Rosemarie wurde es heiß und kalt zugleich. Ihr Körper bebte. Sie sah das Schreckensbild vor Augen, wollte reden, wollte fragen, wo sich ihre Familie währenddessen befand. Sie setzte zum Sprechen an, aber sie konnte nicht. Sie brachte kein einziges Wort heraus. Es kam ihr vor, als würde ihre Zunge ein einziges Geschwür sein, das im Gaumen wucherte. Automatisch faltete sie ihre Hände zusammen, legte sie auf den Mund und schaute verängstigt auf den Polizisten, der nun umbarmherzig seinen Bericht ins Finale führte.
„Die Einsatzkräfte waren schnell zur Stelle, der Brand konnte gelöscht werden und die Rettungsleute drangen ins Innere des Hauses vor, aber es konnte niemanden mehr geholfen werden.
Missis Edmont, es tut uns unendlich Leid Ihnen sagen zu müssen, Ihre Familie ist bei der Explosion ums Leben gekommen."
In ihrem Schockzustand reagierte Rosemarie nun völlig wirr. Sie schüttelte Mister Blum an der Schulter und schleuderte die Sätze lautstark den Beamten entgegen:
„Nein, das ist nicht wahr, was sie da erzählen. Das ist nicht meine Familie.
Mein Mann Norman, mein Sohn Dennis, sein Hündchen und meine Schwiegereltern wissen, dass ich heute um die Mittagzeit eintreffe.
Sie werden vor dem Haus beim Grillen sitzen. Sie müssen nur genau schauen.
Ich habe ja Torten mitgebracht. Und mein Mann kalifornischen Wein für seinen Dad. Mein Schwiegervater hat nämlich Geburtstag.
Wo ist mein Sohn? Warum haben Sie meinen Sohn nicht

in Sicherheit gebracht? Norman kann nicht tot sein. Er war im Krieg Jagdflieger. Er kennt derartige Explosionen und weiß sich zu helfen. Er weiß auch, wie er sein Kind aus dieser Explosion befreien kann.
Nein, nein, bitte lieber Herrgott lass es nicht wahr sein. Es ist alles nur ein böser Traum.
Man kann mir meine Familie nicht wegnehmen. Niemand hat das Recht dazu", schrie sie markerschütternd das in ein Schluchzen überging.
„Ich muss sofort hin, sofort, vielleicht kann ich alles wieder gut machen", gab sie weinend von sich.
Plötzlich rang sie nach Luft, keuchte, riss die Arme um sich, biss die Zähne zusammen und verdrehte die Augen. Dann brach sie besinnungslos zusammen.

Frühjahr 1956

Prall gefüllt mit biografischen Aufzeichnungen bis zum letzten Blatt beschrieben, lag das Tagebuch am Schreibtisch.
Vor kurzem hatte Rosemarie beschlossen, nochmals einen kleinen Schritt in die Vergangenheit zu machen, um ihre schicksalhafte Geschichte fertig zu schreiben und abzuschließen.
Behutsam blätterte sie Seite für Seite durch. Jeder Satz war eine Passage aus ihrem Leben.
Sie lächelte. Der erste Absatz auf der ersten Seite begann Anfang des Jahres 1939, in dem sie auf kindliche Art beschrieb, wie sie Patrick kennen lernte.
Sie blätterte die Seiten durch, bis sie im verhängnisvollen Jahr 1954 ankam.
Sie konnte nicht verhindern, dass ihre Augen sich mit Tränen füllten.

Die Tragödie, die sich damals abspielte, sah sie wieder vor sich, als ob sie es hautnah miterlebt hatte. An diesem Tag glaubte sie, dass ihr Leben von einem Tag zum anderen zerstört wurde.
Erst im Krankenhaus kam sie, nach ihrem Nervenzusammenbruch, wieder zum Bewusstsein. Die Ärzte verordneten vorsichtshalber eine starke beruhigende Spritze, die sie in einen Dämmerzustand versetzte, um die Realität besser ertragen zu können.

Sie begann zu lesen:
Ich hatte mich damals, nach der beruhigenden Injektion, in einer Art Traumzustand befunden. Eine wunderbare Leere kam über mich. Meine Augen waren geschlossen. Ich fühlte mich wohl, und meine Gedanken waren keine Gedanken, denn ich dachte an gar nichts.
Plötzlich spürte ich zwei kleine Hände, die meinen Kopf streichelten und eine, ach mir so bekannte Stimme, rief immer wieder:
Mami, Mami, bitte wach auf, ich bin bei dir und Strolchi ist bei dir und wir haben dich so lieb.
Der Gedanke zwischen Einbildung und böser Wirklichkeit strömte plötzlich durch mein Gehirn und erschreckte mich maßlos. Auf Grund meines übersensiblen Nervensystems rief ich nach dem Doktor, er solle mir helfen, die Bilder, die sich in meinem Kopf befanden, wegzuwischen.
Ich hörte, wie der Arzt meinen Namen rief.
Ich schlug die Augen auf. Ich sah Dennis vor mir. Ich griff mit meiner Hand auf seine Wange, auf seinen Mund und fuhr den Körper entlang. Nein es war keine verkohlte Leiche, es war Dennis. Und ich erblickte Strolchi, der auf mein Bett hüpfte, mein Gesicht mit seiner Zunge leckte und freudig winselte.

Dann registrierte ich den Doktor, der auf einen Sessel neben meinem Bett saß.

Er sprach beruhigend auf mich ein: Missis Edmont, freuen Sie sich. Ihr Sohn Dennis lebt.
Man hat ihn und seinen Hund, Stunden später in einem Boot gefunden. Er war zu der Schreckensstunde nicht im Wohnmobil. Er erzählte uns, dass sein Hund in der Früh, als alle anderen noch schliefen, plötzlich aus dem Raum, ins Freie lief. Und vor Angst, dass sein kleiner Freund sich verlaufen könnte, lief er ihm nach.
Auf einmal hörte er hinter sich einen furchtbaren Knall. Er drehte sich um, konnte aber nichts sehen, weil er sich bereits im Buschwald befand. Weit vorne sah er seinen kleinen Hund weiterlaufen. Alles Rufen half nichts. Als Dennis aus dem Wald kam, sichtete er einen kleinen Sandstrand und freudig überrascht erblickte er endlich Strolchi, der in einem Boot saß und anscheinend seelenruhig auf sein Herrchen wartete.

Ihr kleiner Sohn, erzählte der Doktor, machte das Boot frei und die beiden trieben mutterseelenallein im See. Er konnte nicht zuordnen, wo er sich befand, glaubte in der Nähe des Strandes seines Großvaters zu sein und ließ sich einfach treiben. Er wusste nicht, dass der Wind ihn auf die andere Uferseite abtrieb. Erst am Nachmittag konnte er gerettet werden, als ein Mann durch das Fernrohr schaute und ein Boot, in einem Schilfgürtel verankert, sichtete. Beim näheren Betrachten sah er eine kleine Gestalt, der einen kleinen Hund fest umschlungen hielt.
Er ruderte sofort los und befreite den weinenden und geschockten Jungen aus dieser misslichen Lage …

Ich musste mich freischwimmen von jeglicher Angst und Zwangsvorstellungen.
Das war ich meinem Sohn schuldig, der mich jetzt ganz dringend brauchte. Der Arzt meinte, es ist nicht abzusehen, was in der Seele eines kleinen Kindes vorgeht, der plötzlich auf solch eine tragische Weise, Vater und Großeltern verlor.

Und ich schaffte es. Mit Hilfe einiger psychologischer Gespräche, aber vor allem durch das Vorhandensein des Kindes und meine Liebe zu ihm, das wie ein Lebenselixier wirkte, bekam ich Kraft, meinen Körper und Geist wieder mit Energie zu durchfluten. Ich glaubte an das Leben…

Rosemarie blätterte weiter im Tagebuch.
Den Absatz, in dem sie über das Begräbnis berichtete, las sie nicht.
Es war ihr damals beim Schreiben schon schwergefallen, weil sie immer wieder unterbrechen musste, um den Tränenfluss Einhalt zu gebieten.
Sie hätte sich nicht vorgestellt, dass eine solch feierliche aber auch emotionsvolle Bestattung zustande kommen würde.
Abgesehen von Normans einstigen Kameraden und Vorgesetzten, die es sich nicht nehmen ließen, ihn auf den letzten Gang zu begleiten, war halb Maybell auf den Beinen, um den Edmonts ihre Ehrerbietung zu erweisen.
Der Pastor hatte eine wunderbare Rede zusammengestellt, die die Menschen bis in die letzten Reihen zum Schluchzen brachte und eine eigens organisierte Militärmusikkapelle spielte Glen Miller Melodien, während man die Verstorbenen zum Grab begleitete.
Es war eine lang andauernde Zeremonie, die sie selbst nur mit äußerster Mühe überstand.
Die Hand ihres Sohnes fest in der ihren, verfolgte der Kleine, stramm wie ein Soldat, das würdevolle Begräbnis. Er flüsterte nur einmal zu ihr: ‚Mami, bitte nicht weinen. Ich bin ja bei dir'.

Die letzten Seiten deuteten darauf hin, dass sie schnell und manchmal unüberlegt geschrieben wurden. Achtlos hingefetzt, als ob es den Anschein haben sollte, für diese Lebensperiode endlich einen Schlussstrich zu ziehen.

Rasch, aber trotzdem mit Aufmerksamkeit, las sie weiter:

Der Verkauf des privaten Edmont-Wohnhauses in Maybell konnte bald realisiert und der Erlös auf mein Bankkonto überwiesen werden. Ich habe ein separates Konto errichtet und ließ für die Grabpflege einen Dauerauftrag erteilen.
Wehmütig verabschiedete ich mich von Maybell, von den Menschen und Freunden, die mir in dieser traurigen Zeit liebevoll beistanden. Am Stadtrand drehte ich mich nochmals um. Ich nahm mir vor, nur die schöne Zeit, die ich hier verbrachte, in Erinnerung zu behalten.

Wir sind wieder in Santa Monica und der Alltag ist eingekehrt.
Ich habe eine Mauer um mich errichtet. Wie ein einsamer Wolf in der Festung.
Ich fühle mich entkräftet und weiß, dass mein Anblick besorgniserregend ist.
Wie lange ertrage ich diesen Zustand noch?
Missis Denvers ist die einzige Person, zu der ich Vertrauen habe. Sie ist mir eine große Hilfe und unterstützt mich seelisch, so gut sie kann. Sie hat mir angeboten, vorübergehend mit Dennis und Strolchi in ihrer Villa zu wohnen, damit ich nicht allein bin. Ich bin froh über dieses Angebot und habe mit meinem Sohn ihr Gästezimmer bezogen.

Patrick hat sich angeboten, mir als Freund beizustehen, wenn ich ihn brauche.

Ich habe Patrick zurückgeschrieben, mich für seine Hilfsbereitschaft bedankt und zum Schluss hinzugefügt – einmal werden wir uns wieder sehen und vielleicht gemeinsam auf alle Unebenheiten im Leben zurück blicken.

Missis Denvers hat Recht. Dennis braucht Kinder um sich. Die Unterhaltung den ganzen Tag nur mit uns zwei Frauen und dem Dienstpersonal ist nicht der richtige Umgang für ihn.
Ich verwöhne das Kind viel zu sehr. Hänge mit übertriebener Liebe und Fürsorge an ihm und bin ständig in Furcht, es könnte ihm etwas zustoßen.
Seit kurzem besucht er den Kindergarten. Ich bringe ihn in der Früh hin und hole ihn am Nachmittag ab. Begeistert erzählt er täglich, wie gut es ihm dort gefällt.
Ich bin zufrieden, weil er glücklich ist.

Es ist nicht in Ordnung, dass ich meine Tage in völliger Trägheit verbringe und dem schrecklichen Geschehen nachweine. Ich muss lernen, meine Gedanken zu ordnen und mir selbst Regeln vor zu setzen.

Missis Denvers hat mir ein Buch der englischen Autorin Christine Rosetti, zum Lesen geborgt. Darin kommt ein weiser Satz vor, den ich mir merke:
Better, by far you should forget and smile
Than that, you should remember and be sad.

Eine Idee ist geboren. Sie reizt mich. Sie verfolgt mich sosehr, dass ich sie in die Tat umsetzen will.
Aber bin ich mir wirklich sicher, dass es nicht nur ein Wunsch ist?
Bin ich mir bewusst, dass diese Idee mein weiteres Leben völlig verändern wird?

Ich muss diese Mission schnellstens in die Wege leiten.
Es wird ein langer mühsamer Amtsweg werden und viel Durchsetzungskraft brauchen.
Aber wo ein Wille ist, ist auch ein Weg.

Und so begann ich step by step.
Ich schrieb einen Brief an die entsprechende amerikanische Justizbehörde, in der Angelegenheit –
Ansuchen um Adoption der, nach dem Tod seiner Mutter im Waisenhaus lebenden Nozomi Jischischi, geboren am 5.12.1952, wohnhaft im städtischen Waisenhaus Seoul.

Ich legte einen von mir gefälschten Brief bei, wonach Major Norman Edmont, bereits im Juni 1954 einen Antrag schrieb, das Mädchen Nozomi Jischischi , geboren am 5.12.1952, als seine Tochter anzuerkennen, mit Einwilligung seiner Ehefrau Rosemarie Edmont zu adoptieren und es als Staatsbürgerin der Vereinigte Staaten, eine neue Heimat zu geben.

Aufgrund des tragischen Unfalls konnte der Brief zum damaligen Zeitpunkt, nicht mehr von ihm versandt werden.

Als Mayor Norman Edmonts Witwe, wäre ich nun bereit, in meinem Namen und mit meinem vollen Einverständnis, den Antrag zu stellen und ich bat um volle Unterstützung und rasche Abwicklung. Alle notwendigen Unterlagen, wie Bestätigung der militärischen Rangordnung von Norman, Gesundheitszeugnis von mir und einer Aufstellung, die Auskunft über meine finanziellen Verhältnisse darstellte, legte ich bei.

Der nächste Schritt war ein Schreiben an das Waisenhaus, in dem ich die Umstände klarlegte und um Hilfeleistung bat, sollte ich die Genehmigung seitens der amerikanischen Behörden bekommen.

Nach dieser Pioniertätigkeit konnte ich nur warten.

Und an irgendeinem Tag kam die von mir heiß ersehnte Einverständniserklärung der Justizbehörde. Der erste erfolgreiche Schritt war getan. Das wichtige Dokument leitete ich in Kopie nach Seoul weiter.

Es war gar nicht so leicht, Dennis mit einfachen Worten klar zu machen, was mich bewog, einem Baby unseren Namen Edmont zu geben und es in die Familie aufzunehmen. Noch dazu, wo ich das Baby erst aus einem fremden Land, viele Tausend Kilometer von Santa Monica entfernt, holen musste, und dieses kleine Etwas würde dann auch noch seine Schwester sein. Ich überlegte lange die richtigen Worte zu finden, denn er war noch zu klein, den wahren Grund zu erfahren.
Ich erzählte ihm (Gott verzeih mir diese Notlüge), dass sein Daddy während des Krieges, nach einem Gefecht, über ein Feld ging und eine liegende Frau, die einen Säugling im Arm hielt, vorfand. Beim näheren Hinsehen bemerkt er, dass die Mutter tot war. Das Baby wimmerte ganz erbärmlich, weil es wahrscheinlich Hunger hatte. Aus Mitleid brachte er es ins Waisenhaus, mit dem Vorsatz, später für ein gutes Leben des Kindes zu sorgen. ‚Und diesen guten Vorsatz von Papa, setze ich nunmehr in die Tat um' gab ich ihm zu verstehen.

Mein kleiner Dennis dachte eine Weile nach. Dann sagte er altklug.
„Also wenn das der Wille von Daddy war, werde ich, als sein Nachfolger, natürlich auch vollends zustimmen. Ich bin einverstanden, dass du mir diese kleine Schwester holst."

Mit allen Papieren ausgestattet und den wichtigsten Utensilien, die ein Kleinkind benötigt, flog ich, sobald sich die Gelegenheit bot, nach Seoul.
Dennis, der es kam erwarten konnte seine Schwester kennen zu lernen, ließ ich in Obhut von Missis Denvers.

Am Flughafen wurde ich von zwei ortsansässigen Guides, mit einem veralteten amerikanischen Jeep abgeholt. Sie hatten den Auftrag, mich sicher zum Waisenhaus zu führen.
Als wir langsam durch die von starken Regenfällen ausgewaschenen, lehmigen Straßen fuhren, beobachtete ich die armselig gekleideten Menschen. Ihre Mienen waren starr und freudlos und ließen Resignation und Hoffnungslosigkeit erkennen. Später fuhren wir auf schnurgeraden, teilweise schadhaften Militärstraßen, entlang zerbombter Häuser mit herabhängenden Elektrokabeln und riesigen Propagandatafeln, auf denen in Großaufnahme Politiker mit lachenden Gesichtern, protzig herabblickten.
Ich war sehr aufgeregt, als wir im Waisenhaus ankamen. Freundlich sprach ich auf die geistlichen Schwestern ein, und ebenso freundlich wurde ich aufgenommen. Da mein Flug nach L.A. am nächsten Morgen wieder zurückging, nahm ich dankbar die Einladung entgegen, hier zu übernachten. Nach dem amtlichen Papierkrieg wurde ich endlich in den Saal geführt, wo sich mehr als hundert Buben und Mädchen, ungefähr derselben Altersklasse wie Nozomi, aufhielten.
Es war ein Anblick, der mich zu Tränen rührte und meinen Zorn erwachen ließ.
Wie viele Amerikanische Männer à la Norman könnten Väter dieser, von Beginn an vom Leben auf die Schattenseite gestellten Kinder, sein, war mein Gedanke.

Nozomi wurde gerufen. Sie saß am Boden und schaute mich mit dunklen Augen ernst an.
Etwas scheu und weinerlich nahm sie zu Kenntnis, dass ich meine Arme nach ihr ausstreckte, sie hochhob und ihr liebevoll über den Kopf streichelte.
Mit weicher Stimme redete ich auf die Kleine ein, damit sie sich an meine Stimme gewöhnte. Ich erzählte ihr, dass ich nunmehr ihre Mami sei und zu Hause ihr kleiner Bruder Dennis und ein liebes Hündchen namens Strolchi, auf sie warteten. Und ich versprach diesem kleinen, entzückenden, unschuldigen Menschenkind, ein schönes Zuhause und eine hoffnungsvolle Zukunft zu bieten.

Rosemarie war auf den letzten Seiten des Tagebuches, datiert 1955 angelangt.

Durch die internationale Presse erfuhr sie, dass Österreich seine volle Souveränität wiedererlangte und bis zum Herbst alle Besatzungssoldaten in ihre Heimat zurückkehrten.
Voll Freude schrieb sie eine Anmerkung:

Österreich ist wieder frei.
Am 15. Mai 1955 um die Mittagszeit wurde in Wien im Belvedere der Staatsvertrag von den vier Außenministern Molotow (UDSSR), Dulles (USA), Macmilian (GB), Pinay (Frankreich) und Leopold Figl für Österreich, unterschrieben.

Ein Bild ging um die Welt: Außenminister Leopold Figl zeigte vom Balkon des Belvedere aus den unterzeichneten Staatsvertrag.
Der amerikanische Außenminister legte Außenminister Figl die Hand auf die Schulter und der sowjetische Au-

ßenminister Molotow winkte den jubelnden Menschen zu. In diesem Augenblick schien der Kalte Krieg vergessen zu sein.

Heute vor einem Jahr sind Norman und meine Schwiegereltern so tragisch ums Leben gekommen. Ich habe im Haus Kerzen und Blumen aufgestellt und bin mit den Kindern in die Kirche gegangen, auf ein stilles Gebet.
Auch wenn unser gemeinsames Leben so kurz war, bin ich dankbar, dass es ihm gab. Er war meine große Liebe und ein zuverlässiger Partner. Nozomi ist ein Teil von ihm, der ich dieselbe Herzenswärme zukommen lasse, wie Dennis, den wir gemeinsam, mit unserer Liebe, gezeugt haben.

Obwohl ich mich sehr viel mit den Kindern beschäftige, kommt es manchmal vor, dass ich an Patrick denke. Aber ich lass keine Sehnsucht aufkommen.
Ich kann mir auf einmal nicht mehr vorstellen, irgendwann mit ihm zusammenzuleben. Die tägliche Nähe würde Verpflichtung und Intimität bedeuten, mit der ich nicht mehr umgehen könnte.

Mit großer Trauer musste ich zur Kenntnis nehmen, dass meine liebe gute Erna, nach kurzem, schweren Leiden, verstorben ist.
Vom Notar Dr. Mühlsiegl, der mir diese Schreckensbotschaft schrieb, erfuhr ich, dass eine letzte Verfügung aufliegt, wonach ich als Alleinerbin für das Haus am Spittelberg, aufscheine.

Erna hatte vorsorglich den Notar als Treuhändler beauftragt, der sich nach ihrem Tode um alles kümmern sollte. Für sie selbst hatte sie in weiser Vorausschau, ihre letzte Ruhestätte auserwählt. Ein Grab neben ihrem geliebten Willibald am Grinzinger Friedhof, der, umgeben von Weinbergen, einen wunderschönen Blick über Wien bietet.

Eine Woche später erhielt ich von Tony Müller seine regelmäßige Berichterstattung über die Wiener Gesellschaft, der Mode und der Kunst, die jetzt – nach Abzug der Besatzungsmächte – wieder einen anderen Stellenwert zugeordnet bekamen.
Er ermunterte mich, endlich nach Österreich zurückzukommen und schrieb wiederum als Nachsatz, dick unterstrichen, den dringenden Appell, seine Nachfolge anzutreten.

Wenige Tage danach kam plötzlich auch ein Schreiben von Patrick, das mich in eine innere Erregung versetzte. Er berichtete, dass er seit Juli 1955 wieder in Wien lebt. Beruflich und privat hatte er, nach reiflicher Überlegung, in New York alles abgebrochen. In Wien bewarb er sich um eine Anstellung als Herzspezialist im Allgemeinen Krankenhaus. Die Stelle wurde ihm zugesprochen. Gleichzeitig bekam er eine Gastprofessur an der Wiener Universität.
Seine Vorträge über die neuesten Erkenntnisse am Gebiet der Herztransplantation sind äußerst gefragt.
Seine Villa sei zurzeit eine Großbaustelle, nachdem sie von Grund auf neu restauriert wird. Er plane im nächsten Jahr, als Internist im unteren Bereich des Hauses, eine Ordination zu eröffnen.
Zum Abschluss fügte er bedeutungsvoll hinzu:

Liebe Marie, ich glaube fest daran, dass du irgendwann in deine Heimat zurückkehrst.
Und ich bin mir ganz sicher, dass wir uns wieder sehen. Aber nicht, um auf die Unebenheiten im Leben zurückzublicken, sondern hoffnungsvoll einer glücklichen Zukunft entgegen zu sehen.
Ich liebe dich.
Dein Patrick

Zu meiner großen Überraschung kamen zur selben Zeit auch Briefe meiner lieben Freunde Paul, Arnold und Baron Heger, an.

Sie alle standen mir damals, im Jahre 1954, Trost spendend und mit gefühlvoller Anteilnahme bei.

Arnold berichtete mir stolz, dass er in Wien eine eigene kleine Tischlerei erstanden hat.
„Ich arbeite zwar von in der Früh bis abends, aber das Geschäft läuft großartig. Fehlen tut mir nur, nach wie vor, eine Frau. Es ist halt noch nicht die Richtige gekommen. So eine, wie du es bist. Dich würde ich sofort heiraten und deinen Kindern ein liebevoller Vater sein. Und im Nu hätten wir gleich noch ein paar dazu"…

Paul fragte mich gerade heraus, ob ich ihn heiraten möchte, nachdem mein Trauerjahr vorbei ist, und ich wieder nach vorne sehen sollte. „Denn von all den Damen, die mir im Laufe der letzten Jahre begegnet sind, bist du die süßeste, charmanteste, begehrenswerteste und vielleicht sogar die treueste.
Jetzt, wo meine Mutter gestorben ist, könnten wir das Haus innen umbauen, damit deine zwei Kinder eigene Zimmer bekommen. Du machst dir in Bad Ischl eine eigene Café-Konditorei auf. Bei deinen Fähigkeiten liebe

Romy könntest du sofort Konkurrenz vom Zauner werden...

„Liebste Romy", schrieb Baron Heger mit seiner feinen Kurrentschrift. Mein bedrückter Zustand ist konstant. Ich fühle die große Leere, seitdem meine Frau mich betrogen und verlassen hat und zurück in die Staaten ging.
Die Jahre in Österreich waren für sie tatsächlich nur ein kurzes berauschendes Intermezzo. Der einzige Lichtblick für mich war ihre großzügige Abfindung, mit der ich gut leben kann.
Ich bin ein wohlhabender Mann, der frei ist für eine bezaubernde Frau, die ich sehr verehre und ich warte auf sie und ihre beiden Kinder, um ihnen Liebe, Heimat und Fürsorge zu bieten"...

Am 26. Oktober 1955 beschloss der Nationalrat das Bundesgesetz über die immerwährende Neutralität Österreichs.

Es war an dem Tag, wo Rosemarie ihre letzten Notizen in das Tagebuch vermerkte:

Heute, am 26. Oktober 1955 habe ich nach reiflicher Überlegung entschieden, im Frühjahr 1956, nach Österreich zurückzukehren.
Mein Leben und das meiner Kinder, soll einen neuen Stellenwert bekommen.
Ich habe Zeit genug, mich auf den Auszug aus Kalifornien zu konzentrieren und Dennis und Nozomi, aber auch Strolchi, auf ihre neue Heimat vorzubereiten.

Genau mit diesen Sätzen, war die letzte Seite endgültig vollgeschrieben.

Frühjahr 1956

Das prall gefüllte Tagebuch legte Rosemarie in die unterste Lage des letzten, noch offenen Koffers. Sie wusste, dass dieses Buch in Zukunft für sie keine Bedeutung mehr hatte. Es würde zwar irgendwo in der hinteren Reihe eines Bücherschranks ordnungsgemäß seinen Platz erhalten, um es dort, langsam, aber bestimmt, völlig in Vergessenheit geraten zu lassen.

Ein neuer, aufregender Weg auf der Landkarte ihres Lebens zeichnete sich ab.

Schicksalsverknüpfungen, Margit Richter

978-3-902324-99-3
S. 240, 18,50 Euro

Eine großartige Familiengeschichte über drei Generationen ist das neueste Werk der Autorin.
Sie beginnt in England im 19. Jahrhundert, wo die Vorstellung vieler Menschen von Reichtum und Macht sie nach Indien führte. In spannenden und berührenden Geschichten verpackt, lässt sie die fantastische Kulisse des damaligen Lebens nachvollziehen und stellt Gwendolyn, die Protagonistin der ersten Generation, vor, deren Träume in Erfüllung gehen, in die K. u. K.-Monarchie Österreich zu reisen. Sie heiratet einen Baron, lebt in Wien und auf ihrem Landgut außerhalb der Stadt.
Das Rad wird weitergedreht. Glückliche und tragische Begegnungen nach dem Ersten und Zweiten Weltkrieg bestimmen die fesselnden Darstellungen in dieser Zeit. Florance, die Enkelin von Gwendolyn, lernt in ihrer Jugend Philip kennen. Durch schicksalhafte Verknüpfungen kreuzen sich ihre Wege im Laufe der Jahre immer wieder.

Liebe bedeutet mehr als nur ein Wort, Margit Richter

978-3-85022-298-3
S. 252, 16,90 Euro

Amüsant und klug erzählt, pikant mit Spannung gewürzt und Dramatik bestreut, bietet die Autorin *Margit Richter* ein außergewöhnliches Lesevergnügen in dieser berührenden Liebesgeschichte.

Zwei Männer spielen für *Katharina*,
der Protagonistin des Romans
Liebe bedeutet mehr als nur ein Wort

eine wichtige Rolle in den Stationen ihres Lebens. Markus Steiner, ihre große Liebe, mit dem sie glückliche Wochen bis zu seiner Abreise in die Vereinigten Staaten erlebt, und *Stefan Thorsten*, den Musicalstar, den Katharina auf Umwegen kennen lernt und in ihre Wohnung als Untermieter aufnimmt. Für wen wird sich Katharina entscheiden?

Jede Zeit hat ihr Ziel, Margit Richter

978-3-902057-90-7
S. 237, 18,50 Euro

Einfühlsam erzählt Margit Richter die bewegte Lebensgeschichte von Viktoria. Da ihre Eltern kurz nach ihrer Geburt bei einem Motorradunfall ums Leben kommen, wächst die Protagonistin bei ihrer Großmutter Anna auf.
Die Autorin beschreibt vor allem die emotionale Entwicklung Viktorias, sowie ihre ersten sexuellen Erfahrungen, gibt jedoch auch Einblick in das Leben ihrer Verwandten.
Nach dem Tod ihrer Großmutter nimmt Viktoria die Einladung ihres Großvaters nach Hamburg an. Nach einer gediegenen Ausbildung beginnt sie ihre erfolgreiche Karriere in der Modebranche.

Margit Richter schildert in diesem Frauenschicksal gefühlvoll Höhen und Tiefen des menschlichen Lebens, wobei Viktoria auch in Phasen der Trauer, Verzweiflung oder Einsamkeit, nie den Glauben an sich selbst verliert, sondern immer wieder neuen Mut fasst und im Vertrauen auf die Kraft der Liebe, ihre Zukunft mit Energie, Zuversicht und positiven Gedanken entgegensieht.

Die Autorin

Margit Richter schreibt Romane, Kurzgeschichten, Drehbücher und kulturelle Berichterstattungen für ausländische Zeitschriften.

Gelegentlich wirkt sie bei Film- TV und Theaterproduktionen mit.